ALEXANDER OSANG

89

Helden-Geschichten

89
Alexander Osang

Herausgegeben von Paperview in Kooperation mit dem Berliner Verlag
Produktion: Paperview 2007
ISBN 978-9078432470
Pflichtangabe D/2007/54370/15

www.paperviewgroup.com

INHALT

NEUNUNDACHTZIG
Wenn Menschen in die Geschichte geraten

An einem Abend im Frühsommer 1989 drückte mich mein Schwager in die Polster des Zweisitzers seiner Schwedenmöbelcouchgarnitur, auf die ich immer ein bißchen neidisch gewesen war, und schaute ernst. Er wollte mit mir reden. Es war eine ungewöhnliche Situation. Ich glaube, bis dahin hatte ich mit meinem Schwager keine ernsthaften Gespräche geführt.

Ich war 27 Jahre alt, 1,81 Meter groß und Diplomjournalist. Mein Schwager war zweieinhalb Jahre jünger als ich, aber einen Kopf größer. Er sprach das «Z» aus wie ein scharfes «S», viele Berliner tun das. Er sagte «Sssucker» statt «Zukker». Er hatte die 10. Klasse gerade so geschafft, aber er fuhr bereits sein drittes Auto. Sein Hängeboden war mit Autoersatzteilen vollgestopft, aber das wußte ich damals noch nicht. Er besaß alle Platten von Udo Lindenberg, er hatte weiche, beigefarbene Auslegeware und die hellen Möbel aus Holz und Leinen, die meine Mutter «Messemodelle» nannte, wie alle Produkte, die ihr zu gut für die DDR schienen. Er hatte viele, gesunde Zimmerpalmen und immer ein bißchen Westgeld. Er wirkte nie angestrengt. Er war hilfsbereit, er hatte die Decken meiner Wohnung tapeziert, eine Aufgabe, die mir unlösbar schien. Wenn gar nichts mehr lief, fiel ihm immer noch irgend etwas ein. Einmal besorgte er mir eine Sekretärin, die meine Diplomarbeit in zwei Tagen abtippte. Ich hatte nur noch diese zwei Tage bis zum Abgabetermin, und es war Wochenende. Niemand konnte mir helfen. Mein Schwager lud mich in sein Auto, ich glaube, es war gerade ein Saporoshez, und fuhr zu einem grauen Neubaublock in der Greifswalder Straße, er klingelte in einer oberen Etage, ein Mann in Unterwäsche machte auf, es schrieen Kinder, und zwischen ihnen in der kleinen, überheizten Wohnung gab es auch eine Frau, der mein Schwager irgendwann mal einen Gefallen getan hatte. Diese Frau war eine erstklassige Sekretärin. Sie konnte meine Handschrift lesen und schaffte es an dem Wochenende. Mein Schwager kannte überall Leute, die einmal wichtig sein konnten. Den meisten hatte er mal einen Gefallen getan. Er hatte im Wasserbau gearbeitet, dann in verschiedenen Malerbetrieben, seit ein paar Monaten verkaufte er an der

Ostsee Turnhosen, auf die er Puma-Zeichen gedruckt hatte. Er verdiente damit an einem Wochenende soviel wie ich im halben Jahr als Wirtschaftsredakteur der *Berliner Zeitung*. Er verkaufte gefälschte Turnhosen, ich schrieb gefälschte Planwirtschaftsmeldungen. Mein Schwager kam mit dem Leben in der DDR offenbar besser zurecht als ich.

Wir saßen uns also im 4. Stock seiner Altbauwohnung im Prenzlauer Berg gegenüber.

«Wir hauen ab», sagte mein Schwager.

Es dämmerte, wir waren gerade vom Wochenendgrundstück meiner Eltern zurückgekommen. Mein Schwager hatte mich mitgenommen. Ich hatte damals kein Auto und war überzeugt davon, daß ich mir in den nächsten zehn Jahren auch keines leisten könnte. Es war warm, die Türen zum Balkon standen offen. Den Balkon durfte man nur noch auf eigene Gefahr betreten, das alte Mietshaus zerbröselte. Es war die Zeit, in der die ersten Leute über Ungarn in den Westen flüchteten. Es schien, als hätte mein Schwager seine Flucht schon lange vorbereitet. Er erwähnte Tauchübungen, jetzt aber wollte er mit seinem Freund Mike wie die anderen über die ungarische Grenze nach Österreich fliehen. Anschließend würde er meine Schwester anrufen, die überrascht tun, schließlich aber einen Ausreiseantrag stellen würde. Er wollte sich Arbeit suchen, eine Existenz aufbauen, in zwei oder drei Jahren wäre die Familie wieder zusammen. Das war der Plan.

«Die Welt ist zu groß», sagte mein Schwager.

Ich könnte schwören, daß er auch sagte: «Der Sinn meines Lebens kann nicht darin bestehen, einmal das Grundstück deiner Eltern zu erben.» Aber als ich ihm das neulich mal erzählte, stritt er es ab. Es hätte natürlich auch gut in meinen Kopf gepaßt. Es ist ein schönes Grundstück, es liegt im Wald und an einem See.

Bestimmt dachte ich an meine Schwester, die nebenan ihren kleinen Sohn ins Bett brachte. Ich würde sie lange nicht wiedersehen. Es war Frühsommer, die DDR wankte nicht, die Mauer stand noch fest. Ich wollte nicht abhauen. Ich würde von der Einschulung meines Neffen nur die Fotos sehen.

Das war traurig, aber ich kam nicht auf die Idee, sie zurückzuhalten. Nicht einen Moment lang. Womöglich habe ich sie verstanden, aber vielleicht habe ich auch schon an ihre Pakete gedacht. Ich würde endlich Westverwandte haben. Westverwandte ersten Grades. Ich müßte nicht mehr darauf warten, daß meine

Mutter Rentnerin wurde. Das wäre erst im Jahr 1997 gewesen, ich wäre 35 Jahre alt gewesen und damit – davon war ich überzeugt – zu alt für die Jeans, die meine Mutter mir dann mitbringen könnte. So würde alles sehr schnell gehen. Ich war 27. Ich würde bald Jeans haben und Lindenbergplatten.

Ein Auto kriegte ich sofort.

Mein Schwager überließ mir seinen Polski Fiat an jenem Abend wie ein Vermächtnis. Er wollte das Auto in guten Händen wissen, sagte er. Er sprach über den 17 Jahre alten polnischen Wagen wie über einen Sohn. Autos waren damals auch Kinder. Er würde es so aussehen lassen, als hätte er es mir geborgt, bevor er ging. Er wollte 4 000 Mark für das Auto haben, was praktisch geschenkt war, zumal ich keine 4 000 Mark besaß. Es war eine Summe in Reichweite. Mein Schwager nannte mir Adressen von Leuten, die mir helfen würden, wenn zum Beispiel die Wasserpumpe kaputtgehen sollte. Die Wasserpumpe des Polski Fiat war sehr sensibel. Wir beschlossen auch, mich als Untermieter in ihre Wohnung einschreiben zu lassen. Es war eine kleine, helle Wohnung im Bötzow-Viertel zwischen Friedrichshain und Greifswalder Straße. Ich dachte daran, sie später zusammen mit der kleinen Karlshorster Wohnung, in der ich mit meiner Freundin und unserem Sohn wohnte, in eine große zu tauschen.

An diesem Abend griff die Geschichte direkt in mein Leben, aber ich spürte nichts davon. Ich dachte nicht an Geschichte, ich dachte an Jeanshosen. Als ich nach unten ging, streichelte ich den fleckigen Polski Fiat, der vor ihrem Haus stand. Mein erstes Auto. Ich behielt das Geheimnis. Aber als ich ein paar Tage später mit dem Auto zur Ostsee fuhr, fühlte ich mich schon wie der Besitzer. Dort rief mich meine Schwester irgendwann an und sagte, daß ihr Mann in den Westen abgehauen war. Ich hatte jeden Tag auf diesen Anruf gewartet. Jetzt stand ich im Essensaal eines FDGB-Heims in Ahlbeck auf der Insel Usedom und tat überrascht.

«Was!» rief ich in den Hörer.

«Jaa!» rief sie zurück. «Ist das nicht schlimm? Ich weiß gar nicht, was ich machen soll.»

«Bleib ruhig», rief ich zurück.

Wir spielten ein aufgeregtes Telefongespräch, weil wir sicher waren, daß man uns dabei zuhörte. Meine Schwester war in den Mittelpunkt der Welt gerückt. Ihre kleine Familie war zerrissen, verstreut über zwei Gesellschaftssysteme. Ihr Mann war unvorstellbar weit weg, wir waren alle nie im Westen gewesen. Wahrscheinlich hatte die Staatssicherheit in diesen Tagen wichtigere Dinge zu tun, aber woher sollten wir das wissen. Meine Schwester wollte so schnell wie möglich raus, und mein Leben in der DDR ging ja weiter.

Ich weiß noch genau, wie ich an den Tisch zurückging, an dem meine Freundin mit unseren Urlaubsbekanntschaften aus Pankow saß. Es war ein langer Weg, auf dem ich versuchte, ernst zu bleiben. Mein Schwager war in Gießen. Er war durch ungarische Wälder gerobbt, während ich im Strandkorb saß. Er war ein Held, ich ein FDGB-Urlauber.

Er hat wohl eher an sich gedacht als an das sozialistische Lager. Aber er brachte es ins Schwanken. Er, sein Freund Mike und all die anderen. Sie waren Helden der Geschichte, sie bestimmten die Nachrichten. Ich dagegen richtete mich in meiner kleinen Welt noch ein bißchen gemütlicher und fester ein.

Mein Schwager reiste nach Westberlin und winkte seiner Familie von einem der Grenztürme zu. Sie standen im Prenzlauer Berg und winkten zurück. Meine Schwester begann, die Wohnung aufzulösen. Einmal trug ich mit meinem Vater einen Kühlschrank runter, mehr weiß ich nicht mehr. Es war Herbst, es wurde früher dunkel.

Immer mehr Menschen gingen in den Westen. Ich blieb. Ich schlich um die Funktionärshäuser, die mit Westgeld gebaut wurden, ich interviewte Horst Sindermann in seinem Wohnzimmer in Wandlitz, Alexander Schalck-Golodkowski auf der Parteiversammlung des Außenhandels in Berlin-Mitte und Volkspolizisten in der Wache an der Gethsemane-Kirche. Aber als die Mauer fiel, ging ich ins Bett. Ich machte das Radio aus, in dem Menschen schrieen, ich schloß die Fenster und klappte die Klappliege aus. Ich war enttäuscht. Ich habe nicht mal daran gedacht, daß ich hier eine historische Nacht verpassen könnte. Ich war soweit weg. Meine Schwester packte ihre Sachen und fuhr rüber zu ihrem Mann. Damit ging die Geschichte zu Ende. Der Plan war erfüllt, für die äußeren Umstände konnte man sie nicht verantwortlich machen.

Ich hatte noch gar nicht angefangen, für meinen Schwager war an diesem Novemberabend die Heldenzeit vorbei. Es gab jetzt neue Helden. Ich folgte ihnen. Ich fuhr mit dem geerbten Polski Fiat übers Land.

Die Grenzen zwischen meinem Leben und dem Leben, das ich beschrieb, berührten sich nun.

Die Wohnung im Bötzow-Viertel stand leer. Mein Schwager zog mit seiner Familie in ein Westberliner Umsiedlerheim gegenüber von Möbel Hübner. Sie teilten sich mit einer anderen Familie einen kleinen Schlafraum. Sie hatten eine elektrische Kochplatte in der Ecke, die Bäder waren auf dem Flur, vorm Haus war ein Straßenstrich. Zum ersten Weihnachten nach dem Mauerfall bekamen wir unsere Westgeschenke. Ich kriegte «Der Friedhof der Kuscheltiere» von Stephen King, mein Sohn eine «Scout»-Schultasche. Das werde ich ihnen nie vergessen. Eine Woche später wurde ich für drei Monate Praktikant bei einem Hamburger Wirtschaftsmagazin und verdiente mehr Westgeld als sie.

Im Frühjahr 1990 fuhr mein Schwager wieder auf das Wochenendgrundstück meiner Eltern wie in dem Jahr zuvor. Im Mai lackierte er mir dort den fleckigen Polski Fiat knallrot. Er liebte ihn immer noch, obwohl er inzwischen einen metallic-grünen Opel-Rekord mit Breitreifen besaß. Der Polski Fiat war mehr als ein Auto. Bei einer Reportage über das Dorf Marxwalde, das seinen Namen gerade in Neuhardenberg umwandelte, ließ mich der Wagen zum ersten Mal im Stich. Es war im Winter 1990. Ich war gerade Reporter geworden, die Grenzen zwischen meinem Leben und dem da draußen lösten sich auf. Ein örtlicher Autohändler bot an, den Wagen zu verschrotten, wenn ich einen SEAT bei ihm kaufte. Ich konnte das nicht. Der Wagen war ein Vermächtnis. Ich besuchte den Mann, der bei Wasserpumpenproblemen helfen konnte, immer öfter. Er hatte ein riesiges Haus im Süden von Berlin, das er mit meinen Ersparnissen verschönerte. Das Auto blieb immer wieder stehen, im Sommer 1991 fuhr es dann gar nicht mehr. Ich nahm mir Mietwagen, das ging jetzt. Ich verlor den Kontakt zu dem Wagen, der mir noch vor kurzem soviel bedeutet hatte. Im Herbst klauten sie die Reifen, mein Sohn rettete die Scheibenwischer, vor den anderen Kindern, die inzwischen in dem Auto spielten. Unserem Auto. Ich gab auf. Ich ließ es von einem Schrottwagen abholen. Etwa um diese Zeit warf mich meine Freundin zwischen zwei Reportagen aus der Wohnung in Karlshorst. Ich bekam es kaum mit. Ich zog in die immer noch leerstehende Wohnung meines Schwagers. Auf dem Zwischenboden fand ich zufällig die Ersatzteile für den Polski Fiat, den es nicht mehr gab. Ich machte den Zwischenboden wieder zu, ich besaß sowieso nichts, was ich dort hätte lagern können. Ich befand mich auf einer Reise, die nicht aufhörte. Mein Leben war eine Kette von Reportagen. Mein Schwager wohnte immer noch in einem Auffanglager neben dem Babystrich. Meine Schwester arbeitete für eine Zeitarbeitsfirma. Wir besuchten sie zu ihren Geburtstagen wie die verarmten Verwandten. Sie wollten nicht zurück in den Osten. Es wäre ihnen vorgekommen wie ein Verrat an ihrem Plan.

Ich schlief einen Winter lang in meinem schwarzen neuen Mantel in der unbeheizten Wohnung, weil ich den Keller nicht aufbekam. Ich besaß einen Koffer und eine Schlafcouch. Ich fuhr immer schneller durch das Land und beschrieb alle Helden, die ich finden konnte. Kleine und große. Sie starben wie die Fliegen. Nachts betrat ich manchmal den Balkon auf eigene Gefahr und sah die dunkle Straße hinunter. Wenn sich gar nichts mehr bewegte, ging ich ins Bett.

Irgendwann war alles beschrieben. Ich riß den Zwischenboden raus, warf die Ersatzteile weg, zog erst nach Berlin-Mitte und später nach New York.

Zwölf Jahre nachdem mein Schwager im Westen angekommen war, stand ich auf der Brooklyn-Bridge und sah den ersten Turm des World Trade Centers zusammenbrechen. Es war das Erstaunlichste, was ich je in meinem Leben beobachtete. Ein Bild wie ein Seufzer. Ich habe nach irgend etwas vergleichbarem gesucht, als wollte ich mich daran festhalten. Ich weiß noch, daß mir der Absturz des «Hindenburg»-Zeppelins einfiel. Ich habe eine CD-ROM, auf der das Time-Magazine das letzte Jahrhundert zusammenfaßt. Es gibt ein paar kurze Filme auf der CD, einer davon zeigt das Kennedy-Attentat, einer den brennenden Zeppelin, die rennenden Menschen. Es war das größte, was mir einfiel, aber es reichte nicht.

Heute kann man sich die Fotos der Menschen ansehen, die zugucken, wie das Haus zusammenfällt, der Unglaube, das Entsetzen macht all die verschiedenen Gesichter New Yorks für einen Moment gleich. Ich war am 11. November 1989 im Bett. Vielleicht haben die Leute ähnlich geschaut, als die Mauer fiel. Auch das schien ja unmöglich.

Aber irgendwann läuft die Zeit dann weiter und mit ihr die Menschen.

Die Menschen rannten. Viele waren bereits mit weißem Staub bedeckt. Einige Frauen hatten ihre Schuhe ausgezogen, sie liefen barfuß in ihren Busineßkostümen über die Brücke wie über den Strand. Alle wollten weg von Manhattan, der Insel, ihrem ewigen Ziel. Dort, wo sie hinliefen, in Brooklyn, war meine Familie. Ich dachte daran, zu ihnen zurückzugehen, mit den anderen zu laufen. In meiner Erinnerung wackele ich. Es war eine Lebensentscheidung. Dann lief ich auf die grauweiße Wolke zu. Es kamen mir immer weniger Menschen entgegen, und als ich Manhattan betrat, hatte ich das Gefühl, beinahe da zu sein. Es war weiß, still und friedlich. Ein paar wenige Fotografen liefen ohne Eile durch die Asche des Südturms wie durch Schnee. Mein Handy ging schon lange nicht mehr, ich hatte kein Kleingeld fürs Telefon. Ich fragte einen koreanischen Händler nach ein paar Münzen, aber der wackelte nur mit dem Kopf und verrammelte seinen Laden. Wahrscheinlich hatte er Angst vor Plünderern, es war wie im Krieg. Ein Mann schenkte mir einen Quarter, ich rief im Büro an und sagte, wo ich bin. Dann lief ich weiter, auf den noch stehenden Turm zu. Als ich direkt vor ihm stand, zwischen der kleinen Kapelle und dem Hilton-Millenium, stellte sich ein Feuerwehrmann in meinen Weg.

«Was willst du hier, Junge?» fragte er mich.

Näher ran, dachte ich und schwieg.

«Geh zurück», sagte er.

Ich drehte mich um und wollte es in der nächsten Straße versuchen. Ich mußte näher ran, ich verstand noch nichts. Dies war das Unbeschreibbarste, Unmöglichste, was ich je erlebt hatte, ich war Journalist. Vielleicht erfüllten sich im nächsten Moment all meine Sehnsüchte. Womöglich war die Reise hier zu Ende. Ich war soweit gekommen, ich war in der Stadt, in der ich immer sein wollte. Die Stadt, die ich mir bis zum Schluß aufgehoben hatte. Die Stadt, die so vermessen ist wie mein Beruf. Vielleicht würde ich heute morgen erlöst. Ich wollte dichter ran, ganz dicht. Ich lief ein paar Schritte zurück, da rief der Feuerwehrmann: «Renn! Wir verlieren den zweiten Turm!»

Ich sah mich noch mal um, der Turm stand, aber seine Haut zitterte. Dann rannte ich. Neben mir rannten jetzt ein paar Bauarbeiter. Hinter uns grollte es, leise nur. Ich war nicht panisch, ich war euphorisch, weil ich das Gefühl hatte, dabei zu sein. Ich war so dicht dran wie es ging, ich hatte mir nichts vorzuwerfen. In meiner Erinnerung lache ich einem der Bauarbeiter beim Rennen zu. Die schwarze Wand in unserem Rücken kam näher. Wir rannten in eine schmale Straße, von vorn kam eine zweite schwarze Wand.

Sie schlugen über uns zusammen. Dichter heran konnte ich nicht mehr.

Ich war jetzt da. Alles war schwarz.

Wir blieben stehen, es gab keine Eingänge, nur eine Blechtür zu einem Keller. Einer der Bauarbeiter brach sie auf. Ich hielt die Luft an. Wir standen eine Weile vor der Kellertreppe, die Bauarbeiter schwiegen. Es war dunkel, und es wurde nicht heller. Irgendwann mußte ich einatmen. Die Luft war warm und dick. Einer der Bauarbeiter leuchtete mit einem Feuerzeug in den Keller, ich wußte nicht, ob es gut ist, dort runterzugehen oder oben zu bleiben, oder weiterzurennen. Ich war mir sicher, daß ich gleich umfallen würde. Ich sehnte mich nach Brooklyn, nach meiner Familie. Ich nahm mir vor, den Beruf aufzugeben, wenn ich das überleben sollte. Der Rauch ging nicht weg. Irgendwann kam ein Polizist mit einer Stabtaschenlampe und stieß uns in den Keller. Wir liefen ein paar Gänge entlang, bis wir eine Tür fanden, unter der ein schmaler Lichtstreifen zu sehen war. Sie ging auf. Wir betraten einen Kellerraum, in dem etwa 15 Leute zusammenhockten. Die Menschen schienen verzweifelt, sie husteten und weinten, aber die Luft war besser, und es gab Polizisten. Ich lebte, die Prioritäten verschoben sich. Vor drei Minuten wollte ich noch meinen Beruf aufgeben, jetzt fing ich an, Interviews zu führen. Eine Frau weinte, weil ihr Mann in einer Etage des Nordturmes arbeitete, in die das erste Flugzeug direkt hineingeflogen war. Ein jüdischer Anwalt kämpfte mit seinem Asthma, eine Polizistin übergab sich. Aus einem Kofferradio erfuhren wir, daß auch in Washington und Pennsylvania Flugzeuge abgestürzt waren. Wir saßen im Luftschutzkeller. Ich war hellwach. Ich schrieb Telefonnummern und Namen auf. Später lief ich, mit weißem Staub bedeckt, den Broadway hoch und hatte wieder das Gefühl, dabeigewesen zu sein.

Das war natürlich ein Irrtum.

Ich bin kurz vor Weihnachten noch einmal in der Straße gewesen. Das New Yorker Büro des *Stern* hatte seine Weihnachtsparty in einer Bar am Ground Zero gefeiert. Nach der Party wollte ich meiner Frau den Platz zeigen, zu dem ich damals flüchtete. Es war nach Mitternacht, aber die Straßen waren in weißes Baulicht getaucht, sie suchten immer weiter nach Toten. Wir irrten in unseren Weihnachtsfeieranzügen wie durch eine Kulisse. Ein Officer stoppte uns irgendwann und lächelte uns mitleidig an. Ich kam mir vor wie ein Katastrophentourist.

Ich war nie dabei. Ich war immer nur außen.

Ich habe viele New Yorker Geschichten geschrieben in den Wochen und Monaten nach dem Anschlag. Für eine Reportageserie im *Spiegel* recherchierten wir, so gut es ging, was an diesem Morgen in den Türmen passiert war. Das Thema schien beherrschbar. Aber es brach unter unseren Händen auf. Unsere Sekretärinnen und Rechercheurinnen fanden immer mehr Geschichten, immer mehr Menschen, die mit uns reden wollten. Es kamen weitere Reporter nach New York, um sie aufzuschreiben. Ich taumelte einen Monat von einer Leidensgeschichte in die nächste, ohne eine Ordnung zu entdecken. Manchmal saß ich mit Hinterbliebenen in ihren Wohnzimmern und ahnte, während sie mir ihre traurigen Geschichten erzählten, daß ich sie nie aufschreiben würde. Irgendwann fiel mir auf, daß zwei der Leute, mit denen ich sprach, aus dem 89. Stock des Nordturmes geflohen waren. Genau vier Stockwerke über ihnen war die Maschine eingeschlagen. Sie kannten sich bis zu diesem Moment nicht, obwohl sie doch lange nebeneinander gearbeitet hatten. Ich fand mehr Leute aus der Etage. Ich zeichnete ihre Büros und ihre Namen in eine Flurskizze. Ich konnte mir zum ersten Mal vorstellen, wie es in dem riesigen Gebäude ausgesehen hatte. An normalen Tagen und an jenem Morgen. Ein Mann erzählte mir von einem Kollegen, den er immer nur auf der Toilette traf. Ein Chinese, der am Pinkelbecken seine Krawatte über die Schulter warf. Das war alles, was er von dem Mann wußte. Und, daß er an diesem Morgen starb.

23 Menschen aus der 89. Etage überlebten. Sie waren eine halbe Stunde lang eingesperrt, weil alle Türen zu den Notausgängen blockiert waren. Sie warteten. Irgendwann tauchten zwei Männer mit Bauarbeiterhelmen auf und befreiten sie. Ich schrieb eine Geschichte über diese Etage, aber die Namen der beiden Retter fand ich erst viel später.

Sie sind tot.

Jeder der 23 Überlebenden hat andere Erinnerungen an sie. Es ging so schnell. Es war dunkel, sie sahen nur den Ausgang. Einer war groß, einer klein. Einer dunkel, einer weiß. Einer trug einen Bart und einen Ohrring. Ich zeigte ihnen Fotos von Vermißten, bis irgendwann feststand: Einer der Männer war Pablo Ortiz. Ortiz beaufsichtigte die Bauarbeiter, die im World Trade Center Reparaturen und Umbauten machten. Ein Mann mit Bart, Ohrring und der Hautfarbe eines Puertoricaners.

Ich habe versucht herauszufinden, was für ein Mensch Pablo Ortiz war. Es war eine traurige Recherche.

Ortiz war ein einfacher Mann, und so wie es aussieht, war er an jenem 11. September zum ersten Mal der Held, der er immer sein wollte.

Sicher ist das natürlich nicht.

Sicher ist nur eins. Er war irgendwo in dem Haus, in das ich an jenem Morgen wollte, um ganz dicht dran zu sein.

Ich sitze in der Wohnung eines Freundes in der Straße, in der mein Schwager mir vor 13 Jahren verriet, daß er in den Westen geht. Es ist wieder Sommer. Es ist sehr warm. Gegenüber wird das letzte narbige Haus der kleinen Prenzlauer Berger Straße glattrestauriert. Alle Balkons sind jetzt zu betreten. Abends jogge ich rüber zum Trümmerberg, auf dem ich als Kind Schlitten fuhr. Ich fühle mich wohl im Prenzlauer Berg und sehne mich nach New York. Ich höre die neue Platte von Bruce Springsteen, auf der er den 11. September verarbeitet. Es ist jetzt ein Jahr her. Die Platte ist gerade rausgekommen. In Dresden ist Hochwasser. Männer mit schweren Arbeiterhänden retten die Bilder aus der Gemäldegalerie. Es gibt Tote, es werden neue Helden geboren. In den Zeitungsberichten lese ich, wie sich das Entsetzen mit dem Stolz der Reporter mischt, dabei gewesen zu sein. Sie kaufen sich jetzt Gummistiefel. Ich habe noch die Schuhe, die ich damals trug und auch noch den Katastrophentrinkbecher der US Army, den mir einer der Polizisten im Keller gab. Ich weiß noch, wie ich am Mittag des 11. September den Broadway hinauflief und mir immer wieder ernst auf die Schuhe sah, die mit Asche bedeckt waren. Die Gesichter der Leute aus SOHO und dem West Village erschienen mir, verglichen mit meinen Schuhen, unangemessen sauber und naiv. Ich suchte bereits nach Worten, wie jetzt die Reporter der Hochwasserkatastrophe in Sachsen. Wieder ist von Krieg die Rede und davon, daß nichts mehr so ist, wie es war. Wahrscheinlich würde ich den Elbereportern heute sehr trocken vorkommen.

Ich habe nicht eine Sekunde darüber nachgedacht, dorthin zu fahren.Ich bin nicht erlöst, nur ein bißchen müde.

Ich habe immer eine Weile gebraucht, um den Leuten den Titel dieses Buches zu erklären. Es wird nur durch mich zusammengehalten. Es berührt die beiden wichtigsten journalistischen Ereignisse meines Lebens. Beim ersten war ich noch kein Reporter, beim zweiten wollte ich keiner mehr sein. Einmal schien ich ganz dicht dran zu sein, einmal ganz weit weg. Aber letztlich gab es kaum einen Unterschied. Ich mußte nirgendwo hinfahren, ich war da. Beide Male stolperte ich ein paar Momente durch den Sturm, bevor ich mich auf den sicheren Boden des Beobachters rettete.

Ich bin Reporter. Ich mache keine Geschichte, ich hänge mich immer nur ran. Ich lebe von Helden, so kann ich alt werden. Für die Helden aber ist das schwerer. Die Menschen rennen weiter, es gibt soviel zu tun.

Pablo Ortiz ist tot. Mein Schwager wohnt heute in Steglitz. Er war ein unfreiwilliger Held. Auch er hat die Konsequenzen unterschätzt. Er hat mitgeholfen, die Welt abzuschaffen, in der er König war. Für ein paar Augenblicke hatten seine ganz persönlichen Interessen weltpolitische Relevanz. Dann ging das Licht um ihn wieder aus. Mein Schwager und Pablo Ortiz waren für einen Moment Teil der riesigen, wimmelnden Bilder, die mich ratlos machen. Gäbe es heute noch große historische Panoramabilder, würde man auf ihnen Pablo Ortiz und meinen Schwager finden. Sie haben mitgemacht. Sie wußten nicht, was passiert, aber sie haben gehandelt. Das ist alles, was sie gemein haben.

Und die 89 in meinem Kopf.

Sie sind so zufällig in dieses Buch geraten, wie die anderen Helden.

ACHTZEHN WAGEN
Mein Schwager gelangt in den Westen

Sein erster Wagen hieß Saporoshez. Das war ein sowjetischer Kleinwagen. Wenn es eine Rangfolge für Autos in der DDR gab, dann stand der Saporoshez sicher ganz unten. Es konnte eigentlich nur noch bergauf gehen.

«Ich habe den Sapo für 5 000 Mark auf 'm Dorf gekauft. Irgendwo hinter Pankow. Bis dahin wußte ich noch nicht mal, daß es einen Saporoshez gibt. Ich war heiß auf ein Auto, ich hatte gerade meine Fahrerlaubnis gemacht. Da war ich 20. Ich habe 'ne Anzeige in die Zeitung gesetzt, und als die rauskam, hatte ich den Sapo schon. Ich habe auf die Annonce so schöne Angebote bekommen, und ich hatte die schärfste Schüssel gekauft. Das Ding war völlig verrostet, es sah aus wie ein Tarnfahrzeug. Ich war in jeder Verkehrskontrolle drin. Das Auto hat soviel Öl geschluckt wie Benzin. Ich hatte den Kofferraum voller Ölflaschen. Der Sapo regnete Öl, die Leute, die hinter mir fuhren, mußten die Scheibenwischer anmachen. Ich weiß auch nicht, warum ich den gekauft habe. Ich konnte nie warten. So war es eigentlich immer.»

Der Wagen stand unten neben den anderen Wagen in der kleinen Straße im Prenzlauer Berg. Wenn er losfuhr, hörten das alle. Aber der Wagen fuhr nicht oft. Er lag meistens drunter. Er war ein großer Mann, der Saporoshez klein.

Er wurde im Dezember 1964 im Krankenhaus Friedrichshain geboren. Da war sein Vater schon nicht mehr da. Der hatte das Geld, das seine Frau für die Hochzeit gesammelt hatte, durchgebracht. Er war kein schlechter Mann, aber freitags, wenn es auf dem Bau Geld gab, kam er oft nicht nach Hause. Als das Hochzeitsgeld weg war, hat sie ihn rausgeworfen. Der Vater holte ihn manchmal ab, sie gingen auf den Rummel. Irgendwann kam er nicht mehr. Der Stiefvater war Lasterfahrer in einem Materiallager. Die Mutter füllte in der Brauerei «Bärensiegel» Flaschen ab oder wusch die Gärbehälter aus, dafür gab's einmal im Monat einen Kasten Bier gratis. Später hat sie nachts in der Kaufhalle Regale eingeräumt. Dadurch hatten sie am Wochenende immer Rouladen, sie kam auch an H-Milch, Ketchup und Rosenthaler

Kadarka ran. Das waren die Beziehungen, die sie hatten. Und natürlich kurz vor Silvester die Raketen und Knaller.

«Die anderen standen vor der Halle in der Schlange, manche haben sich ja schon nachts angestellt. Ich bin an allen vorbeigelaufen», sagt er.

Sie waren vier Kinder. Anfangs wohnten sie in einer Zweizimmerwohnung in der Warschauer Straße, Erdgeschoß. Sie haben zu sechst in einem Zimmer geschlafen. Seine Eltern, seine drei Schwestern, er. Freitags wurde gebadet. 1975 zogen sie ins Hans-Loch-Viertel in eine Vierzimmerwohnung, 75 Quadratmeter. Das war eine soziale Errungenschaft. Sie waren kinderreich. So hieß das damals, und es klang nicht immer gut.

In seiner neuen Klasse waren noch zwei andere Schüler aus kinderreichen Familien. «Einer war so'n bißchen verschlampt, klingt komisch, aber er hat gerochen. Und die anderen waren fast kriminell. Wir hatten auch unseren Ruf. Mal abgesehen von meiner älteren Schwester waren wir nicht unbedingt gut in der Schule. Aber wir hatten einen Hund und irgendwann auch ein Auto. Das Auto hat geholfen. Ich werde nie vergessen, wie mein Vater mit dem Lada ankam. Es war das größte. Der Lada war zweifarbig. Wir waren kinderreich, aber wir hatten ein Auto. Ich war unglaublich stolz drauf.»

Der Stiefvater war groß und still, die Mutter eher das Gegenteil. Sie war die zentrale Figur und entwickelte auch die Familienphilosophie. Ein Beruf war nicht so wichtig, erklärte sie. Man könne auch ohne Beruf arbeiten, man müsse clever sein.

Vielleicht beruhigte ihn das. Seine Zensuren waren schlecht, er bekam zunächst keinen Ausbildungsplatz, nicht mal als Fleischerlehrling nahmen sie ihn. Keine Chance als Fernsehmechaniker, das wäre er gern geworden. Er bewarb sich immer zusammen mit seinem Klassenkumpel. Einmal klaute der während eines Bewerbungsgespräches dem Kaderleiter des Reichsbahnausbesserungswerkes Schöneweide einen Radiergummi. Danach war auch bei der Reichsbahn nichts mehr frei. Sie landeten beide beim Wasserbau. Seine Eltern freuten sich. Der Junge machte eine Lehre, er schaffte die 10. Klasse. Und clever war er auch noch. Er ging mit der Tochter eines Mathelehrers aus und besorgte sich so die Prüfungsaufgaben. Er ließ sie von dem Matheaß seiner Klasse lösen, aber nicht so gut. Er wollte eine Drei haben, eine Zwei hätte ihm niemand geglaubt. So bestand er die 10. Klasse.

Beim Wasserbau war es anfangs aufregend, später dann nicht mehr.

«Wir waren jung, und die Leute auf den Wohnschiffen waren alte Säcke, die wollten immer nur Karten spielen und fernsehen. Ich wollte nicht mit denen auf dem Dorf rumhängen.»

Er wäre am liebsten gleich weitergezogen, er verspürte eine Unruhe, die ihn lange nicht losließ, eine Unzufriedenheit. Aber er machte die Lehre zu Ende und blieb zwei Jahre. Gedrängt von dem Mädchen, das er mit 17 kennenlernte. Sie war genauso alt wie er und wurde die Frau seines Lebens. Mit 19 heirateten sie. Es war eine lustige kleine Hochzeit. Seine Krawatte borgte er sich vom Arbeitskollegen seines Schwiegervaters. Sie flogen für ein paar Tage nach Prag. Weiter war er noch nie von zu Hause weg gewesen. Seine Familie fuhr nicht in den Urlaub, sie hatten einen Garten in Teltow. Womöglich wollte er deswegen nicht mit dem Zug nach Prag. Er wollte fliegen. Auf dem Weg zur Rollbahn öffnete er eine Flasche Rotkäppchensekt. Wie im Film. Im Herbst '84 kam ihr Sohn zur Welt. Sie lebten zu dritt im 16 Quadratmeter großen Kinderzimmer der Frau.

Dann kündigte er doch.

Er wurde Maler. Er ging zu einer PGH und redete so lange auf den Vorsitzenden ein, bis der ihn nahm. Er verdiente nicht soviel, weil er keinen Abschluß hatte, aber war schnell und gut. Er schaffte sein Soll von 7–13 Uhr, danach ging er privat arbeiten, «pfuschen», wie er es nennt. Er hat viel Geld verdient, in dieser Zeit kaufte er sich den Saporoshez. Sie zogen aus dem Kinderzimmer aus in eine Zwei-Zimmer-Wohnung im Bötzow-Viertel. Irgendwann merkte sein Chef, daß er viel schneller war als die anderen.

«Du kannst nicht um eins abhauen. Die Jungen arbeiten für die Alten mit. Wenn Du mal alt bist, freut dich das auch»,

sagte der Chef.

«So lange will ich nicht warten», sagte er.

Er kündigte wieder. Er fing als Maler bei der Kommunalen Wohnungsverwaltung Prenzlauer Berg an. Er war sein eigener Herr und sehr zufrieden. Er arbeitete bis eins und ging danach pfuschen. Hier störte das keinen. Wenn er eine Anzeige für «private Malerarbeiten» in der *Berliner Zeitung* schaltete, hatte er für drei Monate zu tun.

«Ich hab damals 700 Mark für ein Zimmer genommen. Komplett mit Türen, Fenstern, Heizung, Putzen, Tapezieren. Ich hatte bald einen Namen. Das Problem war, so schnell du die Kohle hattest, so schnell warst du sie wieder los. Es war ja immer das Auto kaputt.»

Den Saporoshez hat er dann für 3 500 Mark verkauft, nachdem er ihn noch lackiert hatte. Es war ein Verlustgeschäft, aber er brauchte Geld für den Trabant, den er entdeckt hatte. Es war ein 64er Baujahr, ein blau-weißer Kombi.

«Der Trabi war 24 Jahre alt. Genauso alt wie ich. Ich habe 8 500 Mark für ihn bezahlt. Der Hammer kam aber noch. Als ich den Wagen am nächsten Tag in die Werkstatt brachte, behielten sie den gleich da. Der ist nicht verkehrstauglich, sagten die, der braucht neue Bremsen. Und als ich ihn dann wieder abholen wollte, sagten sie, daß der Motor kaputt war. Die Federn mußten auch raus.

Das hat insgesamt noch mal 6 500 Mark gekostet. Mit dem Kaufpreis habe ich also 15 000 Mark für einen 24 Jahre alten Trabant bezahlt. Glücklicherweise habe ich ja weiter gut Geld verdient.»

Das Geld hatte eigentlich keine Funktion mehr. Man tauschte. Alles stützte sich gegenseitig. Deswegen fiel es wenig später auch so schnell zusammen. 1988 zeigte er seinem Cousin aus dem Westen ein Haus im Prenzlauer Berg, das er malern mußte. Sein Cousin lief durch das Haus, taxierte die Flächen und sagte ihm, daß er im Westen dreimal soviel Geld für so einen Job bekommen würde. Westgeld.

Womöglich setzte das den ersten Stich.

«Es ging uns ja nicht schlecht. Aber wenn ich mir überlege, daß die auch die besseren Farben und Arbeitsgeräte hatten. Wir mußten ja immer aus Scheiße Gold machen. Ich dachte, ich werde da reich. Ich wußte doch nichts. Meinem Cousin schien es gut zu gehen. Und auch einem Kumpel, mit dem ich zur Schule gegangen bin. Dessen Vater war Invalidenrentner, der war für uns der absolute King. Wir saßen immer in der Passage rum, das war 'ne Kneipe in unserem Wohngebiet. Als wir so 16, 17 waren. Ab und zu kam der Vater rüber, der hatte ein USA-T-Shirt an und hat den totalen Chef gemacht. Mein Kumpel ist 1982 auf Familienzusammenführung rübergegangen. Sein Vater hat in einer Ein-Zimmer-Wohnung in Reinickendorf gewohnt, der war einsam. Der war 'ne ganz arme Sau. Aber das wußte ich damals natürlich alles nicht. Über so was hat ja auch keiner geredet. Als mein Kumpel dann im Westen war, habe ich mit ihm Nordhäuser Doppelkorn und Florena-Creme gegen Lindenberg-Platten getauscht. Zwei

Flaschen Nordhäuser und drei Schachteln Florena waren eine Platte. Mein Kumpel hat eigentlich positiv über den Westen erzählt. Was sollte er auch sagen.»

Die Welt war klein, viel kleiner als heute. So traf er Anfang 1989 fast zwangsläufig Mike wieder, mit dem er beim Wasserbau gelernt hatte. Mike war ein Witzbold und ein Mädchenschwarm. Er fuhr einen Polski Fiat. Das war eine andere Klasse als der Trabant. Seine Frau nähte T-Shirts aus Lakenstoff, die sie auf Märkten verkauften. Mike hatte eine Altbauwohnung angemietet, in der er Turnhosen mit einem Puma-Zeichen bedruckte und lagerte. Eine Hose brachte die Monatsmiete rein. Es war ein richtiges Geschäft, illegal natürlich. Aber das hieß nicht viel. Mike ließ ihn nach und nach in seine Welt hineinschauen. Er hatte sich bisher für ziemlich clever gehalten. Jetzt ahnte er, daß er erst am Anfang stand mit seinem blau-weißen Trabant und dem Halbtagsjob als Maler. Er bewunderte Mike, der auch einen kleinen Sohn hatte. Die Frauen verstanden sich ebenfalls gut. Mike redete viel vom Abhauen.

Am Anfang hielt er sich noch zurück. So gut kannten sie sich ja nicht. Aber manchmal lag er abends mit seiner Frau im Bett, und sie stellten sich vor, wie es wäre dort drüben.

Er begann in Mikes Welt einzusickern.

Er fing an, für das Geschäft einzukaufen. Er besorgte große Stückzahlen der billigen, gestützten DDR-Sportkleidung. Im «Haus für Sport und Freizeit» am Frankfurter Tor war er Stammkunde. Er erfuhr, wenn die Lieferungen kamen.

Manchmal kaufte er sie komplett auf. Den Verkäufern war es egal. Es war 1989, alles döste, niemand wunderte sich, was der große Mann mit 400 Turnhosen wollte. Wahrscheinlich waren sie froh, daß sie sie nicht mehr verkaufen mußten. In der Nacht druckten sie zusammen in der Altbauwohnung fremde Logos auf.

«Mike hat gedruckt, ich habe die Hose gehalten. Das war wie Geld drucken. So 'ne Hose haben wir für drei Mark eingekauft und für 20 verkauft. 300 Hosen pro Nacht haben wir gemacht.»

Als es warm wurde, fuhren sie mit den Sachen an die Ostsee. Zuerst kam Mike noch mit. Zuletzt fuhr er allein mit seiner Frau. Die Leute rissen ihnen die Sachen aus den Händen. Am besten gingen Turnhemden und Stirnbänder, auf die sie «Dirty Dancing» gedruckt hatten. Die Turnhemden, die im Laden 4,50 Mark kosteten, verkauften sie für 30 Mark. Die Stirnbänder schweißten sie in Plastikfolie ein.

«Das sah professionell aus. Die Leute waren wie verrückt. Wir hätten noch viel mehr verkaufen können. Wir haben die Stände direkt vorm Kino aufgebaut. Damals lief ja gerade ›Dirty Dancing‹ im Kino.»

Der Film lief im Sommer 1989 in der DDR. Er lieferte den Soundtrack der Revolution. Nicht Wolf Biermann oder «Herbst in Peking» spielten zum Umsturz auf. Es war Patrick Swayze. Das erklärt auch manches.

«Wir sind an so 'nem Wochenende mit 7 000 Mark nach Hause gefahren. Ich habe davon 700 bekommen. Es war ja Mikes Idee. Ich habe mich so sauwohl gefühlt. 700 Mark haben andere in einem Monat verdient. Fürs Drucken habe ich noch mal 300 gekriegt. Ich hatte in der Woche 1 000 Mark. Irgendwie hatte ich gar keine Lust mehr, in den Westen zu gehen. Ich habe Mike damals auch mal vorsichtig Andeutungen gemacht. Ich konnte mir nicht vorstellen, daß wir im Westen mit dem Geschäft so erfolgreich sein würden. Ich meine, wer kauft denn nachgemachte Puma-Hosen an der Ostsee, wenn er echte bei Karstadt kriegt. Aber Mike dachte, er würde auch im Westen erfolgreich sein. Der wollte die Welt einreißen. Er konnte nicht mehr loslassen.»

Er mußte mit.

Mike kaufte sich einen Lada und bot ihm den Polski Fiat an. Er verkaufte den Trabant für 8 000 Mark – und machte wieder Verlust, was ungewöhnlich war beim Autohandel der DDR. Aber es kam nicht mehr darauf an. Er rückte in die nächste Klasse auf. Er zahlte 10 000 Mark für den Polski und steckte gleich noch mal 10 000 rein. Er lernte einen ehemaligen Polski-Fiat-Rennfahrer kennen, der seine Scheune in der Nähe von Königs Wusterhausen bis unters Dach mit Ersatzteilen gefüllt hatte. Ein Polski-Fiat-Paradies, in das ihn Mike geführt hatte. Abends gingen sie mit ihren Frauen manchmal in die Sinus-Bar im Palasthotel. Sie redeten jetzt immer öfter über den Westen. Irgendwie war klar, daß sie gemeinsam abhauen würden. Er hatte keinen Beschluß gefaßt, er war da so rübergerutscht. Mike hatte es mit ein paar Freunden schon mal über die bulgarischen Gebirge versucht. Sie hatten sie erwischt und eine Woche in U-Haft gesteckt. Weil alle dabei blieben, daß sie sich nur verlaufen hatten, ließen sie sie wieder frei. Bulgarien schied aus. Aber ein bißchen Abenteuer sollte schon sein, fand Mike. Er war schon als Lehrling gern auf Güterwaggons gesprungen und die ganze Nacht mit ihnen durchs Land gefahren. Er war ein Abenteurer.

«Er hat mir auch gesagt, wir könnten das dann im Westen besser vermarkten, wenn es ein bißchen spektakulärer ist. Mir war das ein bißchen heiß, aber ich hab nichts gesagt. Wir haben dann Tauchen geübt und Schnellschwimmen. Wir hatten auch ein Lungengerät. Das Problem waren die Sauerstoffflaschen. Die haben sie uns nicht verkauft. Überall, wo wir fragten, sagten sie uns, das dürfen sie nicht. Wegen Fluchtgefahr. Ich wußte, daß der Nachbar meines Schwiegervaters Flaschen im Schuppen hatte. Der war Hobbytaucher. Ich habe den in ewig lange Gespräche über Tauchen verwickelt. Aber dann begannen die ersten über Ungarn abzuhauen. Da ist mir echt ein Stein vom Herzen gefallen. Ich hätte ja schon mit 'nem Tauchlehrer Schiß im Wasser gehabt, ich durfte gar nicht an die trübe Spree und die ganze Polizei denken. Mike war auch gleich einverstanden, den Plan zu ändern. Die Frauen sowieso.»

Es war von Anfang an klar, daß die Männer allein gehen würden. Sie ließen die Kinder bei ihren Großeltern in Berlin und fuhren zu viert in Mikes Lada los. Die Frauen sollten nach der Flucht der Männer wieder zurückfahren und in Berlin einen Ausreiseantrag auf Familienzusammenführung stellen. Er küßte seinen kleinen Sohn, bevor er ihn verließ. Er hätte ihm gern irgend etwas gesagt, aber das ging ja nicht. Dann fuhren sie los. Kurz nach Dresden hatte der Lada einen Kolbenfresser. Sie ließen ihn stehen, fuhren mit dem Zug nach Berlin zurück und kauften sich vier Interflug-Tickets nach Budapest für den nächsten Tag.

Sie fuhren in Mikes Wohnung und betranken sich in dieser Nacht. Wahrscheinlich waren sie glücklich, noch mal zu Hause sein zu dürfen. Sie hatten einen Tag gewonnen, sie fühlten sich wie Soldaten, deren Krieg um 24 Stunden verschoben worden war. Am nächsten Morgen verschliefen sie. Sie verpaßten einen Flug, bekamen aber gleich den nächsten. Auf Geld kam es ihnen nicht mehr an. Er hatte etwa 300 Mark West in einer Salami versteckt. Eins zu zehn getauscht. Das war alles, womit er beginnen würde. Auch Mike hatte Geld, wieviel, wußte er nicht.

«Als wir in Budapest ankamen, war die Stimmung irgendwie anders. Ich kann gar nicht genau sagen, wie. Jeder schien jeden zu beobachten. Einmal in der U-Bahn dachte ich, wir werden verfolgt. Es war so ein Typ mit kurzen Haaren und Bomberjacke, den ich von irgendwoher kannte.»

Sie schliefen noch eine Nacht in einer Budapester Jugendherberge, kauften sich eine Landkarte und suchten sich einen

Ort aus, der ihnen gut erschien. Dann gingen sie essen und ins Bett. Sie schliefen zu viert in einem Zimmer. Die Stimmung war gedrückt.

«Es gab nichts mehr zu reden. Es war ja alles gesagt. Ich hab ein bißchen geheult. Meine Frau auch. Eigentlich wollte ich in dem Moment nicht mehr abhauen, aber ich konnte nicht mehr zurück.»

Am nächsten Morgen fuhren sie mit einem Bummelzug an die Grenze. Auch hier sah er in jedem Reisenden einen Stasi-Mann. Sie erreichten ein kleines Dorf, wo sie in einem Privathaus unterkamen.

«Natürlich war das ziemlich auffällig. Es war ein Kuhdorf, kein See, nichts, und wir vier Berliner taten so, als wollten wir hier Urlaub machen. Mike hat abends gesagt: ›Komm, wir peilen mal die Lage, während die Frauen Abendbrot machen.‹ Da habe ich gedacht, der will gleich weg. Wir hatten vorher ausgemacht, daß wir sofort abhauen, wenn wir eine Gelegenheit haben. Aber ich war einfach nicht soweit. Deswegen habe ich mir auch Badelatschen angezogen, um notfalls eine Ausrede zu haben. Aber wir kamen auch gar nicht weit. Als wir aus dem Dorf raus waren, tauchten zwei ungarische Soldaten aus dem Wald auf, mit Maschinengewehren im Anschlag. Sie haben uns gestellt, wir haben immer wieder erzählt, daß wir nur einen Spaziergang machen, unsere Frauen warten mit dem Abendbrot. Irgendwann kam ein dritter mit einem Feldtelefon, der telefonierte, dann gingen wir alle zu unserem Haus zurück. Wir mußten draußen warten. Da war auch so ein Oberst, dem wir nichts vormachen konnten. Er schrieb sich unsere Paßnummern auf und sagte, daß wir Ärger bekommen würden, wenn man uns noch mal erwischt. Dann gab er uns zu verstehen, daß dies kein guter Ort für eine Flucht wäre. Das fand ich fair.»

Am nächsten Morgen zogen sie in einen anderen Grenzort, wo es viele Touristen gab und auch Fluchthelfer. Einer sprach sie an, aber sie wollten es lieber allein probieren. Sie schliefen auch dort in einer Privatunterkunft, und an diesem Abend war klar, daß sie morgen gehen würden. Es gab keine Ausreden mehr. Nach dem Frühstück zogen sie die Fluchtkleidung an. Jogginganzug, Jeans, Jeansjacke, Lederjacke, zweimal Socken. Es war viel zu warm, aber so hatten sie es geplant.

Die Frauen warteten im Haus auf eine Nachricht.

«Wir sind nach 'ner Dreiviertelstunde gleich auf den Zaun gestoßen, oben war Stacheldraht, also mußten wir uns unten durchgraben. Es ging gut. Da war kein Mensch. Wir liefen los. Ich hätte springen können vor Freude. Es war so einfach gewesen. Nach 20 Minuten sahen wir auch die ersten Häuschen und die ersten Menschen. Sie trugen alle Uniformen, und dann kriegten wir mit, daß es ungarische Armeeuniformen waren. Wir hatten uns echt in eine Grenzerkaserne reingegraben. Wir sind zurück zum Zaun gerannt, glücklicherweise hat uns niemand gesehen. Wir sind weiter durch den Wald gelaufen und nach anderthalb oder zwei Stunden auf einen Schlagbaum gestoßen. Das mußte die Grenze sein. Wir hatten aber ein bißchen die Orientierung verloren. Wir wußten nicht mehr genau, welche Seite vom Schlagbaum Österreich war und welche Ungarn. Es gab keinen Zaun, nur die Schranke. Wir sind noch ein bißchen weiter gegangen, über einen kleinen Fluß rüber und durch ein Maisfeld. Wir wußten echt nicht, ob wir schon da waren. Ein komisches Gefühl.»

Sie fanden eine Büchse mit deutscher Schrift, was gut war, und irgendwann trafen sie auch einen Mann. Der fragte sie: «Seid ihr Flüchtlinge?» Da wußten sie, daß sie da waren. Der Mann war überhaupt nicht überrascht. Er beschrieb ihnen den Weg zu einem Sportplatz, der so eine Art Auffanglager war. Es gab eine riesige Kleiderkammer, wo man Jogginganzüge und Jeans bekam und Turnschuhe. Er hat sich ein Paar Puma-Turnschuhe ausgesucht, die waren zu klein, aber sahen gut aus. Das waren wieder normale Probleme, und er dachte daran, daß er seine Frau und seinen Sohn hätte mitnehmen sollen. Es war so einfach gewesen. Kein Abenteuer, eher ein Spaziergang. Sie richteten den Frauen aus, daß alles okay ist. Dann saßen sie die ganze Nacht wach in ihrer Turnhalle, rauchten, quatschten mit anderen Flüchtlingen und dachten an ihre Frauen. Zum erstenmal seit langer Zeit schienen die mehr in Gefahr zu sein als sie.

Was würde passieren, wenn sie nach Ostberlin zurückkämen? Würde man ihnen glauben, daß sie von nichts gewußt haben?

Am nächsten Tag fuhren sie mit einem Sammeltransport nach Wien, sie wurden in der deutschen Botschaft registriert und bekamen 100 Mark, dann fuhren sie noch nachts nach Gießen.

«Da hatte ich dann mein erstes Tief. Wir kamen in dieses riesige Auffanglager. Das waren so graue 50er-Jahre-Bauten, und da waren Tausende Menschen. Auf unserem Zimmer lagen auch schon zwei Frauen mit ihren Kindern. Ich habe mich im Spiegel angesehen, ich war übermüdet, und die gebrauchten Klamotten sahen schlimmer aus als die Sachen, die ich im Osten getragen hatte. Die Kinder schrieen, es war alles so fremd. Da habe ich mich gefragt: Was mach ich hier? Was will ich hier eigentlich?»

Er rief seinen Schwiegervater an. Er mußte so tun, als sei er ohne das Wissen seiner Frau abgehauen. Er hatte seine Familie im Stich gelassen. Der Schwiegervater legte einfach den Hörer auf. Es zeriß ihm fast das Herz. Er stand in der Schlange vorm Telefon wie ein Verräter. Er konnte nichts sagen. Seine Frau hatte kein Telefon, seine Eltern auch nicht.

In den folgenden Tagen redete er mit verschiedenen Leuten, die entscheiden sollten, wo sie hingeschickt werden. Es war ihm egal, klar war nur, daß er und Mike zusammenbleiben wollten. Die Frauen waren zusammen, die Kinder waren zusammen, es war ein gemeinsamer Plan. Eine Woche später wurden sie nach Berlin geschickt. Wahrscheinlich, weil dort seine Tante wohnte. Mike hatte niemanden im Westen. Sie zogen in ein Umsiedlerheim in der Genthiner Straße. Es war ein 10-Mann-Zimmer. Sie mußten 250 Mark pro Bett bezahlen. Er fing bei einer Fensterputzerfirma an. Er arbeitete von 6–13 Uhr und bekam 1 500 Mark. Das war nicht viel, aber besser, als für zehn Mark die Stunde Möbel schleppen.

«In Marienfelde, wo wir zuerst waren, standen ja schon die Kleinunternehmer vor der Tür wie die Sklavenhändler.»

Im Wohnheim haben sie sich ein bißchen nützlich gemacht, so daß ihnen der Heimleiter irgendwann ein Zweibettzimmer gab. Was im Osten passierte, bekamen sie kaum mit. Und was sie hörten, nahmen sie nicht ernst. Sie hatten ihren Plan im Kopf. Wenn es gut lief, würden sie ihre Frauen und Kinder in zwei Jahren wiedersehen. Bis dahin wollten sie was geschaffen haben. Eine Existenz, so hatten sie es genannt. Sie telefonierten täglich mit den Frauen, und einmal winkten sie ihnen von den Grenztürmen zu. Er wußte, daß sein Sohn nicht mehr in den Eiskunstlaufkindergarten durfte, nachdem seine Frau einen Ausreiseantrag gestellt hatte. Und die Wohnung im Bötzow-Viertel war polizeilich versiegelt worden. Das erfuhren sie. Aber sie bemerkten nicht, daß die Mauer wackelte. Die stand doch für immer. Man mußte fliehen oder bleiben. Dann kam der 9. November. Mike war aus in der Nacht. Irgendwo aus. Er ging früh ins Bett. Mitten in der Nacht klopfte es wie wild an der Tür, er dachte, daß Mike vielleicht den Schlüssel vergessen hatte. Dann machte er auf, und die Frauen standen vor der Tür. Die Kinder waren auch da. Er machte die Tür gleich wieder zu. Er wußte nicht, was er sagen sollte. Er überlegte, aber es fiel ihm nichts ein, also machte er die Tür wieder auf. Die Frauen durchsuchten alle Schränke, aber da war niemand, auch nicht Mike.

«Ich habe ihnen gesagt, daß Mike bei einem Kumpel schläft, der schon 'ne Wohnung hat. Das haben sie dann geglaubt.»

Es war eine komische Begegnung. Die Kinder waren todmüde und wußten auch nicht, daß hier ein historisches Treffen stattfand. Er mußte früh um fünf raus, Fenster putzen. Die Frauen wollten nicht gehen. Sie hatten alles mitgebracht, weil ja keine wußte, ob die Mauer für immer aufbleibt. Sie haben dann auf Mike gewartet, halb freudig, halb beschämt. Als Mike kam, ist er schnell auf ihn zugerannt und hat ihm erzählt, was er den Frauen erzählt hatte. Mike hat genickt und gestarrt. Am Morgen sind die Frauen mit den Kindern nach Marienfelde gefahren, um Westberliner zu werden, er und Mike kümmerten sich um ein größeres Zimmer im Wohnheim.

Sie hatten so sehr auf den Moment gehofft, und dann kam er viel zu früh.

«Das war natürlich alles nicht optimal. Ich hätte ihnen gern einen besseren Empfang geboten. Mit Auto und Wohnung. Wir hatten nie Pläne gemacht, wo wir hinziehen wollen. Wir kannten ja auch gar nichts. Auch nicht Westberlin. Ich wußte, daß es Spandau gibt, weil da meine Tante wohnte. Und in Reinickendorf wohnte der Vater meines Kumpels, von Kreuzberg hatte ich gehört. Das war's. Als meine Frau das sah, die Umgebung, der Strich und das, war sie natürlich nicht begeistert. Aber wir dachten ja nicht, daß es für lange sein würde.»

Sie blieben über ein Jahr.

Anfangs wohnten sie alle sechs in einem Zimmer. Es war ein gemeinsamer Plan. Sie würden es zusammen durchstehen. Die Frauen wurden erst mal 14 Tage aus psychologischen Gründen krank geschrieben. Da waren noch alle gleich. Mikes Frau war Näherin, seine Bauzeichnerin. Beides waren aussterbende Berufe im Westen. Aber seine Frau bekam bald ein Angebot von einer Zeitarbeitsfirma. Sie fuhr jeden Tag zur Arbeit, die Firma war sehr zufrieden mit ihr. Die Spannung im Sechsmannzimmer wuchs. Mikes Frau bekam nichts, sie verschwand manchmal samstagabends wortlos, um sich eine Zeitung zu besorgen. Sie wollte die

Anzeigen vor den anderen lesen. Doch die kleinen Vorsprünge nutzten nichts mehr. Mike arbeitete an großen Plänen. Er wollte Obst in Werder kaufen und im Westen die Preise brechen, aber das funktionierte nicht. Er handelte vor der Währungsunion ein bißchen mit Geld, aber eigentlich brachte das nichts. Das Heim wurde immer leerer. Viele der Leute, mit denen sie angekommen waren, zogen aus. Der Druck auf die Schicksalsgemeinschaft wuchs. Sie nahmen sich getrennte Zimmer, sie redeten nur noch wenig miteinander, und irgendwann waren Mike und seine Familie ganz weg.

Sie waren wieder in den Osten gezogen, in eine große, preiswerte Neubauwohnung in der Frankfurter Allee.

«Das konnten wir einfach nicht. Klar haben wir darüber nachgedacht. Aber dann wäre alles so sinnlos gewesen. Die Blöße wollten wir uns nicht geben. Wir haben uns ja für verschiedene Wohnungen in Westberlin beworben, aber wenn die schon unsere Adresse hörten, waren wir meistens raus. Wir warteten.»

Das Heim war jetzt fast leer. Er war im Westen, aber die Unruhe wuchs wieder.

Er fing an, Kontakte zu machen. Wie früher. Er freundete sich mit dem Imbißbudenbesitzer an, der in ihrer Straße Würste verkaufte. Er redete oft mit dem Jugoslawen, der im Büro ihres Heimes arbeitete. Er besuchte Gebrauchtwarenhändler. Er malerte hier und da. Aber die Dinge um ihn herum bewegten sich jetzt viel schneller, und die Leute, die er kennenlernte, hatten auch keine Beziehungen. Er kaufte Autos, um ein bißchen Entwicklung im Leben zu haben. Dann verkaufte er sie wieder.

Sein erster Wagen im Westen war ein grüner Opel Rekord mit Breitreifen. Den kaufte er noch '89. Der nächste war ein grüner Ford Taunus. Und dann ein Ford Escort, bordeaux-rot. Mit dem Escort machte er auch den Umzug in die kleine Wohnung nach Steglitz. Die Wohnung gehörte zur Hausmeisterstelle, die er im Januar 1991 antrat. Sie lag im Erdgeschoß eines Schwesternwohnheimes des Klinikums und kam ihnen vor wie ein Schloß. Er mußte zweimal mit dem Ford Escort von der Genthiner Straße nach Steglitz fahren. Dann war die gesamte Habe verladen.

Den Honda Accord kaufte er in Hannover. Es mußte schnell gehen, deswegen flog er. Er nahm auch seine Frau und seinen Sohn mit, der noch nie geflogen war. Nach Hannover. Zurück fuhren sie im Honda, er war silbergrau. Der Audi 100 war ebenfalls silbern.

Dann kam ein Mazda RX 7, der war mehrfarbig, vorne hellrosa, hinten dunkelrot. Mitte 1992 kaufte er einen weinroten Mitsubishi Lancer, der nicht ganz so alt war wie die Autos zuvor. Er hätte ihn ein bißchen fahren können, aber der Mitsubishi-Händler entdeckte die Unruhe in seinem Kunden. Er gab den Landser wieder zurück und kaufte sich einen dunkelgrünen Mitsubishi Eclipse. Einen nagelneuen.

Der Eclipse hatte zwar hinten nur Notsitze, aber er konnte nicht mehr anders. Irgendwann würde der Sohn ja sowieso aus dem Haus sein. Bis dahin nahm seine Frau auf den Notsitzen Platz.

Das Schwesternwohnheim war kein Schloß, es war laut, und oft klingelten sie ihn mitten in der Nacht raus. Er kündigte, um sich als Maler selbständig zu machen. Sie zogen in eine andere kleine Steglitzer Wohnung. Es war ihm wichtig, daß die drei Quadratmeter größer war als die alte. Seine Frau arbeitete inzwischen als Zeichnerin im öffentlichen Dienst.

Er riskierte nicht viel.

Es sah gut aus. Die Aufträge waren da, ein Schwager, der bis dahin Versicherungen verkauft hatte, wollte mit einsteigen. Er würde eine kleine Malerfirma gründen, mehr wollte er ja gar nicht. Kleine Brötchen backen. Kurz vor der Firmengründung rutschte er von der Leiter, als er bei Getränke-Hoffmann in Hellersdorf eine Fassade malerte. Das Knie wurde gleich dick. Der Meniskus war kaputt. Er wurde ein paarmal operiert, es wurde nie richtig gut. Es ist ein Knorpeldefekt, sagen sie. So ein Knie ist empfindlich. Er darf nicht mehr malern. Er hat sich sieben Jahre durch verschiedene Gerichte geklagt. Es gab eine Prämie von seiner privaten Versicherung, und er kriegt jetzt eine kleine Berufsunfähigkeitsrente. Aber gegen die Berufsgenossenschaft des Malerhandwerks hat er letztlich verloren. Er hätte noch vor den Bundesgerichtshof gehen können, aber das hätte seine Rechtsschutzversicherung nicht mehr getragen. Beim Arbeitsamt haben sie ihm eine Feinmechanikerlehre vorgeschlagen. Aber er glaubt, seine Hände sind zu groß für einen Feinmechaniker. Er hat eine Ausbildung als Masseur gemacht und sich in einem nahegelegenen Fitneßstudio einen Raum gemietet, in dem er seine Massagen anbietet. Inzwischen gibt es einen kleinen Kundenstamm, nicht zu viele, da er zu seiner Rente nur einen kleinen Betrag dazuverdienen darf. Aber in letzter Zeit kommt kaum noch jemand. Er hat noch vier ältere Herren und Damen. Die Leute haben kein Geld mehr.

«Es ist natürlich keine Situation, mit der man angeben kann. Ich bin ja erst 37. Ich würde schon gern wissen, wo ich stehen würde, wenn der Unfall nicht passiert wäre. Vielleicht hätte ich ein Haus gebaut.»

Er versucht, seiner Frau die Arbeit zu erleichtern. Er kauft ein, wäscht, kocht und geht zu den Ämtern, den Banken und repariert alles. Er ist immer noch unruhig, aber eben auch älter geworden. Es sieht so aus, als sei die Reise in Steglitz zu Ende, in einer Zweieinhalb-Zimmer-Altneubau-Wohnung. Er macht noch kleine Schritte, im Kreis, wenn man so will. Er hat Eichenparkett verlegt. Das hält 100 Jahre. Er hat sogar, nach Beratungen mit Hausbesitzer und Schornsteinfeger, einen Kamin ins Wohnzimmer gebaut. Er sammelt im Sommer Holz, damit sie es im Winter gemütlich haben. Im Keller hat er eine Sauna installiert. Die besucht er mindestens dreimal die Woche. Er macht Erledigungen. Er massiert die alten Leute, die sich das noch leisten können. Er hilft seiner Mutter. Er liest die Zweite Hand. Wenn ein Freund ein Auto kaufen will, berät er sich mit ihm. Er verbringt viel Zeit bei den Autohändlern. Gelegentlich fährt er zu seinem Schwager, der in Herzfelde eine Werkstatt gemietet hat, in der er Autos schneller macht. Der Schwager hat auch schon manches im Leben ausprobiert. Zum Beispiel wollte er in der Ruine eines DDR-Jugendklubs in Hellersdorf mal eine Großdiskothek aufmachen. Im letzten Jahr waren die beiden auf einer Tuning-Messe in Dortmund.

Die Autos bewegten sein Leben immer weiter. Eine Zeitlang sah es so aus, als könnte er mit dem Mitsubishi Eclipse leben. Er fuhr ihn drei Jahre, so lange wie keinen zuvor. Und keinen danach. Vielleicht weil es ein Neuwagen war. Aber dann kam doch der dunkelblaue 318er BMW compact. Den tauschte er gegen einen grünen Toyota Camry, einen Kombi, mit Ledersitzen und Klimaanlage, der einem 523er BMW wich, den er nur drei Monate fuhr, weil er herausfand, daß jemand den Kilometerstand manipuliert hatte. Er blieb bei BMW. Den nächsten fuhr er anderthalb Jahre. Er war schwarz und hatte Vollausstattung. Er hat von all seinen Autos Fotos. Sie teilen ihm die Zeit ein.

«Ich habe 'ne Automacke. Es ist so in mir drin. Andere müssen die Welt bereisen, um sagen zu können: Da war ich schon. Und da auch. Bei mir ist es so, daß ich sagen kann: Den bin ich schon gefahren. Den auch. Und dann verliere ich auch schnell die Lust an so einem Auto, wenn ich ein neues sehe. Ich habe ja immer die Zweite Hand da, selbst wenn ich eigentlich kein Auto kaufen will.»

Er hat 18 Autos gehabt. Die, die er nur drei Tage hatte, und die, die er seiner Frau kaufte, nicht mitgerechnet. Er hat nie einen Unfall gebaut. Er hat die Autos immer in einwandfreiem Zustand verkauft, meist sahen sie nachher besser aus als vorher. Aber er hat eigentlich immer Verlust gemacht. Das Geld ist fast weg. Die Versicherungsprämie, das Ersparte. Er tauscht immer noch wie früher, doch das Geld hat jetzt seine Funktion zurück.

«Ich bin ein Hans im Glück», sagt er.

«Ich bin mit meinem Leben zufrieden. Es sind nicht nur die Autos. Wir sind ja auch ganz schön rumgekommen. Und wenn ich nicht solche Flugangst hätte, wäre es sicher sogar noch weiter. Ich würde gern mal nach Asien. Ich bereue nichts. Ich würde alles wieder genauso machen. Vielleicht würde ich einmal weniger kündigen.»

Das erste Auto war ein Saporoshez. So gesehen, ging der Plan auf, und doch scheint manchmal alles ein großes Mißverständnis zu sein. Er ist damals einer Welt entflohen, in die er gut gepaßt hat. Eine überschaubare Welt, eine Welt, in der ein Gefallen etwas zählte. Die DDR hat von Leuten wie ihm gelebt, und sie ist an Leuten wie ihm zugrunde gegangen. Der Sommer '89 scheint der glücklichste seines Lebens gewesen zu sein. Alles schien möglich. Er tanzte am Abgrund. Aber er ist ruhiger jetzt. Er hat es probiert. Die Welt ist größer.

Das letzte Auto ist ein Audi Cabriolet. Er wollte immer mal ein Cabrio haben, so wie er immer einen Kamin haben wollte. Der Audi ist himbeerfarben, auf die Seiten hat er die Werbung für die Tuningwerkstatt seines Schwagers geklebt. Er fährt mit der Werbung für seinen Schwager durch die Welt. So wie Rocky im Sylvester-Stallone-Boxerfilm, der den Namen der Fleischerei seines dicken Schwagers auf dem Boxermantel trägt.

Im ersten Teil der Serie, als Rocky noch ein anständiger Mensch war.

ZELMANOWITZ' TAT

Ein Jude aus Brooklyn taucht in einer Präsidentenrede auf

Zelmanowitz war das erste Beispiel des Präsidenten.

«Wir haben den Charakter unserer Nation in der Opferbereitschaft unserer Menschen gesehen», sagte George W. Bush auf dem großen Gedenkgottesdienst nach dem 11. September in der Washington National Cathedral. Dann zählte er auf. «Im World Trade Center gab es einen Mann, der sein Leben hätte retten können, es aber vorzog, bis zum Schluß an der Seite seines querschnittsgelähmten Freundes zu bleiben. Es gab den Pfarrer, der starb, während er einen Feuerwehrmann segnete. Es gab zwei Büroarbeiter, die einen behinderten Fremden 68 Stockwerke heruntertrugen.» George W. Bush nannte noch weitere Fälle, aber das erste Beispiel war Zelmanowitz. Abraham Zelmanowitz aus Brooklyn. Avremel oder auch Abe, wie ihn seine Freunde nennen.

Zelmanowitz hatte im 27. Stockwerk des Nordturmes neben seinem querschnittsgelähmten Kollegen Ed Beyea von der «Blue Cross Blue Shield»-Versicherung auf Hilfe gewartet. So lange, bis der Turm einstürzte. Anderthalb Stunden lang hätte er Zeit gehabt zu fliehen. Leute, die 60 Stockwerke über ihm gewesen waren, als das Flugzeug einschlug, liefen an ihm vorbei.

Er aber blieb.

Abraham Zelmanowitz wurde 55 Jahre alt. Die letzten 28 hat er im ausgebauten Keller seines Bruders Jack in Brooklyn gewohnt. Er brauchte nicht viel Platz, er war ein bescheidener Mann, und er war nicht verheiratet. Abends saß er mit seinem Bruder und dessen Frau Evelyn im Wohnzimmer. Es ist ein kleines, gemütliches Haus, in dem Kinder, Enkelkinder, Onkel und Oma dicht zusammenlebten, ohne sich zu bedrängen. Es ist immer noch klein, aber heute wohnen nur noch drei Menschen hier. Jack, Evelyn und Evelyns Mutter. Die uralte Frau starrt in den Küchenfernseher. Der Ton ist abgedreht, sie hört nichts mehr. Jack und Evelyn Zelmanowitz sitzen mit ihren Teetassen im Wohnzimmer. Sie fallen sich ins Wort, ohne es zu merken. Wie sich alte Ehepaare eben ins Wort fallen. Sie redet einfach weiter, er lächelt milde.

«Abe fand nicht die richtige Frau», sagt sein Bruder Jack.

«Vielleicht wollte er auch nicht», sagt Evelyn.

«Er war ein guter Onkel für unsere Kinder. Er hat sie mit großgezogen», sagt er.

«Wir haben vier Kinder und 14 Enkelkinder», sagt sie.

Zelmanowitz' sind orthodoxe Juden. Abe und Jack gingen jeden Morgen zum Gebet in die Synagoge. Normalerweise besuchen sie verschiedene Synagogen, aber an jenem Morgen entschieden sie sich zusammenzubleiben. Sie standen um sechs Uhr auf, verließen um 6.30 Uhr das Haus und liefen drei Straßen bis zur «Sharie Zion»-Synagoge. Kurz vor acht verabschiedeten sie sich. Sie drückten sich fester als sonst, sagt Jack. Sein Bruder nahm die Subway von Kings Highway nach Manhattan. Jack Zelmanowitz fuhr nach Hause, frühstückte und fuhr dann seine Frau Evelyn zur Arbeit. Sie ist Lehrerin in einer Mädchenschule. Jack arbeitet nicht mehr. Er ist 66. Abe und er haben früher mit Stoffen gehandelt, die sie im Orient kauften. Davon hatten schon ihre Eltern gelebt, aber das Geschäft versickerte in den 80er Jahren, und die Jungs mußten sich was anderes suchen. Abe wurde Programmierer, seit zwölf Jahren arbeitete er für die Versicherung «Blue Cross Blue Shield». Sein Bruder Jack hat verschiedene Sachen ausprobiert. Die längste Zeit war er Rabbi im koscheren Restaurant «Mister Broadway» in Manhattan.

«Ich bin jetzt 68 Jahre alt, ich habe jetzt meine Ruhe verdient», sagt er.

«Ruhe», sagt seine Frau und schaut auf ihre müden Füße.

Er lächelt milde.

Jack hörte auf der Heimfahrt im Autoradio, daß das World Trade Center brannte. Als er zu Hause ankam, schlug gerade das zweite Flugzeug ein. Er rechnete kurz durch, ob sein Bruder schon im Büro war oder nicht. Bei guter Subway-Verbindung war er kurz vor neun da. Jack hoffte, daß die Verbindung schlecht gewesen war.

Sie war gut. Abraham rief gerade bei seiner Schwägerin in der Schule an, weil er seinen Bruder nicht erreicht hatte.

«Ich habe ihn deutlich verstanden», sagt sie. «Er klang überhaupt nicht ängstlich. Ich sagte: ›Du mußt aus dem Haus gehen.‹ Er sagte: ›Ja, gleich. Ich muß nur noch auf Ed warten.‹ Dann war die Leitung tot. Ich dachte, er ist vielleicht in einen Fahrstuhl gestiegen.»

Zehn Minuten später sprach Abe mit seinem Bruder, der inzwischen den Fernseher angeschaltet hatte.

«Ich wunderte mich, daß er immer noch in dem Turm war. Man sah ja im Fernsehen die Bilder von den Leuten, die aus dem Haus rannten. Ich war mir sicher, daß Abe dabei war. 27 Stockwerke war ja nicht so hoch, wenn man dieses riesige Haus sieht. Ich sagte ihm: ›Du mußt jetzt wirklich gehen, Avremel.‹ Und er sagte: ›Nein. Ich muß auf Ed aufpassen.‹ Ed war sein Kollege im Rollstuhl. Aber der hatte eine Pflegerin, die rund um die Uhr für ihn da war. Das war Irma. Ich dachte, die paßt auf, aber die beiden haben sie wohl weggeschickt, um Hilfe zu holen. Ich habe Abe noch mal gesagt: ›Du kannst doch jetzt auch nichts machen.‹ Aber er sagte: ›Ed ist stur.‹ Ich hatte den Eindruck, daß er nicht richtig reden wollte, weil Ed genau neben ihm saß. Er wollte ihn nicht verletzen.»

«Ed konnte ziemlich stur sein», sagt sie.

«Ich hatte den Eindruck, er traute sich nicht weg», sagt er.

«Ja, er hat auch gesagt, daß da Feuerwehrleute waren, die Ed tragen wollten, aber Ed habe auf Spezialkräften bestanden», sagt sie.

«Irgendwann hat ihn wohl mal jemand unsachgemäß getragen, und dabei ist ihm ein Arm gebrochen», sagt er.

«Wenn Ed an diesem Morgen nicht zur Arbeit gekommen wäre, würde unser Abe noch da unten sitzen und mit dem Computer spielen», sagt sie.

«Ich habe dann im Hintergrund eine Stimme gehört, das war ein Feuerwehrmann oder ein Polizist. Es klang so, als müßten sie zu einem anderen Fahrstuhl gehen. Jedenfalls hatte ich den Eindruck, daß sich jetzt jemand um die beiden kümmert. Abe hat auch gesagt: ›Ich muß jetzt auflegen.‹»

«Das war das letzte, was wir von ihm gehört haben», sagt sie.

«Er hat nicht von seinem Handy angerufen. Ich habe Ruferkennung. Es war eine Festnetznummer. Er muß in irgendeinem Büro gewesen sein», sagt er.

Sie sieht ihn ratlos an.

«Kurz danach ist dann der erste Turm zusammengefallen. Aber seiner stand noch. Er hatte noch soviel Zeit», sagt Jack.

Mehr wissen sie nicht. Ed Beyea hat einmal mit seiner Mutter in Upstate New York telefoniert und ihr gesagt, daß sie in der 21. Etage sind.

«Demnach waren sie also doch schon sechs Etagen nach unten gekommen», sagt er.

«Vielleicht hat sie sich auch nur verhört», sagt sie.

Jack Zelmanowitz lächelt, wahrscheinlich haben sie dieses Gespräch schon oft geführt.

Gelegentlich hat man den Eindruck, sie beurteilen eine Schwiegertochter, wenn sie über Ed Beyea reden, jemand, den sich Jacks Bruder gegen ihren Willen ausgesucht hat. Eine Jude aus Brooklyn und ein Katholik aus Upstate. Das ist wie Romeo und Julia. Wie soll das gehen?

«Einmal hat er Ed zum gemeinsamen Essen eingeladen. Wir mußten lange suchen, bis wir das richtige Restaurant fanden. Es mußte koscheres Essen für Abe geben, und es mußte rollstuhlgerecht für Ed sein. Gar nicht so einfach», sagt Jack.

«Abe war ein herzensguter Mann. Er hat Ed ja so eine Halterung gebaut, mit der er auch im Bett lesen konnte», sagt sie. «Er konnte ihn einfach nicht allein lassen.»

Sie haben die Familie von Ed Beyea auf einem Trauergottesdienst kennengelernt. Es war sicher nicht einfach. Alle ahnten, daß Abraham Zelmanowitz hätte leben können. Aber wem sollte man etwas vorwerfen? Dem Leben? Wenn Ed Beyea an seinem 21. Geburtstag nicht ins flache Wasser gesprungen wäre, hätte er am 11. September auch keine Hilfe gebraucht.

Und so genau weiß niemand, wieso sich die beiden an jenem Morgen nicht trennen konnten.

Es gibt Menschen aus den oberen Etagen, die sich dunkel an einen schweren Mann im Rollstuhl erinnern können. Vielleicht stand jemand neben ihm, sagen sie. Ein kleiner, bärtiger Mann mit einer großen Brille? Vorstellbar. Ein Mann, der aussieht wie das Gegenteil eines amerikanischen Helden? Kann schon sein. Keiner weiß, was in den letzten Minuten zwischen den Freunden passierte.

So sind sie zu einem schnellen, wirkungsvollen Beispiel für den Präsidenten geworden. Die besten Beispiele sind die, die Raum für Interpretation bieten und denen nie jemand widersprechen würde. Abe Zelmanowitz hätte ein Held sein können. Also ist er ein Held. Und weil sein Freund im Rollstuhl saß, hat auch die Christopher Reeves Stiftung geschrieben. Reeves hat mal Superman gespielt und ist nach einem Reitunfall querschnittsgelähmt. Er hat Jack und Evelyn eine Urkunde geschickt, die sie in ihrem Wohnzimmer aufgehängt haben. Dort hängt auch das Schreiben von Bürgermeister Giuliani. Und auch die Ehrenurkunde des kleinen Wohltätigkeitsgolfturniers, das vom Besitzer einer Wirtschaftsdetektei ausgerichtet wird, dessen Sohn auch beim Baden verunglückte.

Evelyn und Jack haben eine Mappe angelegt, in die sie Kopien von all den Schreiben hineingetan haben, die sie erreichten und auch den Auszug aus der Rede des Präsidenten. Es erinnert an eine Bewerbungsmappe. Evelyn hat ein Foto reingelegt, das gut paßt. Abe steht auf der Terrasse eines Holzhäuschens. Er trägt ein gestreiftes Hemd, das ihm zu eng ist, und er lächelt. Er sieht freundlich aus. Über ihm weht eine riesige amerikanische Fahne.

Der Abraham Zelmanowitz, der aus dieser Mappe wächst, paßt kaum noch in den Keller des Holzhauses von Williamsburg, Brooklyn, in dem er 28 Jahre zufrieden lebte. Man kann ihn sich gar nicht mehr vorstellen.

Im August 2002 haben sie ein Stück von Abraham Zelmanowitz in den Trümmern des World Trade Centers gefunden. Die Gerichtsmediziner haben eindeutig nachgewiesen, daß es Abe ist. Jack und Evelyn sind mit dem Rest Avremel nach Israel geflogen und haben ihn in Jerusalem bestattet. Er ist für immer von Ed getrennt. Er liegt jetzt auf den Olivenbergen.

«Das wäre sein Wunsch gewesen», sagt Jack Zelmanowitz.

«Er hat es so gewollt», sagt seine Frau.

NENNSTIELS HAUS
Ein Eigenheimbauer büßt für ein Land

Der Nachbar sagt, daß Züge den Rhythmus seines Lebens bestimmen. Er ist Eisenbahner, und sein Leben verläuft nach dem Fahrplan. Er lacht. In seinem Rücken streichen zwei Katzen und drei Kinder durch den Garten, in der Haustür steht eine alte Frau, die Hände in die Kittelschürze gestützt. Wenn man nach dem Haus aus Fertigplatten auf der anderen Straßenseite fragt, verschwindet die alte Frau wie ein Geist. Von Zügen abhängig zu sein hat was Beruhigendes, sagt der Nachbar und wärmt sein müdes Nachtschichtgesicht in der milden Mittagssonne. Die Blätter flattern über schlafende Wege, die breiten Straßen summen leise, nur wenn man sich auf die Zehenspitzen stellt, sieht man die nahen Hochhäuser. Der Ketschendorfer Weg liegt in einer hübschen Siedlung zwischen der Stadt und den großen Neubaugebieten im Nordosten. Die perfekte Gegend für einen Serienmörder. In solchen Gegenden wächst das Grauen ungestört. Die Leute sehen lange weg, die Überraschung ist immer groß.

Als die Scheiben eingeschlagen waren, ist der Nachbar dann auch mal über die Straße gegangen und ins Haus geklettert. Für ein paar Wochen war es ja eine Art Musterhaus, offen, jedem zugänglich. Er schüttelt heute den Kopf über die ganze Erregung. Vermutlich auch über seine eigene, aber die erwähnt er nicht. Dann sagt der Nachbar noch ungefragt, daß er die Steine für seinen Anbau ganz allein rangekarrt hat. Plötzlich läuft die Uhr zurück, und man hört sie reden, wie sie hier vor zehn Jahren geredet haben könnten, als die Nachricht in der Zeitung stand und sie plötzlich den hohen Kran im Garten des Nachbarn bemerkten.

Das Land wurde nur noch durch kleine Geheimnisse zusammengehalten, Gemeinheiten, Mißgunst, Anmaßung und das ständige Gefühl der Ohnmacht. Im Herbst 1989 bestand für viele die einmalige Chance, ihre persönlichen Rechnungen im Rahmen der sanften Revolution zu begleichen. Der Denunziant wurde zum Helden, die kleine Rache bekam eine gesellschaftliche Rolle.

Daran soll erinnert werden.

Ende Oktober 1989 saß ein junger Mann im Arbeitszimmer von Dieter Resch. Resch war Wirtschaftschef der *Berliner Zeitung* und galt als unangepaßt. Er arbeitete viel, er entschuldigte sich ungern, und er hatte eine große Klappe. Resch hatte als Bergmann gearbeitet und blieb auch als Journalist Bergmann, er zertrümmerte in seiner Karriere viele Schreibmaschinen mit seinem furchtbaren Anschlag. Der junge Mann in seinem Arbeitszimmer hieß Peter Wolf und war Funktionär bei der «FDJ-Initiative Berlin». Das Jugendobjekt, mit dem Arbeiter und Ingenieure aus dem ganzen Land nach Berlin geschickt wurden, um hier Wohnungen zu bauen. Resch kann sich an Wolfs Namen nicht mehr erinnern, weiß aber noch, «daß der Junge wie ein Häufchen Unglück bei mir saß und immer wieder sagte, er halte das nicht mehr aus. Die Ungerechtigkeit.»

Wolf erzählte Resch die Geschichte des hohen FDGB-Funktionärs Gerhard Nennstiel, der sich in Berlin-Biesdorf ein Eigenheim von Erfurter Wohnungsbauern errichten ließ. Die Geschichte paßte hervorragend in die Zeit, das fühlte Resch sofort. Zusammen mit dem Bauredakteur Hans Erdmann entwarf er einen kurzen Text, der mit den Worten begann: «Erfurter Bauleute haben uns angerufen: ›Seht euch doch mal im Ketschendorfer Weg 59 um.‹» Das stimmte zwar so nicht, entsprach aber den Erwartungen dieser Tage. Noch ging alle Macht vom Volke aus, und das Volk war zornig. Der Journalismus gab der Volksseele eine Stimme. Nie waren sich Journalisten und Leser näher. Der kleine Text beschrieb das Haus von Nennstiel mit den Augen eines mißtrauischen Nachbarn: «10 Zimmer, Gasheizanlage, Bäder und Duschen. Die Fenster sind BRD-Import, ein zweistöckiger Wintergarten ist im Entstehen.» Damit auch jeder wußte, wohin die Reise ging, rätselte der Text: «Es soll ja ein paar Millionäre in der DDR geben.»

Am Nachmittag begab sich Resch zum Büro von Gerhard Nennstiel, um ihm den Text zu zeigen. Es waren nur ein paar Schritte bis zur IG Metall an der Jannowitzbrücke. Und es war sicherer so.

Es muß eine eigenartige Begegnung gewesen sein. Vielleicht die erste dieser Art in diesem Land. Resch war Parteijournalist, Nennstiel war ein hoher Funktionär. Er war Chef der IG Metall und galt als Zögling von Harry Tisch, der den 42jährigen vor einem Jahr aus Erfurt geholt hatte. Die Rollen waren verteilt. Der Journalist hatte dem Funktionär zu dienen. Alles brach in diesem Moment auf. Nennstiels Pressereferent Schuemke sagt: «Als Nennstiel merkte, in welche Richtung das Gespräch ging, schickte er mich aus dem Zimmer.» Resch erinnert sich noch, wie überrascht Nennstiel war. «Der war völlig geplättet.»

Es muß eine berauschende Erfahrung für Resch gewesen sein. Parteiauftrag, Arbeiterehre und das Bild vom unbestechlichen Journalisten mischten sich. Auf dem Tisch stand der «Philips»-Rekorder, den ihm Heinz Warzecha, Generaldirektor des Werkzeugmaschinenkombinates «7. Oktober», vor ein paar Tagen geschenkt hatte. «Als der Krenz am 18. Oktober das Werkzeugmaschinenkombinat besuchte, sah Warzecha, daß ich immer noch mitkritzelte, während die ND-Journalisten alle Rekorder hatten. Da hat er mir einen aus seinem Panzerschrank geholt.» Warzecha galt damals als Hoffnungsträger, Resch war in der Nähe der ganz Mächtigen. Wie sie war er zerrissen zwischen den Erfordernissen der Zeiten. Einmal soll er mitten im Gespräch gestöhnt haben: «Mensch, ich kann doch auch nicht anders, Gerhard. Weißt du, was bei uns los ist? Ich muß das tun.»

Nennstiel wollte Unterlagen holen, um zu beweisen, daß alles rechtmäßig sei. Doch darum ging es nicht. Es ging nicht um Verträge, es ging darum, daß er sich von Bauarbeitern, die eigentlich Wohnungen bauen sollten, sein Haus errichten ließ. Es ging um die Moral. Irgendwann gab Nennstiel auf. Er konnte nicht mehr gegenhalten, und er wollte nicht, daß sie irgendwas schreiben. Er wußte nicht, welche Art von Journalismus dem Parteijournalismus folgte. Niemand wußte das. Resch und Nennstiel taten sich noch einmal zusammen und setzten hinter die Anklage einen resümierenden, konstruktiven Absatz.

Ein Happy-End.

«Ich habe in meinem Leben immer einfach, normal gelebt und wollte den Menschen offen und ehrlich in die Augen schauen können. Das will ich weiterhin. Ich habe nachgedacht und glaube: Es ist richtig, eine Entscheidung zu treffen, die in den letzten Tagen in mir reifte, nämlich dieses Haus zur Verfügung zu stellen. Nicht einfach so, sondern es sollte nach Klärung der rechtlichen Fragen darin eine kinderreiche Familie Platz finden. Ich würde mich freuen, wenn sie dort ein schönes Leben führen kann.»

Der Artikel in der *Berliner Zeitung* trug die Überschrift «Wem soll dieses Haus gehören?», war 60 Zeilen lang und erschien am 1. November 1989. Er liest sich ulkig heute, weil er nichts beweist, sondern nur anklagt. Nennstiels Schlußbemerkungen wirken, als seien sie unter Folter erzwungen worden. Die Partei hatte die Kontrolle verloren, die Rechtsanwälte hatten sie noch nicht übernommen. Der Text schlug ein wie eine Bombe.

Vier Wirtschaftsredakteure der *Berliner Zeitung* wurden am 1. November zum Telefondienst abgestellt. Ununterbrochen riefen Bürger an, um von Korruptionsfällen zu berichten. Es waren ein paar wichtige Hinweise dabei, die zu Schalcks Bereich Kommerzielle Koordinierung führten. Das meiste war Nachbarschaftsklatsch. Ein Bann war gebrochen. Der Respekt war weg, die Bürger spürten keine Gegenwehr mehr. Nennstiels Resümee klang wie eine Kapitulationserklärung. Am nächsten Tag brachte die *Junge Welt* ihre erste Enthüllungsgeschichte. Die anderen folgten. Aber Nennstiel war der erste. Er war zum Synonym geworden. Es gab den Nennstiel-Fall. Das Nennstiel-Haus.

Im Bundesarchiv findet man dicke Stapel von Protestbriefen, die den FDGB-Bundesvorstand damals erreichten. Es sind die Briefe von späten Opfern und die von Bittstellern. Ganze Kollektive nutzen den Fall Nennstiel, um aus dem FDGB auszutreten, wie die Brigade «Rosa Luxemburg» aus dem VEB Außenhandelsbetrieb Chemie Import-Export. «Langjährige FDGB-Mitglieder» äußerten kurz ihre Bestürzung, um dann Frührente zu beantragen oder eine Kur. Die meisten Protestbriefe aus den Novembertagen konnten nicht mehr bearbeitet werden. Sie wurden nicht mehr gelesen, sie wurden nur noch abgelegt. Die Revolutionäre erwachten zu spät. Ihr kleiner Mut blieb unbemerkt.

Am 9. November erschien in der Gewerkschaftszeitung *Tribüne* ein Artikel, in dem der Leiter des Wohnungsbaukombinates Erfurt erklärte, daß Nennstiel korrekt gehandelt habe. Aber es gab kein Zurück mehr. Die Briefe an die Redaktion wurden nur noch wütender, die *Berliner Zeitung* vermeldete am 1. Dezember stolz, daß nunmehr ein Ermittlungsverfahren gegen Gerhard Nennstiel eingeleitet wurde. Das war ihr Sieg.

Der damalige *Tribüne*-Chefredakteur Günter Simon versuchte, Nennstiel zu verteidigen. «Es herrschte Hysterie, und es ging so rasend schnell. Der Nennstiel wußte doch gar nicht, wie ihm geschah, es hätte jeden treffen können. Natürlich war ein Gewerkschafter besonders praktisch. Gewerkschafter hatten treu und sauber zu sein.» Simon aber verlor täglich mehr Macht in der Redaktion, er trat zurück und schrieb ein schnelles Buch über Harry Tisch. Er wohnt heute in einer Neubausiedlung bei Wandlitz, er ist Rentner, möchte aber eigentlich gern noch mitmachen. Er bereitete weiter Bücher vor, die aber ungedruckt blieben. 1991 porträtierte er verschiedene FDGB-Funktionäre. Auch Nennstiel. Auf 22 Schreibmaschinenseiten entwirft Simon das Bild eines tragischen Helden. «Er wurde Opfer der Umstände», schreibt Simon.

Am 23. März 1990 wurde das Ermittlungsverfahren gegen Gerhard Nennstiel eingestellt. Er wurde freigesprochen. Vielleicht sei es moralisch verwerflich, hieß es in der Erklärung des Generalstaatsanwaltes, gegen Recht habe Gerhard Nennstiel allerdings nicht verstoßen.

Die *Berliner Zeitung* schrieb einen letzten Artikel, der mit den Worten endete: «Beim Fall Nennstiel läßt sich denken, daß so mancher Eigenheimbauer, der mühselig und aufwendig sein Häuschen über Jahre hinweg errichtet, resigniert den Kopf schüttelt.» Die Journalisten hatten sich neuorientiert. Vor einem halben Jahr hatten sie sich noch als Anwälte der «Bauleute» verstanden, jetzt vertraten sie die Interessen der Eigenheimbauer. Resch hatte ein letztes Mal recht.

Dann war es vorbei, Nennstiel war Geschichte. Wenig später begannen die Gerüchte.

«Nennstiel ist tot», sagt die Frau, die heute im Haus am Ketschendorfer Weg lebt. «Der hat sich doch umgebracht.»

«Er lebt in Moskau», sagt Resch.

«Er hat die Bosch-Vertretung für Rußland», sagt Peter Wolf.

«Als ich ihn das letzte Mal sah, wollte er mir irgendein Holzhaus aus der Ukraine verkaufen. Oder alles, was ich sonst so bräuchte. Es schien ihm gut zu gehen», sagt Simon.

Referent Schuemke sah ihn mal in der Frankfurter Allee. «Er trug ein Jackett, obwohl es bitterkalt war, und lief immer hin und her. Er sah ziemlich fertig aus, wohnte wohl mit sechs Personen in einer Zweiraum-Neubauwohnung seiner Schwester und war auf der Straße, um nachzudenken, wie er sagte.»

Gerhard Nennstiel lebt am Rande von Berlin in einer kleinen Eigenheimsiedlung, möchte sich aber dort nicht treffen. Niemand soll mehr beschreiben oder bewerten können, was ihm gehört. Er sucht ein kleines Café am Rande einer Wandlitzer Badeanstalt aus. Er hat eine scheue, leise Stimme am Telefon, er redet zu schnell, will zu viel sagen.

Es ist ein heißer Augusttag, Menschen baden, trinken, Hunde dösen. An einem Tisch in der Ecke sitzt ein kräftiger Mann mit einer grauen Bürstenfrisur unter einem Sonnenschirm. Er trägt ein blütenweißes Hemd und eine Krawatte. Er sieht aus wie ein Funktionär, könnte aber auch Hauswasserversorgungen verkaufen. Er könnte Kommunist sein oder Kleinkapitalist. Ein kleines Kraftpaket mit kräftigen, kurzen Fingern und flinken Augen, die eng beieinander stehen.

«Ein Macher, ein Perfektionist, ein Auf-den-Putz-Hauer», sagte Simon. «Ein Perestroika-Mann», sagte Pressesprecher Schuemke. «Sehr distanziert», sagte seine persönliche Referentin. «Jemand, mit dem man reden konnte», sagt ein ehemaliger Erfurter Wirschaftsredakteur.

Nennstiel erhebt sich, er trägt eine silbrigglänzende Bundfaltenhose. Neben ihm sitzt seine Frau, die jünger ist als er. Er hat sie bei einem Zusatzstudium in Moskau kennengelernt. Der sechsjährige Sohn sitzt auch mit am Tisch. Die Sonne scheint, am Nebentisch unterhalten sich zwei zahnlose Volltrunkene über einen Schäferhund-Kauf, Nennstiels Sohn will ein Eis, Nennstiel erzählt von seinem Absturz.

«Viele haben sich sofort distanziert, ohne den Fall zu kennen. Der Zentralrat der FDJ zum Beispiel, aber auch der Bezirksbaudirektor in Erfurt und das Sekretariat des Bezirksvorstandes, sie wollten alle nur ihre Haut retten. Jeder hatte mit sich selbst zu tun. Harry Tisch konnte mir nicht helfen. Am Tag, als der Artikel in der Zeitung stand, wurde Annelis Kimmel als neue Vorsitzende vorgeschlagen. Eine Woche später fiel die Mauer. Mir hörte doch niemand mehr zu. In Berlin kannte ich kaum jemanden. Sie haben mir nahegelegt, von meinen Funktionen zurückzutreten. Ich habe es getan, dabei gab es keine Beweise, nur Vorwürfe.»

Am 6. November schrieb er einen Brief an Egon Krenz, in dem er erklärte: «Durch die Angriffe der Medien, zu deren Abwehr ich bisher keine Chance hatte, ist mein Ansehen im Lande schwer diffamiert worden.» Krenz reagierte nie. Natürlich nicht. Vor seinem Rohbau im Ketschendorfer Weg standen die Gaffer und späte Journalisten, das Zimmer im Grünauer Gästehaus des FDGB wurde zu teuer. Er zog mit seiner Frau, die zunächst noch im Feriendienst der Gewerkschaft arbeitete, in die Dreizimmerwohnung seiner Schwester in die Frankfurter Allee.

«Mir tat es ja noch mehr weh», sagt seine Frau. «Als ich eines Tages im Betrieb erschien, sahen mich meine Kolleginnen alle so betreten an. Irgendwann sagte eine: ›Tut uns leid mit deinem

Mann.‹ Ich hab gefragt: ›Was ist denn mit meinem Mann?‹ ›Na, der hat sich doch umgebracht‹, haben sie gesagt.»

«Damals habe ich überlegt, nach Moskau zurückzugehen. Dort hatten wir ja Freunde. Aber ich hab es nicht fertiggebracht, meiner Schwiegermutter die Tochter zurückzubringen», sagt Nennstiel. «Ich mußte jeden zweiten Tag zu Vernehmungen nach Rummelsburg ins Gefängnis. Hauptmann Dallmann, der mich vernahm, ist wie ein SS-Mann aufgetreten. ›Wenn Sie nicht reden, bringen wir Sie zum Reden‹, hat er gebrüllt. ›Sie sagen uns schon noch das, was wir hören wollen.‹ Er wurde immer wütender, weil sie nichts rausbekamen. Es gab nur Gerüchte. Dallmann fragte mich, wofür ich so viele Zimmer benötige. Ich habe gesagt, daß meine Schwiegereltern nach Deutschland kommen würden. Daß wir Kinder haben wollten. ›Bringen Sie mir den Beweis, daß Ihre Frau schwanger ist!‹ brüllte Dallmann. Im Frühjahr '90 änderte sich Dallmanns Stimmung. ›Für Sie wäre es doch das beste, wenn das Land schnell untergehen würde‹, sagte er zu mir. Er hatte recht, obwohl ich es nicht so sah.»

Nennstiel arbeitete zunächst in einer kleinen Westberliner In- und Export-Firma als Berater. Bald gründete er seine erste eigene Firma Eutorg. Die Geschäfte, meist Warentauschgeschäfte mit Polen und den GUS-Staaten, liefen gut. Er zog in eine Dreizimmerwohnung nach Marzahn, dann kaufte er ein Haus am Stadtrand von Berlin. Er gründete neue Firmen. Die Geschäfte liefen schlechter, dann wieder besser, dann wieder schlechter. Gerade versucht er eine Palettenproduktion in Fürstenwalde aufzubauen. Er ist 53 Jahre alt und hat noch viel vor.

«Ich denke, ich war ein Bauernopfer», sagt er. «Sie wollten von sich ablenken, Zeit gewinnen.»

Wer sind sie?

Nennstiel zuckt mit den Schultern. Irgend jemand aus seiner Vergangenheit, glaubt er. Jemand aus Erfurt sicher. Nennstiel stammt aus Eisenach. Er hatte eine Blitzkarriere in der SED hinter sich, als er Anfang der achtziger Jahre in den Erfurter FDGB-Bezirksvorstand delegiert wurde. Er war jung und ehrgeizig, die Erfurter FDGB-Spitze empfing ihn mißtrauisch.

«Die wollten ihre Ruhe haben», sagt Nennstiel. «Ich habe mir da nicht viel Freunde gemacht. Der damalige Vorsitzende hat doch am liebsten mit seinem Stellvertreter Skat gespielt. Das habe ich mir natürlich nicht mit angesehen. Die beiden sind inzwischen gestorben, aber ich hatte viele Feinde. Wolf zum Beispiel, Hans Wolf. Der war damals Sekretär für internationale Fragen im Bezirksvorstand. Er ging Anfang der achtziger Jahre zur Ständigen Vertretung nach Bonn. Ich war nicht böse drüber. Wolf war ein Scharfmacher, er war unbeweglich. Aber nach ein paar Monaten kriegte ich einen Anruf aus Berlin. Ich sollte den Wolf wieder zurücknehmen. Ich wollte nicht. Sie haben ihm dann einen Ruheposten bei der Außenstelle der Gewerkschaftsschule in Erfurt gegeben. Das war eine gute Lösung. Aber vermutlich hat ihm das nicht gereicht. Ich weiß wirklich nicht. Es kann jeder gewesen sein.»

Hans Wolf lebt noch. Er ist Rentner in Erfurt. «Sie haben mich zu meiner eigenen Sicherheit aus Bonn abgezogen», sagt Wolf. «Mit Nennstiehl hatte das nichts zu tun. Der mochte mich einfach nicht. Das war ein SED-Mann, ich war ein Gewerkschafter. Für mich ist die Sache abgeschlossen. Vielleicht schreibe ich mal ein Buch über alles.»

Hans Schröder war Wolfs Vorgänger an der Ständigen Vertretung, er lebt heute als Rentner in Rahnsdorf.

«Ich war gerade aus Bonn zurück und habe angefangen, mir das Haus hier zu bauen, da sollte ich wieder hin. Ich war von ’79 bis ’82 in Bonn, und es war keine schlechte Zeit, aber ich hatte hier gerade das Fundament ausgeschachtet. Nee. Ich wollte nicht. Sie drängelten, sie hatten den Hans Wolf über Nacht abgezogen. Der war drei Tage lang verschwunden. Ich denke mal, sie haben ihn irgendwo ausgequetscht. Der hat bestimmt auf zwei Ebenen gearbeitet. Er hatte immer gute Beziehungen zu den DGB-Leuten in Kassel. Womöglich lag es daran. Ich habe es nie erfahren. Darüber hat keiner geredet.»

«Unsinn», sagt Hans Wolf. «Der Schröder soll mal aufpassen, was er so erzählt. Ich war nicht verschwunden, ich war ein paar Tage zu Hause. Ich mußte nachdenken. Es war ja nicht einfach, auch für meine Familie nicht.»

Wolfs Frau war noch in Bonn, sein Sohn studierte an der FDJ-Hochschule.

«Ich war von den 1 000 Leuten da sicherlich einer der Beststudenten, ich habe Außenwirtschaft studiert, ich hatte eine blendende Perspektive», sagt Wolfs Sohn heute. «Aber als das mit meinem Vater passierte, hieß es plötzlich: Bau. Das war’s. Von meinem Vater hat keiner mehr ein Stück Brot genommen, mich haben sie zum Zentralen Jugendobjekt nach Berlin geschickt. Bau. Das war eine Strafaktion.»

Er ging nach Berlin auf den Bau.

Irgendwann erzählte ihm dort jemand die Geschichte von Nennstiels Haus. Vielleicht hat er sie auch selbst recherchiert. Er sagt, daß er sich an den zuständigen Zentralratssekretär Bohn gewandt hat. Bohn habe die Sache mit dem FDJ-Chef Aurich beraten. Sie gaben ihm grünes Licht. Aber Bohn ist tot, beim Tennisspielen umgefallen, und Aurich kann sich nicht an Wolf erinnern. «Es kann aber sein, daß mich keiner mehr fragte», sagt Aurich. «Im Oktober, November habe ich die Dinge doch auch nur noch aus der Zeitung erfahren.» Wolf spielte zusammen mit Hans Erdmann Basketball. Erdmann war Bauredakteur der *Berliner Zeitung*. Er schickte ihn zu Resch. Der Kreis schloß sich.

Hans Wolfs Sohn heißt Peter. Das «Häufchen Unglück» auf Reschs Couch scheint der stille Held dieser Geschichte zu sein. Er hat aber eine leise, eindringliche Stimme.

Nennstiel sei ein Leuteschinder gewesen, sagen seine Erfurter «Informanten», erzählt Wolf. Ein rücksichtsloser Karrierist. Neulich, bei einem Vortrag, habe wieder jemand nach Nennstiel gefragt. Es werde nicht vergessen, was er damals getan habe. Man solle aufpassen, es sei nicht ungefährlich, sich auf Nennstiels Spuren zu begeben. Es gebe Verbindungen nach Rußland. Mehr wolle er hier nicht sagen. Wolf kann gar nicht aufhören. Vielleicht hat er Skrupel, vielleicht ist er immer noch voller Rachlust. Er ist schwer bestraft worden.

«Ich halte diese Ungerechtigkeit nicht mehr aus», hatte Peter Wolf gesagt, als er in Reschs Zimmer saß.

Es gab eine offene Rechnung. Die Erde tat sich unter Nennstiel auf, ein schwarzes Loch. Es war Ende Oktober 1989, und er fiel hinein.

Es ist dunkel in dem Haus, die Fenster geben nicht genug Licht für das große Wohnzimmer. Es sind eben nur Plattenbaufenster. Das Haus steht auf einem schmalen Grundstück, wenn der Nachbar die Heckenschere anwirft, ist eine Unterhaltung im «zweistöckigen Wintergarten» nicht mehr möglich. Bis 1995 stand der Rohbau leer, das Grundstück wurde von den Nachbarn als Müllkippe benutzt. Es blieb das Nennstiel-Haus. Verwunschen irgendwie, mit einem moralischen Fluch belegt. Die neuen Besitzer wollen erst nicht reden, weil sie keiner kinderreichen Familie vorstehen. Sie haben Fotos gemacht, bevor sie einzogen. Wer sie anschaut, sieht, daß die Nennstiel-Villa ein Produkt der Phantasie des Volkes war. Ein Wunschtraum.

Die neuen Besitzer haben die Fenster ausgetauscht, die leider kein BRD-Import waren, die Gasheizanlage ersetzt und die häßlichen Fliesen aus den Bädern geschlagen. Es sieht jetzt besser aus, aber das Haus wird für immer eingesperrt sein in die Möglichkeiten des Wohnungsbaukombinates Erfurt von 1989.

Das war es nicht wert.

Resch gründete eine PR-Agentur, die in diesem Jahr fünf Millionen Mark Umsatz macht, Nennstiels Pressereferent Schuemke arbeitet jetzt für Resch, Nennstiels Bürochefin hat als eine der wenigen bei der IG Metall überlebt, Peter Wolf leitet den Bereich politische Bildung bei der deutschen Gesellschaft e. V., Aurich arbeitet in einem Projektierungsbüro, die anderen sind tot oder Rentner.

Kurz bevor die Geschichte schließt, steht ein kleiner Mann in der Tür, der von den Dokumentarinnen des Berliner Verlages erfuhr, daß der Fall Nennstiel noch mal beschrieben werden soll.

«Ich war, damit Sie es gleich wissen, Mitarbeiter der Auslandsaufklärung der DDR, spezialisiert auf den arabischen Raum», sagt er. Der Mann ist knapp 60, hat in Moskau Außenpolitik studiert und dann zehn Jahre lang in den DDR-Botschaften in Damaskus und Bagdad gearbeitet. Er spricht fließend russisch und englisch, weswegen ihn Nennstiel einstellte.

«Nennstiel hatte zunächst die Firma Eutorg gegründet, er hat sehr viel verdient. Er hat Häuser in Deutschland und Portugal gekauft. Er hat immer Wert auf Etikette gelegt. Autos vor allem. ›Du mußt ein großes Auto fahren‹, hat er gesagt. Ich habe in seiner Firma WWB Business mitgearbeitet. Da liefen die Geschäfte zunächst gut, dann nicht mehr so gut. Die Partner in Polen und in der Ukraine haben uns manchmal hängenlassen. Zum Schluß lief es wirklich sehr schlecht. Die Firma war am Ende, ich hatte neun Monate kein Gehalt bekommen, ich hab zu Nennstiel gesagt: ›Mensch, Gerhard, zahl mir mein Geld und entlaß mich endlich.‹ Das haben wir ausgemacht. Nur daß er mir kein Geld zahlte. Es sind 17 000 Mark. Denen renne ich seit zweieinhalb Jahren hinterher. Er zahlt einfach nicht. Als ich ihm sagte, daß ich mich an die Öffentlichkeit wende, sagte er: ›Du arbeitest schon wieder nach Stasi-Methoden.‹ Nennstiel glaubt, daß er mich in der Hand hat, weil ich bei der Auslandsaufklärung arbeitete.» Eine Stunde lang erzählt der Mann wilde Geschichten eines skrupellosen Geschäftemachers.

Diesmal schlägt Nennstiel die Lobby des Forum-Hotels vor. Er trägt einen Trenchcoat überm Anzug und sieht gut aus. Er erzählt vom Sägewerk und den unflexiblen deutschen Banken, von seinen picobello geführten FDGB-Ferienheimen und von Amerika, dem Gelobten Land. Als der Name seines ehemaligen Mitarbeiters fällt, zuckt es kurz in Nennstiels Gesicht.

Dann sagt er: «Wissen Sie auch, was der Typ zu DDR-Zeiten gemacht hat?» Und lacht zufrieden.

DAS BABY LEBT
Eine Kellnerin versucht, eine Katastrophe festzuhalten

Jessica Koslowski und ihr Freund John Peros schauen ungläubig auf einen grauen Haufen in der Rector Street, nahe beim Battery Park. Unter dem Haufen befindet sich ihr 2000er VW Beetle, den sie vor acht Tagen hier parkten. Links und rechts stehen zwei schwerbewaffnete Soldaten in Tarnanzügen.

«Er ist pazifikblau», sagt Jessica Koslowski. Es klingt wie ein Wunsch.

Die Soldaten schweigen. Aus dem Hintergrund, dort, wo sich zerquetschte und ausgebrannte Feuerwehrtrucks, Krankenwagen und Polizeiautos stapeln, nähert sich ein kleiner Mann in einer Hausmeisteruniform und mit einem Schlauch in der Hand. In seinem Rücken raucht «Ground Zero». Der Schlauch ist zu dünn für das alles, der Mann zu klein.

«Dann werden wir das Baby mal waschen», sagt er fröhlich.

«Moment», sagt John Peros, kratzt ein paar Klumpen aus dem grauen, harten Belag, der auf dem Auto klebt, und betrachtet sie. «Sie verkaufen dieses Zeug auf E-Bay. Kannst du dir das vorstellen? Ich möchte nicht wissen, was da alles drin ist. Hier sind Haare dran, Jess.»

«Vielleicht sind es Tierhaare», sagt seine Freundin.

Peros wickelt den Klumpen vorsichtig in eine der Papier-Atemmasken, die an jeder Ecke verteilt werden. Dann zupft er zwei ziemlich gut erhaltene Papierblätter von der Kühlerhaube. Es sind Programmieranweisungen, die es aus irgendeinem der Tausenden Büros der Türme, die nur 200 Meter von hier standen, herübergeblasen hat.

Der Hausmeister beginnt das Auto abzuspritzen.

Jessica Koslowski ist genau eine Woche nach der Katastrophe zu ihrem Apartment zurückgekehrt, um ein paar Sachen rauszuholen, den Kühlschrank leer zu räumen und nach ihrem pazifikblauen Beetle zu sehen, der sich nun langsam aus dem Ascheberg schält. Sie hat sich eine Woche lang im Haus ihres Freundes auf Long Island versteckt und Bilder angesehen. Fernsehbilder und Fotos. Sie ist 23 und kellnert im Schnellrestaurant TGI Friday's, bis sie wieder Lust hat zu studieren. John ist 27, studiert Finanzplanung und fischt gern. Das letzte Stück brachte sie ein Militärtransporter.

«Der kleine Freund lebt», sagt der Hausmeister nach einer halben Stunde Autowäsche.

«Shit», sagt sie. «Ich habe vergessen, ihn mit dem Dreck zu fotografieren.»

Jessica Koslowski läuft zu ihrem Hochhaus. Das Haus hat gerade erst aufgemacht, es wird jetzt mit Notstrom versorgt. Die Wohnung im 28. Stock sieht aus, als wäre sie vor sieben Tagen verzaubert worden. Ein Apartment im Dornröschenschlaf. Es gibt einen riesigen aufgeklappten Schminkkoffer, in der Zimmermitte liegt ein T-Shirt, gegen das sie sich in letzter Minute entschieden hat, auf dem Tisch vor dem Fernseher der halbvolle Teller mit ihren Frühstück-Cornflakes vom 11. September.

Jessica Koslowski hat die ganze Zeit fotografiert, sagt sie. Sie war allein in der Wohnung, als das erste Flugzeug in den Turm krachte, und hatte nur noch zwei Bilder in ihrer Urlaubskamera. Sie ist die 28 Etagen nach unten gefahren, in den Supermarkt gerannt, hat einen Film gekauft, ist wieder 28 Etagen nach oben gefahren, hat den Film eingelegt und festgestellt, daß es der falsche Film war. Dann traf es den zweiten Turm. Sie fuhr wieder nach unten. Im Supermarkt standen schon Schlangen von Leuten, die in Panik Wasser und Lebensmittel kauften. Als sie wieder oben war, brach der erste Turm zusammen. Sie fotografierte, wofür auch immer. Ihr Vater, ein Investmentbroker, der die Wohnung gemietet hat, kam von der Wall Street herüber, um sie wach zu machen.

Er nahm sie und rannte mit ihr die Treppen runter. Als sie unten waren, brach der zweite Turm zusammen, der Strom fiel aus, sie liefen zum Ufer des Hudson, sprangen auf ein Polizeiboot und fuhren nach New Jersey. Sie hat bis dahin nicht gewußt, was passiert war. Vielleicht weiß sie es bis heute nicht. Sie wirkt wie eine Darstellerin in einem Katastrophenfilm. Sie will nicht mehr in Manhattan arbeiten, das Büro ihres Vaters ist jetzt das Leichenschauhaus von «Ground Zero», Ende des Monats läuft der Mietvertrag für die Wohnung aus. Sie werden nicht verlängern. Das Apartment hat 9 000 Dollar im Monat gekostet. Es war der Blick, der so teuer war. Er ist atemberaubend.

John Peros kramt einen kleinen Fotoapparat aus seiner Plastiktüte, als wäre er ein Tourist. Er beginnt mit der Ansicht über den Hudson aus dem Wohnzimmer, er knipst die Freiheitsstatue von der Terrasse und dann das Trümmerfeld vom Schlafzimmer aus. Es sieht zerbrechlich aus von hier oben. Peros fotografiert wie ein Tatortfotograf der Mordkommission.

Vielleicht hilft die ganze Fotografiererei ja gegen die Realität, vielleicht ist es eine zusätzliche Scheibe, hinter die sie sich zurückziehen können. Sie können später Bilder zeigen, Bilder von einer Reise in ein exotisches Land.

«Moment mal, verdammt. Wir sehen ja das Empire State Building. Bis jetzt haben es immer die Türme verdeckt», ruft John Peros. «Jess!»

«Großer Gott», sagt Jessica Koslowski, die ihre Hausschuhe in der Hand hält. Einen Moment schweigt sie, starrt rüber durch den Rauch auf das schlanke Gebäude in Midtown, das nun wieder das höchste Haus Manhattans ist.

Dann sagt sie: «Fotografier es, John.»

WER LÄUFT, SCHWITZT
Ein Grüner wird weltberühmt

42 Kilometer sind 42 Kilometer. Auch so eine Wahrheit. Sie segelt sanft wie ein chinesischer Papierdrachen durch die Lobby des UN Plaza Hotels in Manhattan, wo ein paar Sessel und Sofas zwischen moosgrünem Marmor und verwirrenden Spiegelflächen verteilt sind. In einem Sessel sitzt der deutsche Außenminister. Er liegt mehr, als er sitzt. So sehr liegt er, daß er sich jetzt in einem der Deckenspiegel beobachten könnte. Er würde dort einen schlanken, irgendwie biegsamen Mann mit grauen Haaren und großen Ohren sehen, der zu meditieren scheint. Die Frage war, ob der New-York-Marathon für ihn etwas Besonderes sei. Der Mythos, die hohen Häuser, die vielen Zuschauer, er wisse schon. Seine Antwort lautet: «42 Kilometer sind 42 Kilometer.»

Das stimmt natürlich.

Es ist wohl nicht spöttisch gemeint, auch nicht bockig oder ärgerlich, nein, Joschka Fischer lächelt. Er lächelt, als stecke in dieser Auskunft alle Weisheit der Erde. Er lächelt gelassen, entrückt irgendwie, aber souverän. Einen Moment lang herrscht Ruhe. Gelegenheit, den 42-Kilometer-Satz nach seinem tieferen Sinn zu durchforsten.

Es muß doch einen Sinn geben. Der Mann ist Außenminister, und das hier ist das UN Plaza Hotel im Herzen der Welt.

Es ist der Abend vor dem New-York-Marathon. Der zweite Marathon seiner Karriere.

Vor einer Stunde ist er durch den Central Park gelaufen. Eine Art Abschlußtraining. Wie es war? «Ganz locker», murmelt Fischer, der jetzt beinahe waagerecht liegt, sein Blick ist weit weg. Vielleicht auf der Strecke. «Locker. Keine Anstrengung mehr jetzt. Locker.» Die letzten Worte sind kaum noch zu verstehen. Man muß befürchten, daß der deutsche Außenminister gleich in seinem flauschigen, grauen Dreiteiler verschwinden wird, so entspannt wirkt er. Der Sprecher des Auswärtigen Amts hatte angekündigt, daß sich sein Chef bereits in der mentalen Vorbereitung befinde. Womöglich kann man nur noch schwer zu ihm vordringen. Fischer gähnt.

Was denkt er gerade?

Joschka Fischer hat ein Buch geschrieben, in dem steht, was er bei gewissen Anlässen denkt. Es heißt «Mein langer Lauf zu mir selbst», und man kann dort nachlesen, was ihm eine Woche vor seinem ersten Marathonlauf in Hamburg durch den Kopf ging.

«‹Au weia›, dachte ich mir, ‹wenn das bloß gut geht.›» Oder: «Auf was hast du dich da nur eingelassen, Fischer?» Aber auch: «Bleib locker, Alter, du hast dich doch optimal vorbereitet.»

Denkt er das? «Bleib locker, Alter!»

Am anderen Ende der Halle klumpen sich acht gedrungene, kahlköpfige Männer um eine Sitzgruppe. Fischer schenkt seinem Sprecher einen lässigen Blick. Lächeln, Schweigen, Wissen. Die beiden sind zusammen durch die Welt gelaufen. Sie sind in Dakar gerannt, in Jerusalem, in Paris, am Polarkreis. In Finnland begleitete sie ein Marathonläufer durch die Tundra.

Fischer hat sich einen Pulk von Jüngern herangezogen, der ihn auf seinen Läufen begleitet. Sie folgen ihm, sie umspülen ihn, sie tragen ihn voran. Auf den Fotos in seinem Buch läuft Joschka Fischer meist in der Mitte der Gruppe, kaum sichtbar vor ihr. Aber vor ihr.

«Manche sind richtig süchtig geworden», sagt er stolz. Beim New-York-Marathon knobelten die Sicherheitsleute darum, wer ihn die ganze Strecke lang begleiten darf. Darf. So sieht er das.

«Er ist eben eine starke Persönlichkeit», sagt sein Sprecher. «Er entwickelt einen Sog.»

Joschka Fischer wird munterer. Sein Blick klärt sich. Er erzählt, wie er Sicherheitsbeamte in aller Welt abgehängt hat. Sein Sprecher lächelt.

«Die haben das alle unterschätzt», sagt Fischer. «Das war für einige sehr bitter.»

«Aber sie lernen dazu», sagt sein Sprecher. «Die Franzosen lernen. Sie haben jetzt einen Läufer geschickt.»

«Die Österreicher auch», sagt Fischer und schaut zu den bulligen Security-Leuten am anderen Ende der Lobby.

«Die Amis sind nicht dafür gebaut. Das sind keine Läufertypen. Die können vielleicht 'ne Kneipe leer räumen. Ist ja auch nicht schlecht», sagt er. «In der Halle ist niemand, der nicht meinetwegen hier ist.»

Der deutsche Außenminister gibt an. Er dreht auf wie ein Junge. Nicht zufällig ist er auf dem Schutzumschlag seines Buches mit kurzen Hosen zu sehen. Er spreizt die Beine und lacht. Er ist stolz, daß er so viel abgenommen hat, so schnell und so lange laufen kann. Er weiß, daß die anderen neidisch sind, die Kollegen, die saufen, während er läuft. Es ist gut, einen gesunden Außenminister zu haben, man kann stolz auf ihn sein. Und er hat eine Position, in der ihn niemand mehr warnt. Seine Leute wagen nicht, ihn zu überholen. So hält er vieles von dem, was ihm so durch den Kopf fährt, für mitteilungswürdig. «Beim Laufen passieren im Kopf bisweilen die erstaunlichsten Dinge», sagt Joschka Fischer.

Fischer als schreibender Läufer ist ein Glücksfall. Er zeigt, wie banal es da oben zugeht. Wie eitel. Und wie unspektakulär.

«Wer läuft, schwitzt und wird ergo naß», schreibt Fischer. Besser kann man es nicht sagen. Sein Buch hätte in einen Glückskeks gepaßt. Aber Fischer ist kein Chinese, er ist deutscher Außenminister. Also macht er weiter. Man erinnert sich an die ziegelsteindicken Memoiren von Hans-Dietrich Genscher.

«Der Gewichtsverlust hielt weiter an, und ich achtete jeden Morgen sehr akkurat auf die neuesten Ergebnisse des Wiegens», schreibt er.

«Fleisch, Wurst und Wein verloren an Attraktivität», schreibt er.

«Nicht das Körperfett ist unser Problem, sondern vielmehr dessen Überfluß», schreibt er.

«Ich habe seit längerer Zeit viel zu wenig Schlaf, denn der Tag hat für den deutschen Außenminister einfach nicht genügend Stunden, ich fühle mich heute bereits seit Stunden erschöpft, den Kopf ausgelaugt, körperlich schlapp und wie durch eine Pfütze gezogen, müde und zerschlagen.»

Er will loyal sein, diplomatisch, und er ist so stolz wie ein Kind. So ist ein Buch entstanden, das sich liest, als hätten es der Nichtraucherprediger Allen Carr, Genscher und Konrad Kujau gemeinsam geschrieben. Der Inhalt ist schnell erzählt. Erst war ich dick, dann war ich dünn. Dünn ist besser. Wer Marius Müller-Westernhagens Song «Dicke» kennt, braucht das Buch nicht mehr.

«Ich habe es von der ersten bis zur letzten Seite selbst geschrieben», sagt Fischer tapfer. «Ich denke, es wird gut gehen.»

Das wird so sein, aber er weiß, daß es nichts bedeutet. Ratgeberbücher gehen gut, Ratgeberbücher mit Prominenten vorne drauf gehen noch besser. Und Ratgeberbücher mit Prominenten in kurzen Hosen gehen am besten.

«Ich weiß noch, wie wir nachts von deutsch-russischen Konsultationen aus Moskau zurückflogen», sagt der Sprecher des Auswärtigen Amts. «Es war halb zwei. Wir waren alle hundemüde. Aber Joschka Fischer hat seinen Laptop rausgeholt und an dem Buch geschrieben.»

Muß ein Buch, das unter solchen Umständen entsteht, nicht bedeutend sein? Auf dem Rückflug von Moskau? Sind da nicht auch die fast 40 Kilo, die er verlor, irgendwie von außenpolitischer Relevanz? Gestern war er bei Madeleine Albright in Washington, morgen läuft er Marathon, und danach gibt's ein Essen mit Richard Holbrooke. Er ist der beliebteste deutsche Politiker, und er hat kürzlich von einem Berliner Orthopäden erfahren, daß die Füße nach einem Marathonlauf eine Nummer größer sind.

Gehört das nicht alles zusammen?

Er ißt kein Fleisch mehr. Nur noch Fisch, zweimal in der Woche.

«Als wir in Tampere waren, haben mich die Finnen nach dem französisch-britischen Beefkrieg gefragt», sagt Fischer. «Aber das geht mich nichts mehr an.» Er lächelt. Aber nicht so, als habe er gerade einen Witz erzählt.

Die Welt ist eine Laufstrecke geworden. Sie scheint umrundbar. Der Central Park ist anspruchsvoller, als man denkt, Bonn war nicht schlecht, im Kosovo-Krieg ist er oft nachts gelaufen, über den Berliner Tiergarten kann er nur lachen. Da kriegt er «nicht genug Kilometer unter die Hufe», und im Kreis rennen ist langweilig. Er muß wohl auf die Straße ausweichen. Im Augenblick lebt er ja noch am Stadtrand, da geht es, aber bald zieht er nach Mitte. «Sie müssen bloß noch die Wohnung sicher machen», sagt Fischer lässig. Auch so ein neuer, ungewohnter Satz auf seinem langen Lauf zu sich selbst. Die Wohnung sicher machen. Er kostet ihn aus, er probiert ihn wie seine Anzüge und seine Gesten. Fischer läuft und läuft zu sich selbst, aber wo ist das?

Manchmal schaut er wie Mütterchen Fischer, manchmal wie ein Feldherr, manchmal wirkt seine Lesebrille eitel, manchmal wirkt sie, als schütze er sich damit vor den Intellektuellen. Wenn er seinen Erfolg beschreibt, steht das Wort Erfolg manchmal zwischen Anführungszeichen, manchmal verzichtet er darauf. Oft redet er von sich in der dritten Person, nennt sich Fischer, aber auch Außenminister, wenig später empfiehlt er: «Brustwarzen mit Pflaster abkleben, Achseln, Schritt und Füße mit Vaseline eincremen.»

Fischer pendelt zwischen Nähe und Distanz, zwischen Früher und Heute, zwischen dem Hammer bei Kilometer 30 und der Krise in Tschetschenien. Er sitzt im UN Plaza, bewacht von acht amerikanischen Sicherheitsleuten, und beschreibt Altersplattfuß und den «starken Flüssigkeitsverlust im Schritt». Er betrachte Jörg Haider, der auch läuft, nicht als Konkurrenten, sagt Fischer. «Ein Österreicher ist ein Österreicher», sagt er. Was immer das heißen mag.

«Der Fischer-Plan ist mir an einem Freitag beim Laufen am Rhein eingefallen», sagt er. «Ich hatte schwere Beine. Als ich zurückkam, habe ich sofort meine Leute zusammengetrommelt.»

«Den Lafontaine-Rücktritt habe ich auch beim Laufen erfahren. Kurz vor der Wendemarke war der Kanzler am Apparat.» Er erzählt es wie ein Paparazzo, der sich im Spiegel erwischt. Fischer ist von seinem Leben beeindruckt.

«Das wirkliche Geheimnis meines Erfolges war das Auswechseln und völlige Neuschreiben meiner persönlichen Programmdiskette», schreibt Fischer.

Am Morgen des 7. November steht der deutsche Außenminister unter 30 000 Läufern am Fuß der Verrazano-Narrows-Bridge auf Staten Island. Es ist kalt und windig. Bürgermeister Rudolph Giuliani begrüßt die Läufer zum aufregendsten Marathon der Welt. Sie applaudieren halbherzig, die meisten sind bei sich. Jemand ruft über ihre Köpfe: «Trinken Sie viel. Trinken Sie, sonst trocknen Sie aus.» Es hätte aus Fischers Buch stammen können. Vielleicht kann man nicht mehr übers Laufen sagen.

Am Abend rollt eine Limousine zwischen zwei Autos in die Garage am Hintereingang des Waldorf-Astoria. Von allen Seiten springen Sicherheitsleute heran. Stiernackige Burschen, keine Läufertypen. Sie eskortieren einen schlanken Mann in einem grauen Anzug. Er ist 3:56:13 gelaufen. Gerade hat sein Sprecher mit der Rennleitung telefoniert, jetzt reden sie mit Holbrooke über den Balkan. Fischer sieht glücklich aus.

Es ist ein langer Lauf, und Joschka Fischer liegt noch im Rennen. Darum geht es. Für einen Moment scheint er bei sich selbst zu sein.

DIE 100-MILLIARDEN-DOLLAR-SHOW
Eine Raucherin aus Florida wird zum Beweis in einem Jahrhundertprozeß

«Mary war so schön», sagt Bob. «Sie war 21, ich war 42, als wir uns kennenlernten. Niemand hat verstanden, warum sie sich mit so einem alten, kahlköpfigen Sack wie mir eingelassen hat.» Er reibt mit einer Hand auf seinem sommersprossigen Schädel herum. Dann schaut er kurz rüber zum Ecktisch, wo Mary unter dem ausgestopften Blauhai sitzt und noch mal die Rechnungen durchsieht, bevor sie losfahren. Er legt beide Hände auf den Tisch, schwere, zerschrammte Hände mit brüchigen Nägeln. Der Krebs hat die Schönheit seiner Frau zerstört, sie paßt jetzt zu ihm. Eigentlich müßte er nichts mehr sagen, denn es wäre das mögliche Ende einer traurigen Geschichte. Aber es gibt keine einfachen Geschichten mehr. So ist es wieder nur ein Tal, aus dem er herauswandern muß, weil jeden Moment ein Schiedsrichter hereinkommen könnte, um ihnen das Geld wieder wegzunehmen. Die 2,85 Millionen Dollar, die sie zwar gewonnen, aber noch nicht ausgezahlt bekommen haben. Sie sind noch nicht im Ziel. Er darf jetzt nicht aufhören.

Vielleicht kann er auch gar nicht mehr aufhören.

Robert Farnan strafft sich und sagt mit einer festen Stimme, die so klingt, als würde unser Gespräch von dem speckigen Kneipentisch aus landesweit übertragen: «Aber dank der Tabakindustrie sieht man den Altersunterschied zwischen uns nicht mehr.»

Es gibt keine unschuldigen Bemerkungen mehr, denn er ist kein einfacher Ehemann mehr. Er ist der Ehemann von Mary Farnan, der Frau, die die Tür zum bedeutendsten Schadenersatzfall der amerikanischen Geschichte öffnete. Es geht um 300 Milliarden Dollar oder um 200 oder 400 oder was weiß er denn. Bob klopft sich eine Zigarette aus der Packung, eine Doral Light von J. R. Reynolds, dem zweitgrößten Zigarettenkonzern des Landes, steckt sie an und bläst den Rauch an die flache Decke seines Highwayrestaurants. Es ist Sonntagnachmittag in Inglis, Florida, wo Mary und Robert Farnan leben, die Sonne brennt, in 15 Minuten fahren sie nach Miami. Morgen ist wieder Prozeß. Morgen kommt Michael Szymanzyk, der Präsident von Philip Morris. Szymanzyk ist der größte Zigarettenboß der Welt, und er war noch nie vor einem Gericht. Er soll Mary in die Augen sehen. Sie verabschieden sich von ihrer Tochter Kayenne, als würden sie dabei gefilmt. Mary Farnan leidet mit ihrem ganzen Körper, Bob Farnans kräftige Arme baumeln hilflos an seinem quadratischen Rumpf.

Sie ziehen in den Krieg.

Draußen wartet der 95er Lincoln, der sie seit anderthalb Jahren fast jeden Sonntagnachmittag nach Miami bringt. Es sind 650 Meilen hin und zurück. Als der Prozeß anfing, hatte der Motor 40 000 Meilen runter, jetzt sind es 140 000, die hellen Ledersitze sind zerschlissen, der Rauch aus Zehntausenden Doral Lights hat sich in den gepolsterten Wagenhimmel gefressen, im hinteren Fenster hängt das schwarzweiße Gerichtssaalkostüm von Mary Farnan. Es ist ein schlichtes Kostüm, schlicht wie ihre Rolle. Nach zehn Meilen brennt sich Bob die erste Zigarette der Reise an. Er kann nicht aufhören, sagt er. Manche können es. Er nicht. Die Suchtstoffe, die Werbung, das alles.

«Ich habe am J-Day angefangen», sagt Bob nicht ohne Stolz. Er war acht Jahre alt, und es war der Tag, an dem Amerika Japan den Krieg erklärte. Ein historischer Tag, mit dem man sich sehen lassen kann. Mary Farnans Raucherjubiläen sind unspektakulär. Am Muttertag 1997 haben sie ihr den oberen Teil des rechten Lungenflügels rausgeholt, dann streute der Krebs, und ein Jahr später, am Geburtstag ihrer Schwester, schnitten sie ihr den Kopf auf, um den Tumor zu entfernen, der dort wuchs. Zwischendurch lag Bob neun Tage an der Herz-Lungen-Maschine. Er hatte einen Herzinfarkt, den zweiten in seinem Leben. Mary Farnan betet die Daten und die Namen der Ärzte, die sie aufschnitten, untersuchten, bestrahlten und beruhigten, herunter wie einen Rosenkranz. 17 ist die Anzahl ihrer Chemotherapiebehandlungen, drei die Nummer der Bypässe in Bobs Brust, zwei die Zahl der Jahre, die sie jetzt ohne Befund ist. Dr. Harnon stellte den Krebs fest, Dr. Knauff hieß ihr Lungenchirurg, Dr. Linoc operierte am Kopf. Sie orientiert sich mit den medizinischen Daten durch den Prozeß. Die Krankheit schützte sie vor den Anwälten, die sie in den letzten beiden Jahren umschwammen wie Haie. «Ich habe nach dem Herzinfarkt 31 Tage lang nicht geraucht. Es waren die schlimmsten Tage meines Lebens», beschließt Bob diese Runde.

Sie machen immer Pause im «Popeyes», ein Fast Food Restaurant auf der Mitte der Strecke. Bob trinkt zwei Becher Kaffee zu fettigen Bisquits, panierten Hähnchenteilen und Zigaretten. Mary ißt zwei gebutterte Maiskolben.

Als die bestialischen Kopfschmerzen begannen, suchte sie im Internet nach Hilfe. Irgendwann stieß sie auf Dr. Stanley Rosenblatt, einen Anwalt aus Miami, der Kläger für einen Prozeß gegen die Tabakindustrie suchte. Es mußten kranke Raucher sein. Bob schlug im Telefonbuch von Miami nach. Es gab 17 Rosenblatts, und alle waren Doktoren. Hier schien eine seriöse Sache abzulaufen. Mary bewarb sich. Nach der Gehirnoperation schrieb Rosenblatt zurück. Sie besuchten ihn in Miami, er besuchte sie in ihrem Wohnwagen in Inglis. Er nahm sie und erzählte ihnen, wie lange sich der Prozeß hinziehen würde.

«Wir können uns das aber nicht leisten», sagte Mary.

«Das lassen Sie mal meine Sorge sein», sagte Dr. Rosenblatt.

Bob fährt am Limit und oft darüber. Er hat einen Bleifuß, sagt Mary und streichelt seine pelzige Pranke, die auf dem Lenkrad ruht. Bob lächelt, die Tachonadel zittert, Miami leuchtet verführerisch in der Sommernacht. Anfangs brachte Rosenblatt sie im Hotel Dupont unter, aber das war sehr schmuddelig. Als sie eine Kakerlake im Frühstücksbüffet fanden, wechselten sie ins Hyatt. Es ist zwar teurer, aber Rosenblatt wird ihnen die Rechnung schicken, wenn sie das Geld haben. Es kann noch ein, zwei Jahre dauern, bis die Tabakfirmen zahlen, sagt Rosenblatt.

Der Hotelbote begrüßt sie wie gute alte Bekannte, und das sind sie. Manchmal nehmen sie auch Kayenne mit, dann sitzen sie zu dritt nach den langen Prozeßtagen ein bißchen am Pool. Mary Farnan ist noch nie verreist, Bob war in Vietnam und Korea. In Inglis sind sie von früh um sechs bis abends um elf in der Kneipe. Sie haben hier so was wie den ersten Urlaub ihres Lebens, aber so darf man das nicht sagen.

«Wir müssen die Jugend schützen. Es ist wichtig, daß Sie darüber Europa informieren», sagt Mary Farnan, bevor sie zu Bob in den Lift steigt. Seine Zigarette brennt. Rauchen im Fahrstuhl kostet 300 Dollar Strafe. Aber darauf kommt es denn auch nicht mehr an. Die Türen surren zu, das Wort Europa hängt zwischen dem Geklimper des automatischen Flügels im Foyer des Hyatt. Es ist Mitternacht in Miami, sie haben jegliche Relationen verloren. Vielleicht liegt es an den Zahlen, die ihnen jeden Tag im Gerichtssaal um die Ohren fliegen. Zwei Millionen verdient der Chef von Philip Morris im Jahr, 254 Milliarden Dollar bezahlen die Tabakfirmen in einem großen Vergleich in den nächsten 25 Jahren an die Bundesstaaten der USA, zwei Millionen kostet der 36 Sekunden lange Antiraucherspot, den Philip Morris während des letzten Super Bowl zeigte, 290 Dollar ein Doppelbettzimmer im Hyatt, aber inzwischen bekommen sie Rabatt, 2,85 Millionen Dollar ist die Summe, die Mary Farnan am 7. April 2000 von der Jury zugesprochen wurde. Rosenblatt hatte bewiesen, daß ihr Krebs vom Rauchen stammt. Er hatte bewiesen, daß sie nicht wußte, wie schädlich Rauchen ist, als sie mit zehn Jahren damit anfing.

Er hat Mary Farnan zu einem Beispiel gemacht.

Sie muß jetzt nichts mehr sagen, sie muß keine Fragen mehr beantworten. Die Haie lassen sie in Ruhe. Sie muß nur noch dasitzen. Manchmal trägt sie eine grüne Wollstola gegen die Kälte der Klimaanlage, die in den alten weißen Gerichtssaal bläst. Mary Farnan ist die Frau, die die Börsenkurse der Tabakindustrie stürzen ließ.

Dr. Stanley Rosenblatt verklagt die Tabakindustrie in der letzten Phase des Prozesses auf Schadenersatz an allen Bürgern Floridas, die nachweisen können, daß sie durch das Rauchen krank wurden. Niemand weiß, wie viele das sind. Vielleicht 300 000 Menschen, vielleicht aber auch 700 000. Die Höhe des Schadenersatzes schwankt zwischen 160 und 350 Milliarden Dollar. Rosenblatt sagt, daß er einen solchen Prozeß in keinem Staat des Landes durchbekommen hätte, weil die Ausgangsposition viel zu vage ist. Aus irgendeinem Grund sind sie in Florida damit durchgekommen.

Die Ausgangsposition ist vage. Es geht um Moral und Geld. «Die Vertreter der Tabakindustrie werden versuchen, Ihnen zu beweisen, daß sie gute Jungs sind», sagt Rosenblatt in seinem Eröffnungsstatement. «Sie werden Ihnen sagen, daß sie die Botschaft verstanden haben. Glauben Sie ihnen nicht.»

Auf der rechten Seite des Gerichtssaales sitzen etwa 30 Anwälte der Tabakfirmen in gutsitzenden Anzügen. Es gibt ein paar Journalisten und die Pressesprecher der Tabakkonzerne, die aus irgendeinem Grund alle Poloshirts in lustigen Farben tragen. Auf der linken sitzen Menschen, die sich etwas vom Ausgang des Prozesses versprechen. Menschen, die sich nur noch verständigen können, indem sie sich elektrische Metallöffel in den Mund stecken, Menschen, die Löcher im Hals haben, denen Schläuche aus der Nase hängen. Es ist ein junger Schwarzer dabei, dessen Kopf unentwegt kreist, weil er Multiple Sklerose hat, und ein alter Kubaner in einem hellblauen Kunststoffanzug, der selbstgeschriebene Zettel verteilt, auf denen er mit Pfeilen den Zusammenhang zwischen diesem Spektakel und den Nürnberger Prozessen herstellt. Die Leute auf dieser Seite des Saales verstehen sich als Klassenmitglieder. «Ich bin Klassenmitglied», sagen sie mit ernstem Blick, wenn man sie fragt, was sie hier tun. Sie lachen, wenn die Verteidigung sich dumm anstellt oder wenn Stanley einen Witz reißt. So nennen sie ihren Anwalt Rosenblatt: Stanley. Sie strahlen den Schmerz und die Selbstverliebtheit des öffentlichen Opfers aus. Sie rauchen, und sie sind krank, das reicht hier, um berühmt zu werden. Im Prozeßverlauf hat sich auf der linken Seite eine Hierarchie herausgebildet. Guillermo Saa, ein dicker, brauner Mann mit einer Sprachbox, auf der ein Nichtraucherzeichen klebt, sitzt allein in der ersten Reihe, weil ihn die New York Times neulich auf ihrer Seite drei porträtiert hat. Er wird von den anderen bewundert, aber auch ein wenig verachtet. Die unbestrittenen Vorbilder der linken Seite aber sind Mary Farnan und Frank Amadeo, die ganz vorn neben Dr. Rosenblatt sitzen. Frank sollte zwar 5,8 Millionen Dollar für die Speiseröhre bekommen, die sie ihm vor acht Jahren rausnahmen, aber dann stellte sich raus, daß er seine Klage zu spät eingereicht hatte. Im Publikum sitzen auch weiterhin Verwandte und Bekannte der Beteiligten. Die Schwester von Rosenblatt, ein Bruder von Rosenblatt, ein Neffe von Rosenblatt, Bob, wenn er in der Stadt ist, und Marge, die Ehefrau von Frank Amadeo. Einige kennen sich seit zwei Jahren, es ist eine Art Reisegruppenmentalität entstanden, einige gehen zusammen im Kaufhaus «Burdines» essen, wo es für 7,95 ein ordentliches Büffet gibt.

Neuankömmlinge werden kritisch gemustert.

Niemand weiß, wie die Summe später verteilt wird, niemand weiß, wie die Zahl der 500 000 Rauchgeschädigten zustande gekommen ist. Aber jeder fühlt, daß er gleich nach vorne gerufen werden kann, ins Licht tauchen und den Scheck gewinnen. Sie sind ein Gameshowpublikum.

Auf dem Thron sitzt Richter Robert Kaye, der erkennbar das gelbe Gesicht des langjährigen Rauchers hat. Er hat vor ein paar Jahren aufgehört, als er schwere Herzprobleme bekam.

Es sieht nicht gut aus für die Tabakindustrie. Die Zahlen werden mit jedem Prozeßtag schärfer, wahrscheinlicher.

Am nächsten Morgen sitzt Michael Szymanzyk im Zeugenstand. Bob Farnan trägt eine Krawatte mit einem brüllenden Puma, die ein bißchen bekleckert ist. Szymanzyk ist fast zwei Meter groß, er war Basketballspieler, kommt aus dem Mittelwesten und hat drei Kinder. Er hat eine Glatze und redet mit ruhiger Stimme. Ich bin wie ihr, soll das heißen. Ich bin kein Ungeheuer, soll es heißen. Sein Anwalt legt ihm die Antworten zurecht. Szymanzyk muß nur ja und nein sagen und menschlich wirken.

Hier soll der neue Zigarettenmann vorgestellt werden.

«Sie haben jahrelang als Kaufmann bei Procter & Gamble gearbeitet.»

«Ja.»

«Sie sind dann zu Kraft-Lebensmittel gewechselt?»

«Ja.»

«Seit wann führen Sie Philip Morris?»

«Seit dem 1. November 1997.»

Alle fünf großen Tabakkonzerne haben in den letzten vier Jahren ihre Spitzenleute ausgetauscht. Niemand von den Leuten, die 1994 in Washington schworen, daß Rauchen nicht süchtig macht, ist noch dabei. Der Anwalt von Brown & Williamson sagt, sie würden ihren Chef «Nick» nennen. Der Anwalt von Lorillard erklärt, ihr Präsident würde von allen nur «Marty» gerufen. Szymanzyk ist ein «Kaufmann», der lange Jahre im «Seifengeschäft» tätig war. Sie alle scheinen zufällig ins Tabakgeschäft gerutscht zu sein. Alle fünf haben ein freiwilliges Abkommen unterzeichnet, in dem sie sich verpflichten, in den kommenden 25 Jahren 254 Milliarden Dollar an die Bundesstaaten zu bezahlen. Sie haben sich verpflichtet, keine jugendlichen Raucher zu werben. Fernseh- und Rundfunkwerbung gibt es ja sowieso schon seit den siebziger Jahren nicht mehr, aber nun gibt es auch keine Plakate an Straßenrändern mehr, die für Zigaretten werben. Alle 14 000 Plakatwände, auf denen Philip Morris für Zigaretten warb, wurden auf ihre Kosten mit Nichtraucherwerbung beklebt. Sie produzieren Nichtraucherwerbung fürs Fernsehen. Sie geben für Jugendprävention mehr Geld aus als für ihre Marlboro-Werbung. Die Vizepräsidentin, die für den Schutz der Jugend zuständig ist, hat ein Budget von 100 Millionen Dollar im Jahr. Auf ihren Internetseiten erklären die Tabakcompanies, daß Rauchen schädlich ist. Sie geben Querverweise zur Gesundheitsbehörde und Tips, wie man mit dem Rauchen aufhören kann. Lorrilard hat ein 10 000 Dollar

Stipendium ausgeschrieben, dessen einzige Bedingung ist, daß der Stipendiat sich verpflichtet, nicht zu rauchen. Jede Tabakfirma darf nur noch ein Ereignis pro Jahr sponsern. Alle arbeiten an Zigaretten, die noch leichter sind und automatisch ausgehen, wenn man sie betrunken ins Bett fallen läßt. Alle entwerfen Zigaretten, die nicht mehr brennen, sondern nur noch erhitzt werden. Man muß schwere Ausrüstungen mit sich führen, wenn man diese Zigaretten benutzen will, aber sie tragen phantasievolle Namen. Sie heißen Eclipse und Accord und sollen noch in diesem Jahr auf den Markt kommen. Sie lassen nichts unversucht.

Philip Morris' Anwalt Dan Webb, der seinen Chef befragt, ist ein pockennarbiger, blasser Mann mit schütteren Haaren, das Gegenteil von Rosenblatt. Sie scheinen an ihrer eigenen Abschaffung interessiert zu sein.

«Ist es nicht eine gute Sache, daß wir auf unseren Web-Seiten auf die Schädlichkeit des Rauchens hinweisen?» fragen sie die Zeugen der Anklage.

«Nein», sagen die Zeugen der Anklage.

Nachdem Stanley Rosenblatt in den ersten beiden Prozeßwochen nicht viel mehr gemacht hat, als mit aufgeklappten Magazinen durch den Gerichtssaal zu stolzieren und zu rufen: «Marlboro-Werbung!», hat Philip Morris jetzt auch noch beschlossen, sich aus dem Zeitschriftengeschäft zurückzuziehen.

«Ist es richtig, daß Sie beschlossen haben, ab Juli keine Werbung mehr auf den Rückcovern der Magazine zu machen, Mister Szymanzyk?» fragt Webb.

«Ja, das habe ich im April beschlossen.»

«Ziehen Sie sich aus allen Magazinen zurück, deren Leseranteil zu mehr als 15 Prozent aus Jugendlichen besteht?»

«Ja, das habe ich beschlossen.»

Webb wirft eine lange Liste mit Zeitschriften an die Wand, aus denen sich Philip Morris zurückzieht: *People. Sports Illustrated. Rolling Stone*. Sie scheinen es ernst zu meinen.

Szymanzyk, der neue Typ des Zigarettenmachers, berichtet von der gelben Karte, die jeder der 14 000 Philip Morris Mitarbeiter bekommt. Auf der einen Seite stehen die Werte der Firma, auf der anderen Seite steht die Mission. Auf der gelben Karte verpflichten sie sich, Jugendliche davon abzuhalten zu rauchen. Die gelbe Karte. Es klingt nach einer Sekte. Es klingt wie die ökonomische Strategie der DDR. Die ganzen Folien, die Webb vorbereitet hat, um zu zeigen, daß sie gute Menschen geworden sind. Wer viele Folien benutzt, verliert. Nur Menschen in der Defensive benutzen Overheadprojektoren. Ein Punkt auf der gelben Konzernkarte ist: Wir suchen den Dialog. Wir sind am Dialog mit Gesundheitsbehörden und Nichtraucherverbänden interessiert, heißt es auf der gelben Philip Morris Karte. Leute, die den Dialog mit ihrem Todfeind suchen, stehen oft kurz vor dem Aussterben.

«Sie wollen Zigaretten verkaufen. Ich will eine rauchfreie Gesellschaft. Was sollen wir bereden?» fragt Rosenblatt.

«Können Sie mir sagen, warum Sie einen Job angenommen haben, dessen Zweck es ist, ein abhängig machendes, tötendes Produkt zu verkaufen?» fragt Rosenblatt.

Es gibt keine Antwort auf diese Frage, und Szymanzyk weiß das. Es geht nur noch um Moral. Er kann nur verlieren.

«Wäre die Welt nicht ein besserer Platz ohne Zigaretten, Mr. Szymanzyk?» fragt Rosenblatt.

«Ich weiß nicht.»

«Was? 430 000 Amerikaner sterben jährlich an den Folgen des Rauchens, und Sie wissen nicht, ob die Welt besser wäre ohne Zigaretten?»

Szymanzyk starrt durch den Anwalt hindurch. Nach einem Tag Kreuzverhör mit Rosenblatt wirkt der Szymanzyk eher wie der Hausmeister von Philip Morris.

Am Abend fährt Rosenblatt mit der Gerichtsprotokollantin Nancy nach unten.

«Sie stellen immer so lange Fragen, Mr. Rosenblatt», beschwert sich Nancy lächelnd.

«Die besten Fragen sind die, auf die es keine Antwort gibt, Nancy», sagt Rosenblatt und grinst. Insofern stellt er die richtigen Fragen.

Rosenblatt hat im vorigen Jahr 49 Millionen Dollar aus seinem ersten Fall bekommen, den er gegen die Tabakindustrie führte. Es ging um die Schäden, die Flugbegleiter durch passives Rauchen erlitten. Rosenblatt hat neun Kinder und bewohnt eine Strandvilla in Key Biscayne. Im Haus gegenüber dem Gericht hat er drei Etagen und ein Penthouse.

Bob Farnan nennt ihn den weißen Ritter. Mit dem Bild könnte Rosenblatt vielleicht leben.

«Ich bin aus Brooklyn. Ich war zehn, als ich nach Miami kam. Das Leben war gut zu mir», sagt er und lächelt.

Er denkt, daß es zu einem Vergleich mit der Tabakindustrie kommen wird. Er wird sehr reich werden, sagt er. Sehr reich.

Wie ist er eigentlich auf Mary Farnan gekommen?

«Oh, sie ist eine hart arbeitende Frau gewesen. Sie hat drei Kinder. Sie hat früh angefangen zu rauchen. Mit zehn, wenn ich mich richtig erinnere. Sie hat Krebs, und sie wirkt sehr authentisch, sehr ehrlich», sagt Rosenblatt. «Sie ist eine gute Klägerin.»

Er hüpft die Treppen des Gerichtsgebäudes hinunter. Er ist 63 Jahre alt, aber voller Kraft. Er liebt den David-und-Goliath-Gedanken.

«Wir sind nur eine kleine Kanzlei», sagt er. Und er sagt auch: «Tief in ihrem Innern wissen sie, daß sie das Böse verkörpern. Sie haben Angst vor sich selbst. Deswegen haben sie sich auch so lange geweigert zuzugeben, daß Rauchen tötet.»

Am nächsten Tag erscheint der zweite Tabakchef. Nicholas Brookes von Brown & Williamson. Szymanzyk war Basketballer, Brookes ist Brite.

Brookes kennt wie Szymanzyk die fünf Tabakchefs nicht, die 1994 im Capitol schworen, daß Rauchen nicht süchtig macht. Er hat nie gelogen, sagt er. Er kommt von weit her, er trägt britischen Akzent wie eine Rettungsweste. Aber auch das hilft ihm nichts.

Er hat in den neunziger Jahren in Ostblockländern Zigarettenwerke gekauft.

«Länder, von denen ich bis dahin noch nicht mal wußte, daß es sie gibt», sagt Brookes mit einem schwachen Lächeln, und ein sanftes Licht fällt auf die Tabakmärkte der nahen Zukunft.

Es geht immer so weiter, Woche für Woche. Die Kläger wohnen im Hyatt, die Anwälte im Holiday Inn. Mittags laufen alle ins Burdines Restaurant. Mary sitzt mit ihren engen Freunden im Nichtraucherbereich. Marvin Brown, dessen Vater vor 20 Jahren an Krebs starb, Roland Steward, der Junge mit dem schwingenden Kopf, Marge, die gerade Frank gefüttert hat. Im Raucherbereich sitzen die J. R. Reynolds Anwälte. Dazwischen ißt Richter Kraye mit seiner Frau. Marge sagt, daß Franks Lieblingsgericht Kartoffelpuffer gewesen sind. Sie redet immer viel über Essen. Sie ist eine leidenschaftliche Köchin, aber ihr Mann hat keine Speiseröhre mehr. Als sie an diesem Tag ins Gericht zurückkehren, wird Mary Farnan schwindlig, sie geht ins Hotel und ruft Bob in Inglis an. Er setzt sich sofort ins Auto und kommt nach Miami. Um sieben ist er da. Sie essen im Hotelrestaurant. Seit einem Jahr darf man hier nicht mehr rauchen. Bob weiß, daß er das grundsätzlich begrüßen muß. Im konkreten findet er es natürlich nicht so gut. Auch ihr eigenes Restaurant ist von den neuen Rauchbestimmungen des Staates Florida bedroht.

«Zu uns kommen einfache Leute. Fischer, Arbeiter, Kraftfahrer, die rauchen alle. Aber ich muß schon jetzt 30 Prozent Nichtraucherplätze anbieten. Ab Oktober ist es Hälfte Hälfte. Es dauert nicht lange, dann dürfen wir gar nicht mehr rauchen. Das ist natürlich Scheiße. Also fürs Geschäft.»

Später wechseln wir in die Bar, wo er rauchen kann. Er kann nicht aufhören. Mary konnte auch nicht. Sie hat noch geraucht, als sie Chemotherapie bekam. Als die Kopfschmerzen kamen, hat sie es dann aber sein lassen.

Manchmal fragt er sich auch, ob es das alles wert war. Sie sehen sich nur noch selten. Die Anwälte der Gegenseite haben ihre Leben durchsucht. Sie waren bei seiner Ex-Frau und bei ihrem Ex-Mann, sie haben Nachbarn befragt, sie wollten Schwachstellen im Leben dieser einfachen Leute finden. Mary Farnans Tante haben sie noch auf dem Sterbebett in einem Pflegeheim nach den Rauchgewohnheiten ihrer Nichte befragt. Die Krankenschwester fand zwei Visitenkarten auf dem Nachttisch der alten Dame.

«Es ist natürlich nicht schön, wenn in der Zeitung steht, daß wir erst sechs Jahre, nachdem unser erstes Kind geboren wurde, geheiratet haben. Aber das war eigentlich das schlimmste», sagt Mary. «Im Gerichtssaal versuchen sie dir das Wort im Munde rumzudrehen. Also manchmal ist mir erst zu Hause eingefallen, daß ich eine Zeit verwechselt habe, sie haben immer versucht, mich als Lügnerin hinzustellen, wenn ich mich später korrigiert habe.»

Das Restaurant läuft nicht mehr so, seit sich die beiden mehr um den Prozeß kümmern als ums Geschäft. Der Koch trinkt, die Kellnerinnen wechseln schnell, und sie selbst schaffen es nicht mehr. Sie wollen verkaufen, aber sie hängen es noch nicht an die große Glocke, damit niemand denkt, sie stünden unter Zeitdruck oder Geldnot. Sie wollen reisen, wenn das Geld da ist. Mary hat noch nie Florida verlassen. Sie hat noch nie Schnee gesehen, sie würde gern mal Schnee sehen. Aber weil es natürlich nicht reicht, erzählt sie noch, daß sie Antiraucherverträge an Schulen halten will.

Hoffentlich glauben sie nicht, sie müßten sich die 2,8 Millionen erst noch verdienen.

Mary geht ins Bett, Bob sitzt noch ein wenig an der Bar, raucht und erzählt von Vietnam und Korea, wo er Kriegsfotograf war. Er hat aufgehört zu fotografieren, als er die Kneipe in Inglis übernahm und Mary kennenlernte. Sein Vorbild war immer der New Yorker Fotograf Weegee. «Viele Leute unterschätzen mich», sagt Bob. «Sie sehen mich die Tische abwischen und denken, ich bin doof.»

Er denkt, daß der Prozeß auf einen Vergleich hinauslaufen wird. Dann wird er weitersehen, schließlich ist er ja auch Klassenmitglied mit seinem kaputten Herzen. Er klopft sich noch eine Zigarette aus der Packung. Seine Frau ist Krankenschwester, die nicht weiß, daß Rauchen schädlich ist. Der Gerichtssaal sitzt voller Idioten. 500 000 dumme Raucher leben in Florida.

Der Fall entmündigt sie alle. Die Opfer und die Täter.

Am nächsten Tag stehen Bob und Mary vorm Gerichtsgebäude. Die Mittagspause ist zu Ende. Es ist Freitag. Mary geht wieder ins Haus, um sich anzusehen, ob Rosenblatt den coolen Brookes von Brown & Williamson doch noch aufknackt. Bob will noch ein bißchen spazierengehen. Sie haben die lange Rückfahrt vor sich.

«Ich liebe dich», sagt Mary, als würden sie sich nie wiedersehen. In ihren Blick mischt sich am Ende der Woche immer mehr professionelle Trauer. Dies ist eine Seifenoper, und sie ist eine der Hauptdarstellerinnen.

«Ja, ja», sagt Bob.

Die Sonne knallt auf den Platz vorm Gerichtsgebäude. Er geht langsam die Treppen hinunter, an der letzten strauchelt er und fällt hin. Ihm ist ein bißchen schwindlig. Er steigt die Treppen hoch in den Schatten. Er lockert seine Krawatte und setzt sich auf einen Stein-aschenbecher vorm Gericht. Er wird immer blasser, es ist, als warte er auf einen heranrollenden Stein, der ihn umwirft. Irgendwann sagt er langsam «Shit» und rutscht wie in Zeitlupe vom Aschenbecher, er wiegt 120 Kilo, er ist nicht aufzuhalten, sein Gesicht schlägt auf den Beton, die Brille rutscht zur Seite.

«Die Pillen», flüstert er. Zwischen Zigarettenschachteln liegt ein kleines Röhrchen mit winzigen Tabletten. Er nimmt eine unter die Zunge. Ein Mann bietet Hilfe an. Er hat gerade einen Erste-Hilfe-Kurs gemacht, sagt er, und ist, wie sich herausstellt, Gerichtsreporter bei Channel 6.

«Ist das nicht der Mann von Mary Farnan?» flüstert er.

Einen Moment lang scheint es so, als wäre das letzte, was Bob Farnan von dieser Welt sieht, vier Journalistenaugen. Der Tod einer Berühmtheit. Aber als der Rettungsarzt kommt, geht es ihm schon wieder besser. Er wird an Drähte angeschlossen. Irgendwann erscheint Mary, gefolgt von Marge, Marvin und ein paar anderen Klassenmitgliedern. Sie umstellen die Trage, Marvin wacht wie ein Medizinmann am Kopfende.

Der Arzt schaut erstaunt auf die Szene. Bob Farnan wirkt wie ein sterbender König in einem Shakespearestück. Aber er erholt sich wieder.

«Was haben Sie gegessen?» fragt der Rettungsarzt.

«Einen Donut und einen Hotdog», sagt Bob.

Der Arzt schüttelt den Kopf, aber das EKG ist in Ordnung. Bob hat wieder Farbe, es war wohl die Hitze. Er stirbt doch noch nicht.

Im Gerichtssaal baut Stanley Rosenblatt den kleinen Kreislaufkollaps in die Befragung von Nick Brookes ein.

Als Brookes am Nachmittag mit seinen Anwälten im Lift nach unten fährt, fragt er besorgt: «Wie geht's eigentlich Mr. Farnan?»

Niemand weiß die Antwort. Sie sehen betreten nach unten. Brookes versucht, ein teilnahmsvolles Gesicht zu machen. Alle spielen das, was von ihnen erwartet wird. Auch Brookes, der Mann, den sie in der Firma Nick nennen sollen. Es gibt keinen neuen Zigarettenmann. Brookes hat sich bei den Opfern entschuldigt. Er hat gesagt, daß Rauchen Krebs verursacht. Er hat zugegeben, daß es süchtig macht. All die Sachen, die vor fünf Jahren undenkbar gewesen wären. Aber sie nützen nun auch nichts mehr. Das Ganze ist schon zu weit. Sie müssen sich was einfallen lassen. Ein paar Tage später wird Philip Morris für 14,9 Milliarden Dollar den Kekskonzern Nabisco kaufen. Zusammen mit ihrer Tochter Kraft besitzt Philip Morris nun den zweitgrößten Nahrungsmittelkonzern nach Nestle. Die Kurse der Tabakfirmen an der New Yorker Börse werden sofort nach oben schnellen. Das Geld findet seinen Weg.

Die gutgekleideten Männer der Tabakindustrie verlassen schnell das Gerichtsgebäude. Sie laufen über die Stelle, auf der eben noch Bob Farnan lag, und verschwinden in einer Limousine.

DIE ZEUGIN

Eine Dame hört einen Pistolenschuß auf ihrem Hinterhof

Farwick wird aufgerufen. Eine ältere, schwarzgekleidete Dame mit langen, grauen Haaren betritt den Saal. Sie hat den Kopf in den Nacken gelegt und bewegt sich entschlossen auf die Zeugenbank zu, nichts erinnert an die verlegenen Schritte der Zeugen vor ihr. Sie scheint eine Bühne zu betreten. Sie hat sich lange darauf vorbereitet.

Vor etwa einem Jahr wurde Drogendealer Fricke im Auto erschossen, das auf dem Mieterparkplatz jenes Westberliner Sozialbaus stand, in dem die Zeugin wohnt. Sie macht ihre Aussage. Sie beschreibt den weißen Nissan des Toten. «Ein gepflegtes Modell«, sagt sie. «Erst trug er Wiesbadener Kennzeichen, später ein Berliner.» Sie beschreibt Fricke als «ungemein freundlichen, gebildet wirkenden Mann, untypisch in dieser Nachbarschaft». Sie erwähnt die Migräne, die sie an jenem Wochenende plagte. Sie sei keine Person, die aus dem Fenster starre und sich Nummernschilder notiere. Sie hat den Schuß nicht gehört, hätte aber sagen können, daß sie das Geräusch eines durch einen Schalldämpfer abgegebenen Schusses aus Vietnam kenne. «Eher ein Flupp als ein Plopp.» Aber das will schon niemand mehr wissen. Das Gericht verzichtet auf ihre Vereidigung. Es ruft den nächsten Zeugen auf.

Frau Farwick geht zur Berechnungsstelle für Zeugengebühren im Landgericht Moabit und holt sich ihr Taxigeld. Dann fährt sie in die Lietzenburger Straße. Sie wohnt direkt überm Durchgang zu dem Parkplatz, auf dem Fricke verblutete. Im Hof wühlt ein Mann in einer Biotonne, im Hausflur sitzt jemand mit schorfigen Schienbeinen. Frau Farwick grüßt ihn sanft. Sie mag die Penner mehr als den Mieter über ihr, der sie mit dem Hitlergruß empfängt. Sie schließt die Wohnungstür, der Verkehr rauscht unbarmherzig. Nachts, wenn es draußen leiser wird, schaltet Frau Farwick das Radio ein, weil sie die Stille nicht mehr erträgt. Im Flur hängt das Bild einer schönen Frau. «Das war ich», sagt Frau Farwick. «Jeder bekommt irgendwann das Gesicht, das er verdient, sagte meine Mutter immer. Jetzt sehe ich böse aus. Bin ich zu stark geschminkt?»

Im Zimmer zum Hof hängt ein Porträt eines bekannten Schauspielers. «Den hab ich 1982 kennengelernt, nach einer Vorstellung kam er ins Foyer gestürzt und wollte meine Nummer. Ich hatte in der ersten Reihe gesessen. Wir waren fünf Wochen zusammen, aber er hatte Wünsche, auf die ich nicht eingehen will. Zudem rief ständig seine hysterische, betrunkene Schwester an. Ich hab das nicht mehr ausgehalten. Vor zwei Jahren war ich noch mal auf einer Lesung im KaDeWe. Ich stand ganz hinten mit Borsalino und Trenchcoat.»

Die Bilder von Botho Strauß stehen neben dem schmalen Bett, weil Strauß sie an Farwick erinnert, ihren zweiten Mann. Sie habe sich mit Strauß mehrere Jahre geschrieben, bis er sie in seinem Erzählungsband «Niemand anderes» auf «unanständige Weise verwendete». Einen der Strauß-Briefe hat sie zu einer Collage verarbeitet und ins Wohnzimmer gehängt. Dort hängt auch ein Arno-Schmidt-Porträt in Öl. Schmidt sei ein Freund Farwicks gewesen, sie hätten ihn oft besucht.

«Aber ich war ja zu schön, um klug zu sein», sagt Frau Farwick. «Die hielten mich doch alle für ein Dummchen. Ach, ich hätte Farwick nie verlassen dürfen. Er war ein guter Mann, obwohl wir sehr verschieden waren. Ich habe mich in seinem katholischen Nest nie wohl gefühlt, seine Mutter hat mir auch nie verziehen, daß ich schon mal verheiratet war. Drei Monate mit Werner Ott, Hilfsschauspieler am Schiller-Theater. Farwick und ich fuhren immer getrennt in Urlaub. Er nahm seinen Joyce und flog nach Dublin, wo es mir zu kalt war. Ich hab mir auf Mallorca so einen spanischen Bauernlümmel geschnappt, das war noch in Ordnung. Aber der Berliner Internist hat mich gebrochen. Der war auf dem Lazarettschiff «Helgoland» vor Vietnam. Ich habe mich von Farwick getrennt und bin dem Arzt hinterhergeflogen. Der hatte schon eine andere. Ich dachte zunächst, eine Vietnamesin, die dort unten so schön aussehen. Aber er hatte mich durch eine OP-Schwester ersetzt, da bin ich durchgedreht. Ich habe drei Wochen nur gesoffen, eines Abends habe ich einem Amerikaner seine Waffe weggenommen und ihm im Suff in die Hand geschossen. Da haben sie mich nach Bangkok abgeschoben, ich habe dann weitergesoffen, jahrelang. '78 habe ich im Jüdischen Krankenhaus eine Entziehungskur gemacht. Seitdem rühre ich nicht mal mehr eine Cognacbohne an. Nur das Rauchen eben. Furchtbar. Ich war dann viele Jahre die Geliebte eines der wohlhabendsten Männer der Bundesrepublik. Ein Bauunternehmer. Aber denken Sie, er hielt es für nötig, mir wenigstens eine kleine Eigentumswohnung zu kaufen? Seit '91 hause ich hier zwischen den Rassisten. Man kann die berühmtesten Leute kennen und trotzdem im sozialen Wohnungsbau landen.»

Die kleine Wohnung ist spartanisch eingerichtet, es gibt fast nur Bilder und Bücher. Sie nimmt eines, schlägt eine Seite auf, auf der Strauß eine Einsiedlerin beschreibt, eine Briefeschreiberin, «die sich nicht mehr über Brücken zu gehen traut, worunter Wasser abfließen; die ihre Fenster verhängt, weil ihr vor der abschüssigen Straße schwindelt. Und die, am Ende, auch keine Briefe schreiben wird, da sie die fliehende Schrift ängstigt. Die ausharrt durch und durch, ohne zu warten.»

Ihr Telefon sei abgeklemmt, sagt sie. Manchmal ernähre sie sich wochenlang nur von trocken Brot und Äpfeln, um sich Bücher kaufen zu können und Die Zeit. Die letzten Jahre seien ihr weggerutscht. Sie vermisse eine Schreibmaschine. Sie hätte soviel zu erzählen, kennt aber niemanden, der ihr zuhört.

DER PREIS EINES WUNDERS
Ein Indianer kommt ins Fernsehen

Patricia lebe in zwei Welten, hat ihm 1994 ein Medizinmann erzählt. In den ewigen Jagdgründen und hier. Sie wandere in diesen Welten hin und her, schaue sich bei den Ahnen um und bei den Lebenden. Eine unheimliche Vorstellung, denn Mark White Bull befand sich damals gerade zwischen seiner dritten und vierten Ehe. White Bull war seit fünf Jahren nicht mehr am Krankenbett von Patricia gewesen. Er hatte Albuquerque verlassen, und er hatte sich mit ihrer Mutter Snowflake total verkracht. Er vergaß die Worte des Medizinmannes schnell. Sie fielen ihm erst jetzt wieder ein. Rückwirkend. Wie so vieles. Ein Wunder verändert die Sicht auf die Dinge.

Ein Wunder verändert alles. Das muß es doch. Oder?

Am 21. Dezember 1999 scheint sich in den USA, in Albuquerque, New Mexico, eine Art Wunder zugetragen zu haben.

Patricia White Bull soll nach 16 Jahren plötzlich aus dem Koma erwacht sein, in das sie kurz nach der Geburt ihres vierten Kindes gefallen war. Die Frau, die über Jahre in einem vegetativen Schlaf lag, habe zu der Schwester, die ihre Laken ordnete, plötzlich gesagt: «Laß das!», erzählte der Arzt Elliot Marcus der Lokalzeitung Albuquerque Journal. Er habe Patricia White Bull seit mehreren Jahren beobachtet, seine Patientin sei nicht völlig abwesend gewesen, sie habe mit offenen Augen dagelegen, gelegentlich habe sie Arme und Beine bewegt, manchmal folgte ihr Blick einer schnellen Bewegung. Sie sei künstlich ernährt worden, habe nie gesprochen und auch nicht auf Schmerz reagiert. Innerhalb kürzester Zeit habe sich dieser Zustand verändert, sagt der Arzt. Sie sei plötzlich hellwach gewesen, in der Lage, ihren Namen zu schreiben, sie schminke sich selbst, laufe mit Unterstützung, esse und mache Ausflüge. Ihre Mutter habe sie mit «Merry Christmas» begrüßt. «Ich habe niemals damit gerechnet, daß sie erwachen würde», sagte der Arzt. «Ich kann Ihnen dafür keine medizinische Erklärung geben.»

Wo es keine Erklärungen gibt, liegt das Wunder nah.

Mark White Bull steht breitschultrig, aber doch irgendwie hilflos im großen Versammlungssaal der Sioux-Indianer in Fort

Yates, North Dakota. Draußen fegt der erste Schneesturm des neuen Jahrtausends übers weite Land, im Vorraum lungern ein paar zahnlose Indianer mit schlechter Haut um einen Kaffeeautomaten herum. Am Telefon ist ein japanischer Journalist, der ihn sprechen will. White Bulls Kollegin notiert den komplizierten Namen lautschriftlich auf einem kleinen Zettel und legt ihn zu den anderen komplizierten Namen aus aller Welt, die sich auf White Bulls kleinem Schreibtisch mischen.

Über White Bull klebt ein zotteliger Büffelkopf an der Holzwand. Daneben hängen die Porträts von «Rain in the Face», «Two Bears» und vom jungen «Sitting Bull». White Bulls mächtige Arme pendeln an seinem Oberkörper hin und her. Seine Muskeln sprengen die lässige Lederjacke fast. Er schaut seinen Ring an, der einen schwarzen Stein der Black Hills trägt. Er flieht in die Geschichte seines Volkes, was er immer wieder tun wird. Weil sie fest ist. Fester, guter Boden. Er erzählt von «Rain in the Face», der ein großer Krieger war, und von «Taken Alive», dessen Nachfahre Jay heute im Stammesrat der Standing Rock Reservation sitze, wo auch er arbeitet.

«White Bull», sagt er, «war ein Neffe von Sitting Bull. Wir sind Verwandte.»

Er schaut wieder nach oben zu den Porträts der großen Vorfahren. Was hätten sie gesagt?

«In 16 Jahren fließt viel Wasser den Missouri hinab.»

Vielleicht.

Die Liebesgeschichte, die Mark White Bull erzählt, ist eine Indianergeschichte.

Er lernte Patricia 1973 auf einem Parkplatz in Santa Fe, New Mexico, kennen. White Bull fuhr einen schneeweißen nagelneuen Toyota Corolla, auf dessen Stoßstange er in großen roten Buchstaben «Indian Power» geschrieben hatte. Mark White Bull war in der Standing Rock Reservation in North Dakota aufgewachsen, aber dort gab es keine Arbeit. Er zog mit 18 nach Kalifornien, wo er in einer Computerfirma eine Ausbildung machte. Als er 23 war, begann er, als Computerexperte bei einer Bank in Santa Fe zu arbeiten. Patricia Loretto war Pueblo-Indianerin aus einem Reservat in der Nähe von Albuquerque. Sie machte einen Film- und Fotokurs bei einer kleinen Firma.

Zu diesem Zeitpunkt begann die Bürgerrechtsbewegung der Indianer zu erstarken, aber immer noch versuchten sich viele Indianer zu bewegen wie die Weißen, um nicht aufzufallen. Patricia Loretto wollte den Fahrer des Toyotas kennenlernen, weil sie seine Offenheit bewunderte.

Sie gingen zusammen aus. Mark war 24, Patricia war 17, sagte ihm aber, sie sei 18. Ein Jahr später wurde ihre Tochter Cindi geboren. Sie zogen in einen Wohnwagen am Rande der Berge, heirateten 1979, im gleichen Jahr wurde ihr Sohn Jesse geboren, 1982 ihre Tochter Floris, im Juni 1983 begab sich Patricia White Bull ins Hospital, um ihren Sohn Mark Jr. zur Welt zu bringen. Die Ärzte im Indianerkrankenhaus entschieden sich für einen Kaiserschnitt. Der Junge kam ge-sund zur Welt. Es heißt, sie habe ihn noch im Arm gehabt. Aber etwa zwei Stunden nach der Operation habe ihre Atmung ausgesetzt, ihr Gehirn sei vorübergehend ohne Sauerstoff gewesen.

Patricia White Bull fiel in einen langen Schlaf.

Am 2. Weihnachtsfeiertag 1999 bekam Mark White Bull in Fort Yates, North Dakota, einen Anruf von seiner Tochter Cindi, die in Jacksonville, North Carolina, das College besucht. Patricia, seine Frau und ihre Mutter, sei aus dem langen Schlaf erwacht. Cindi flog sofort nach Albuquerque, wo ihre Mutter in einem Pflegeheim lag, Mark White Bull setzte sich mit seiner Mutter und seinen Kindern Jesse, Floris und Mark Jr. in einen 83er Oldsmobile und fuhr nach Süden. 24 Stunden lang. Das Zimmer von Patricia war mit Luftballons geschmückt, als sie eintraten. Es war ein kleines, schmuckloses Zimmer in einem Flachbau. Patricia White Bull teilte sich das Zimmer mit einer zerstreuten Greisin.

«Sie hat mich gleich erkannt», sagt Mark White Bull.

«Ich habe gefragt: ›Weißt du, wer ich bin?‹ Sie sagte: ›Mark!‹ Sie hat auch Cindi und Jesse erkannt.»

«Sie hat mir die Hand geklatscht», sagt Mark Jr.

Sie machten mit einer dieser kleinen Wegwerfkameras aus Pappe ein Familienfoto, das sie wenig später einer Reporterin des Albuquerque Journal schenkten. Ihr Amateurbild schaffte es später bis in die *New York Post* und die *USA Today*. Mark White Bull traf sich mit der Reporterin in einer Mall in Albuquerque, weil er will, daß die Menschen «endlich auch mal eine gute Nachricht bekommen». Damit es noch mehr Menschen sind, brachte die Reporterin gleich noch ihren Mann mit, der für das *People*-Magazin arbeitet.

Wenig später war das Fernsehen zu Gast im Haus von Patricias Mutter Snowflake. ABC-Reporter weckten die Familie mitten in der Nacht, denn für die Zuschauer in New York war es bereits frühmorgens, und die Sendung heißt *Good Morning America*. Der Bericht begann mit den Worten: «Am Weihnachtsabend beschloß Patricia White Bull, diesmal an der Party teilzunehmen.»

Dazu gab es Bilder, auf denen Krankenschwestern mit angestrengten Gesichtern eine schmale, blasse Frau durch einen Raum schleifen. Jemand aus dem Off forderte sie auf, Worte nachzusprechen. Man sieht, wie sich ihre Lippen bewegen. Sie ist gut frisiert, und einmal hält sie lachend einen aufgerichteten Daumen in die Kamera. Im anschließenden Interview mit den Kindern und der Mutter ist wieder viel von «miracle» die Rede. Der Arzt Elliot Marcus sitzt auch mit dabei, um zu wiederholen, daß er «so etwas auch noch nicht erlebt» habe.

Mark White Bull fehlte bei der Liveübertragung. Er wollte nicht ins Haus seiner Schwiegermutter, und er darf es auch gar nicht. Aber das paßt nicht in die Geschichte. Im *Albuquerque Journal* wird er mit der Bemerkung zitiert: «Wenn sie gesund wird und wieder eine Beziehung mit mir haben will: Ich stehe bereit.»

Der Zeitpunkt des wundersamen Erwachens hatte sich in der Berichterstattung vom 21. Dezember leicht nach hinten verlagert und den Heiligen Abend erreicht. Somit war es ein Weihnachtswunder. Nach dem Interview erklärte es die Moderatorin der Sendung *Good Morning America* noch zu einem Millenniumswunder.

Nach einer Woche in New Mexico fuhr die Familie nach Dakota zurück. Patricias Bruder John sitzt nun im Vorraum der Nursery, ein Pueblo-Indianer mit einem langen Zopf zwischen alten Menschen mit leeren Blicken. Jeden Fremden bittet er zu verschwinden. Er bewacht seine Schwester. Ihr Zustand sei unverändert, sagt er. Was immer das heißt. Die Beschreibungen bleiben verschwommen. Sie spreche klar, sagt Mark White Bull. Sie lache viel, sagt Cindi. Sie habe gestaunt, wie groß er sei, sagt Mark Jr. Sie sei ein Fan der Raiders, sagt Floris.

Die ersten Experten bezweifeln die Geschichte. Es gebe keine Präzedenzfälle. Entweder kann das Koma nicht tief gewesen sein, oder die Reaktionen der Frau nicht so wie beschrieben, sagen sie. Der Arzt ist im Urlaub, das Wunder wackelt.

Mark White Bull versucht, die Geschichte gerade zu halten, aber das ist nicht einfach. Seine Frau schlief, doch er hatte ja weiter zu leben. Es wird soviel erwartet. Jetzt. Er entschuldigt sich dafür, daß er nicht mehr am Bett von Patricia sitze. Er könne sich das nicht leisten. Er müsse ja Geld verdienen.

Als er, damals vor 16 Jahren, nach der Arbeit ins Krankenhaus kam, um seinen Sohn auf der Welt zu begrüßen, hätten alle ihn so komisch angesehen. Aber wenigstens sei der Junge gesund gewesen. Er stand allein mit den Kindern da. Er rief seine Mutter in North Dakota an, sie kam. Er redete auf seinen neugeborenen Sohn ein, bat ihn, ihm zu verzeihen. Dann gab er ihn seiner Mutter, die ihn mit in den Norden nahm. Erst mit fünf erfuhr Mark, woher er wirklich kam. Drei Kinder waren immer noch viel. Er fand ein Pflegeheim für Patricia. «Man sah die Berge aus dem Fenster. Ich dachte, das würde sie freuen.» White Bull trank jetzt sehr stark und arbeitete nur noch nachts. Manchmal nahm er die Kinder mit, weil er keinen Babysitter bekam. Nach drei Jahren zog er mit den Kindern nach Dakota, um seine Verwandten um sich zu haben. Ein Jahr später ließ er sich von Patricia scheiden. Die Zeit rutscht zusammen. Er muß sich für so viele Dinge entschuldigen.

«Ich hatte sämtliche Hoffnung aufgegeben», sagt er.

Außerdem hatte er eine andere Frau kennengelernt, die er heiratete. Sie war eher eine Trinkpartnerin als eine Lebensgefährtin, glaubt er heute. Irgendwann begriff er, daß er alkoholkrank ist. Er besuchte eine Therapie in Iowa, die indianische Riten mit Methoden der Anonymen Alkoholiker kombiniert. Er glaubt, daß er dort herausfand, wer er wirklich ist. Seit 13 Jahren trinkt er nicht mehr. Es gab noch zwei weitere Ehen. Eine hielt ein Vierteljahr, die letzte nur noch drei Wochen. Mark White Bull glaubt, daß er zu sehr an Patricia hing. Alle glauben das.

Würde er Patricia wirklich wieder heiraten?

«Wenn sie mich noch will, nach all dem. Ja. Es war die Liebe meines Lebens. Sie war nicht zu ersetzen.»

Es klingt, als wolle er büßen. Als wolle er irgend etwas wieder gutmachen. Eine Erwartung erfüllen, die er selber erzeugte. Dem Wunder gerecht werden, an das er glaubt. Seine Schwiegermutter wirft ihm vor, er habe seine Frau verlassen. Er hat sie zehn Jahre lang nicht einmal besucht. Er sagt, er habe die Kinder großgezogen.

Mark White Bull begann noch einmal zu studieren. Er zog mit den Kindern nach Grand Forks, wo er an der University of North Dakota Geographie studierte. Sie wohnten auf dem Campus. Er schloß das Studium ab. Er zog mit den Kindern nach Washington, wo er für einen demokratischen Senator aus North Dakota arbeitete. Dann fing er in der Stammesvertretung an.

Aus dem Faxgerät in Mark White Bulls Arbeitszimmer quillt die Offerte eines britischen Fernsehsenders, aus der Geschichte ein TV-Movie zu machen.

Soll er?

Er spricht von den Errungenschaften der letzten Jahre. In der katholischen Kirche von Fort Yates werden seit einiger Zeit indianische Messen gehalten. Die heilige Pfeife liegt dort neben dem ewigen Licht, von der Kanzel baumeln Lederbänder, das Kruzifix hängt vor einem Sternenquilt, der die Himmelsrichtungen und die Farben der Sioux darstellt, an den Wänden hängen Schilde und Hauben, und wenn die Indianer in der Kirche sind, stehen Trommeln vorm Altar. Am Wochenende feiern sie hier die Wiederauferstehung von Patricia. Die heilige Pfeife wird geraucht.

«Das gab es damals alles noch nicht, bevor Patricia einschlief. Keine Schwitzzeremonie, keinen Sonnentanz, das haben wir uns alles zurückerkämpft», sagt Mark White Bull. «Auch die Casinos sind erst später gebaut worden.»

Er läuft selbstbewußt durch den riesigen blinkenden und piependen Spielsalon des «Prairie Knights Casino», in dem alte, weiße Menschen vor einarmigen Banditen sitzen. Das Casino gehört dem Stamm, es ist die späte Rache der Indianer an den Kolonisatoren. Mark White Bull führt das alles vor, weil er beweisen will, was er in den 16 Jahren geschaffen hat. Es war nicht umsonst. «Laß das», sollen ihre ersten Worte gewesen sein.

Aber was?

«Ich würde ihr das alles gern zeigen», sagt er.

Sein Haus liegt weit einsam im Land. Hier ist bereits South Dakota. Es wird dunkel. Schwarz, um ehrlich zu sein. Es ist ein hübsches neues Haus, er hat sich vor zwölf Jahren darum beworben. Es wurde mit Regierungsgeldern finanziert. Vor fünf Monaten sind sie eingezogen. An den Wänden hängen Zeitungsausschnitte, die ihn bei Ausritten zeigen, auf denen er und seine Verbündeten gegen Unrecht protestierten, das den Indianern angetan wurde. Die Wohnung ist blitzblank. Alles ist bereit: Ich war fleißig, als du weg warst. Die Kinder sind groß und gut angezogen. Das Haus ist mit vielen neuen Möbeln vollgestellt. Die Bildagentur, der er seine Familienfotos vermachte, hat versprochen, ihn großzügig zu bezahlen. Bis jetzt ist noch nichts da.

Hoffentlich hat er all die Sachen nicht auf Kredit gekauft.

«Er hat mich gefragt, ob ich nicht ein paar neue Möbel brauche», sagt Mark Jr., der vor einem halben Jahr zu seinem Vater zurückkehrte.

«Ich hab ja gesagt.» Er hat ein französisches Bett mit glänzenden, vergoldeten Kugeln auf den Bettpfosten bekommen. Mark Jr. ist der einzige aus der Familie, der seine Mutter regelmäßig besuchte. Er galt als Waise und bekam ein spezielles Förderprogramm, das auch die Flüge nach Albuquerque bezahlte. Er erzählt, daß sie auch schon früher Ausflüge mit seiner Mutter gemacht hätten. «Wir haben sie ins Auto gesetzt und sind losgefahren. Aber sie hat nie gesprochen, und ihre Hände waren so steif. Es ist wirklich ein Wunder. Ich weiß, sie schafft es. Sie ist eine starke Frau.» Er sagt, daß er nie die Margarinereklame im Fernsehen ertrug, in der strahlende Mütter zu sehen waren. Er will an die Universität nach Albuquerque, um dort Kunst zu studieren. Er will in ihrer Nähe sein.

Er will ein paar Bilder von früher zeigen, aber das Album ist leer. Er schweigt.

Sein Vater ruft alle ins Wohnzimmer. Auf die neue Couch.

Die Videokassette mit der *Good Morning America*-Sendung ist eingetroffen. Er legt sie in den Videorecorder. Es dauert einen Augenblick, bis es losgeht, denn auch der Fernseher und der Videorecorder sind brandneu. 50 000 Dollar hat eine der TV-Produktionen für eine Verfilmung des Schicksals geboten. Vom Dankgottesdienst am Sonnabend wird die Fernsehsendung «20-20» exklusiv berichten. Die Kinder sitzen auf dem neuen Sofa. Die begeisterte Moderatorin erscheint, Floris schaut angewidert. Auf ihrem Oberarm steht «Lakota Pride». Ihre Großmutter sagt wieder: «Sie hat ›Merry Christmas Mum‹ gesagt.» Dann schleppen die Krankenschwestern ihre Mutter durch den Raum.

Das Wunder ist bereits geronnen. Vollzogen irgendwie. Niemand im Raum weiß, wie es Patricia White Bull im Augenblick geht. Sie haben nicht mehr angerufen, seit sie da waren.

«Wunder gibt es jeden Tag. Wir sind bloß zu blind, sie zu sehen», sagt die 17jährige Floris mechanisch.

«Ich bin dort zu Hause, wo mein Herz schlägt», sagt der 16jährige Mark.

Und sein Vater erzählt jetzt noch eine Geschichte.

«Ich habe meine Mutter am 21. Dezember angerufen, weil ich mit Mark nicht mehr klarkam. Er hörte nicht mehr auf mich. Er sagte, ich hätte ihn im Stich gelassen, als er drei Tage alt war. Ich sei nicht sein richtiger Vater und solche Sachen. Meine Mutter sagte, sie werde für ihn beten. Sie werde Patricia bitten, uns zu helfen. In der gleichen Nacht ist Patricia erwacht. Sie hat die Gebete erhört.»

Mark White Bull fragt bei der Agentur, die seine Familienfotos vermarktet, ob er fotografiert werden darf. Er erreicht niemanden. Er schaut hilflos. Was ist jetzt richtig?

Irgendwann erscheint eine Frau, die wohl White Bulls Freundin ist. Als sie uns sieht, verschwindet sie schnell. Niemand sagt ein Wort. Fünf Minuten später erzählt White Bull, daß er jetzt noch zu einer Versammlung müsse. Es ist kurz vor Mitternacht, aber alle nicken, als würden sie es glauben.

Das Wunder verlangt es.

Am nächsten Morgen frühstücken wir in einer kleinen Bude, die Frau an der Fritteuse war mit Mark auf der High School.

«Sag mal, Mark, ist das deine Frau, da unten in Albuquerque?» fragt sie mit leuchtenden Augen.

«Ja», sagt er stolz.

«Ist es nicht ein Wunder?» fragt sie, und auch die anderen beiden Köchinnen sehen jetzt interessiert aus der Luke.

«Ein unglaubliches Wunder», sagt Mark White Bull. «Ich bin so glücklich.»

Der Stein am Ufer des Missouri schneit langsam zu. Der Standing Rock. Auf seinem Sockel steht die Geschichte, daß sich eine Frau mit einem kleinen Kind weigerte, den Stamm der Sioux nach Süden zu begleiten. Sie wollte hier bleiben. Ihr Mann, sagt Mark, habe eine andere gehabt, sie sei eifersüchtig gewesen, und eifersüchtige Frauen seien zu allem fähig. Jedenfalls blieb die Frau zurück. Als man später Reiter nach ihr schickte, um sie nachzuholen, fanden sie nur diesen Stein wieder, in den sich Frau und Kind verwandelt hatten. Den Standing Rock, der dem Reservat seinen Namen gab.

Vielleicht schafft er es ja. Vielleicht werden sie zur Legende. Die Frau, die nach 16 Jahren die Gebete einer alten Frau erhört und zu ihrem Mann und ihrer Familie zurückkehrt. Die Legende von der Kraft der Liebe. Vielleicht erzählen sie sich das hier in 200 Jahren am Ufer des Missouri.

Es wäre ja wirklich eine schöne Geschichte.

DIE BEWEGTE FRAU
Eine Naturwissenschaftlerin zieht es in die Politik

Manchmal muß sie noch mal zurück in diese Stadt, die so gut zu Kohls Ehrenwort paßt, zu Weyrauchs verrostetem Garagentor, zu Leisler Kieps Einstecktuch, zu Kanthers Frisur, noch mal zurück in dieses Bonner Konrad-Adenauer-Haus, wo man einen dieser Siebziger-Jahre-Sexfilme drehen könnte, ohne ein einziges Möbelstück zu verrücken. Es gibt nur eine Pressekonferenz. Danach will sie schnell weg, schnell nach Berlin. Der Rückflug ist ausgebucht, alle sind in der Maschine, nur sie steht noch im Warteraum und telefoniert. Sie weiß, in einer Stunde, in Berlin, kann alles anders sein. Sie hört, daß Kohl heute abend im Fernsehen spricht. Sie schaltet ihr Handy ab und sagt leise: «Er schlägt zurück. Heute schlägt er zurück.»

Am Abend sieht Angela Merkel Helmut Kohl im Fernsehen. Sie ist zu Besuch bei Freunden und fragt, ob die was dagegen haben. Nein, denn Kohl gucken gehört inzwischen dazu. Es ist spannend. Kohl marschiert in das ZDF-Studio wie ein General. Thomas Bellut vom ZDF knallt die Hakken zusammen.

Er fragt nach Angela Merkel.

Er sei nicht hierher gekommen, um über Angela Merkel zu reden, sagt Kohl. Und dann redet er. Wie ein betrogener Liebhaber. Oder ein enttäuschter Vater.

Die Tür öffnet sich am Rande von Templin, es ist die Tür des letzten Hauses in einer kurzen Sackgasse. Horst Kasner ist überraschend groß und überraschend aufrecht für einen 74jährigen Pfarrer. Er trägt ein graues Cordjeans-Hemd, hat breite Schultern, aber sein linkes Auge ist trübe. Als ich anbiete, die Schuhe auszuziehen, lacht er. Man erkennt jetzt die Tochter in seinen Zügen. Auch die Art, wie er die Arme schwingt, vorfreudig irgendwie, könnte sie von ihm geerbt haben. Die Frage ist, worauf er sich freut.

«Nee, nee, behalten Se mal Ihre Schuhe an», sagt Kasner. «Manche bringen sogar ihre Hausschuhe mit. In der Plastetüte. Das ist so eine Sitte bei den Leuten hier.» Er läuft in ein helles Wohnzimmer. Der Fußboden ist aus Holz, und hinter den großen Fenstern sieht man einen speckig glänzenden, uckermärkischen Acker. Der Himmel ist milchfarben.

Es stehen zwei Stühle bereit. Der Stuhl des Pfarrers thront mitten im Raum, und irgendwie sieht der eher aus wie der Fragerstuhl. Er ist höher. Manche sagen, Kasner sei die graue Eminenz der brandenburgischen Kirche. Er redet über Berlin-Pankow, wo er aufwuchs, über Heidelberg, wo er von 1948 bis 1952 Theologie studierte. Ihm war immer klar, daß er in den Osten zurückgehen müsse. «Wir wollten nicht bei den Fleischtöpfen Ägyptens herumhängen. So haben wir das damals genannt. Wir wurden doch im Osten gebraucht.» Er spricht davon, wie er sich in den Jahren vor dem Mauerbau die Geldscheinbündel, mit denen ihn die Westberliner Kirche unterstützte, in die Hosentaschen stopfte und sie in den Osten schmuggelte; zweimal in der Woche manchmal, um in Templin ein kirchliches Seminar aufzubauen. Er lacht, aber man weiß nicht, ob er es auf heute bezieht oder ob er sich einfach gern daran erinnert.

In seinem Rücken streckt sich ein mächtiges Regal, das zum großen Teil mit den bekannten, blassen Büchern der DDR-Verlage gefüllt ist. Am anderen Ende des Raumes steht eine Schrankwand aus Hellerau. Es ist ein klares Zimmer, neu, aber nicht angepaßt. Es hat die deutsche Einheit gut überstanden.

Kasners Frau stammt aus dem Westen und zahlte einen hohen Preis dafür, daß Kasner nicht an den Fleischtöpfen Ägyptens leben wollte. Sie hätte in der DDR gern unterrichtet, was sie studiert hatte, Englisch und Latein. Aber man ließ sie nicht. Ihre Tochter Angela gebar sie noch in Hamburg und brachte das drei Monate alte Kind in einem Korb mit in die DDR. Sie wohnten kurze Zeit in Quitzow und zogen von dort nach Templin, eine Kreisstadt in der Uckermark. Das Mädchen wollte nicht laufen. Sie saß immer nur im Laufgitter herum. Sie redete früh, aber sie lief nicht. Ihre Eltern mußten es lange mit ihr üben. Erst mit fünf Jahren lernte sie zum Beispiel, einen Berg herunterzugehen.

Sie hat noch zwei Minuten. Warum es gerade zwei sind, ist so unklar wie das, was sie antreibt. «Zwei Minuten», murmelt sie und taxiert die Vorhalle, die überall sein könnte. Diesmal ist sie in Grimmen, wo der 7. Kreisparteitag der CDU Nordvorpommern stattfindet. Es riecht nach Erbsensuppe und nach Zigaretten.

Der Mann mit dem verzückten Blick und der Busfahrer-Frisur kommt Angela Merkel bekannt vor, die Frau mit den kalten Augen hat ein Mikrofon. Der Mann hat ihr mal ein Glas Honig geschenkt, die Frau ist von CNN. Eine Journalistin aus Amerika und ein Imker aus Grimmen. Drei Fragen und ein Dank. Dann muß sie weg. Zwei Minuten. Es regnet immer noch. Klackklack-klack machen die Schuhe irgendeiner Frau aus dem Schwanz von Presse und Lokalpolitikern, den sie seit Wochen hinter sich her schleppt. Merkels Schuhe machen keine Geräusche, sie sind flach und weich, und man kann gut in ihnen laufen.

Der Fotograf mit dem langen Teleobjektiv fotografiert für den *Stern*, weiß sie. Die Reporterinnen der *Süddeutschen Zeitung* und der *Berliner Zeitung* laufen hinter ihr. Die Redaktionen schicken ihr jetzt Frauen nach, weil sie das Phänomen erklärt haben wollen. Das Phänomen Merkel. Was macht die da? Verstehen Frauen nicht besser, was Frauen fühlen? Vielleicht ist das so, aber es hat seinen Preis. In den Gesprächen mit der Fotografin und Buchautorin Herlinde Koelbl muß sie so lange über Pflaumenkuchen reden, bis man eine Gänsehaut bekommt. Sie spricht mit *Gala* über Kochen und Markenkleidung, die *Zeit* befragt Psychologen zum Thema Vatermord, und in der Talkshow von N3 diskutiert sie mit zwei Zeitgeistkolumnisten der *Süddeutschen Zeitung* über die Farbe ihrer Jacke.

Am besten würden sie natürlich ostdeutsche Reporterinnen verstehen, aber die haben meistens keine Ahnung von der Politik, glaubt man in den Redaktionen. So denken sie wirklich, die Jungs in den kleinkarierten Jacketts mit ihren wichtigen Kontakten in die Polit-Szene. Genaugenommen ist das Angela Merkels Glück, weil sie so immer ein Stück Welt für sich behält. Zwischen Bonn und Berlin, Männern und Frauen, Osten und Westen.

Sie kann in eins ihrer Verstecke springen, warten, überleben.

Einmal hat sie mit dem PDS-Bundesgeschäftsführer Bartsch russisch geredet, kurz bevor die «Bonner Runde» auf Sendung ging. Sie mag die kleinen Geheimnisse, und manchmal steht das in ihren Augen, wenn man ihr eine Frage stellt. Dann zögert sie mit der Antwort, schaut wissend und sagt dann irgend etwas Harmloses.

«Drei Fragen», sagt sie zu der CNN-Journalistin und reibt sich die Handflächen aneinander, als friere sie. Sie guckt nicht freundlich, aber mit dem schiefgelegten Kopf, der zumindest Aufmerksamkeit signalisieren soll. CNN bringt ihr nichts, das ZDF ist jetzt wichtig und die FAZ. Der Scheitel rutscht ihr vor den Mund.

Sie hat irgend etwas gesagt. O-Töne. Die Antworten kann man

vergessen. Es sind vier Minuten vorbei, die einem vorgekommen sind wie zwei.

«Ich habe noch nicht gekostet, aber ich habe mich sehr gefreut», sagt sie zu dem Imker mit der Busfahrer-Frisur. Sie schlägt den Mantelkragen hoch und hüpft durch die Pfützen unter den nassen, schlaffen «CDU – mitten im Leben»-Fahnen zu ihrem Auto. Sie gibt einem oft das Gefühl, zurückgelassen zu werden. Sie nimmt das Leben mit.

Der Imker bewegt sich nicht, er schaut, als sei er von einer Wunderheilerin berührt worden. Sein Blick leuchtet warm, und der Mann scheint sogar ein wenig zu schweben. Egon Spychalski ist 62 Jahre alt, hat früher im Außendienst beim VEB Erdgas Grimmen gearbeitet und ist seit 1975 in der CDU. Er war immer schon Hobby-Imker, den VEB Erdgas Grimmen allerdings gibt es nicht mehr, Spychalski ist Rentner.

«Sie wollen sicher wegen den Koffergeschichten fragen», sagt er, als sei er durch die Berührung Angela Merkels zu einem Insider der Spendenaffäre geworden.

«Ich hab dazu ’nen Standpunkt. Sagt Ihnen der Name Schalck-Golodkowski was? Ja? Na sehn Sie. So viele Zufälle gibt’s gar nicht. Da steckt die KoKo dahinter.»

Welche Zufälle?

«Wir hatten hier ja mal ein Waffenlager in der Nähe von Rostock, Schreiber hat auch Waffengeschäfte gemacht. Da muß man nur eins und eins zusammenzählen. Wir hier im Untergrund wissen ja manchmal mehr als die da oben. Man sollte die Stasi oder was die Vergangenheit war, nicht unterschätzen.»

Was ist das für Honig, den er Frau Merkel schenkte?

«Oh, das ist, äh, nur Honig», sagt Spychalski, und sein Blick wird fiebrig. «Bitte verstehen Sie das nicht falsch jetzt. Das war ’ne private Sache, also nicht offiziell. Das war nebenher, ’ne Probe, ja, ’ne Probe. Nicht, daß hier noch ein Skandal aufgedeckt wird. Also, das ist ja keine Spende. Das ist intern. Das hätte sie nicht verdient, sie hat es schon so schwer genug.» Spychalskis Blick fleht jetzt, irgendwas läuft schief.

Jeder der Redner auf dem Parteitag nimmt Bezug auf Helmut Kohl. Jeder ist kompetent, jeder ist betroffen. Das Wort Koffer hat seine Unschuld verloren. Das Wort Spende auch. Ein alter Mann ruft vom Pult, Helmut Kohl sei gottlos geworden, weil das Geld nicht gesegnet gewesen sei. Alle klären auf, alle sind verdächtig.

Meldungen, die kein Mensch mehr versteht, die aber irgendwie verdächtig klingen, irren durch die Radionachrichten. Viele Ostler denken jetzt an die Wendezeit. An die Stasi und die Politiker, die starben wie die Fliegen. «Ich habe eine Dummheit gemacht» klingt doch genauso wie: «Ich habe keinem geschadet.» Und «ich entschuldige mich» klingt wie: «Ich liebe euch doch alle.»

Hobby-Imker Spychalski kämpft verzweifelt um seine Landesvorsitzende. Er lobt Angela Merkel, er traue ihr den Parteivorsitz zu, sie könne noch zuhören, aber bis zum Schluß wird ihn das Gefühl nicht verlassen, er habe sie ans Messer geliefert. Mit seiner Honigspende. So wie Wolfgang Schnur damals, der ihr nicht gesagt hat, daß er bei der Stasi war, und dann Helmut Kohl, der ihr nichts vom Schwarzgeld verriet, und zuletzt Wolfgang Schäuble, der nicht sagte, daß er Geld von Schreiber bekommen hatte. Sie haben immer nur an den Honig gedacht, nie an sie.

Natürlich könnte man jetzt Günther Krause zu Wort kommen lassen, der sich bitter beklagt, wie karrieregeil Angela Merkel ist. Krause war der erste Bundesminister aus dem Osten, er war ihr Vorgänger als Landesvorsitzender in Mecklenburg-Vorpommern und hat damals ziemlich viel Mist gebaut. «Sie ist eine nette junge Frau, die dir sofort in den Hintern tritt, wenn du dich umdrehst. Mit Helmut Kohl hat sie es so gemacht. Der nächste: Wolfgang Schäuble», sagt Krause. Mehr wolle er zu «Frau Merkel» aber nicht sagen, und dann redet er noch 20 Minuten fiese Sachen, aber das kennt man ja alles, und so könnte man auch Charly Horn zu Wort kommen lassen, ihren Klassenlehrer, den kennt nämlich kaum jemand.

Allerdings will Charly Horn nicht reden. Er steht in einer Kochschürze in der Tür seiner Templiner Neubauwohnung, sein Gesicht ist verschwollen, und als er den Namen Angela Merkel hört, schwillt es, soweit das möglich ist, noch mehr zu. «Kein Wort zu der Merkel», sagt er. «Es gab da einen Vorfall in der 12. Klasse, zu dem ich mich nicht äußern werde.»

Charly Horn war ihr Klassenlehrer an der Erweiterten Oberschule «Hermann Matern», kein schlechter Kerl, aber auch nicht besonders engagiert. Weil er es verpennte, wollte die Klasse nicht am jährlichen Kulturwettstreit der Schule teilnehmen. Sie wollten Horn damit bestrafen, aber so liefen die Dinge damals nicht. Wer nicht für die Sache war, war gegen sie. Und wer ein Kulturprogramm ausfallen ließ, gefährdete schnell den Weltfrieden. Kasner redete seiner Tochter ins Gewissen, denn sie hatte inzwischen etwas zu verlieren. Und er auch. Es war kurz vorm Abitur, sie war Pfarrerskind, sie hatte eine Studienzulassung für Physik, er wollte das Leben retten, das er für sie geplant hatte.

«Angela war eigentlich sehr harmoniesüchtig», erzählt ihr Vater. «Das war die einzige pubertäre Aufwallung, die mir im Gedächtnis geblieben ist. Ich hab sie in letzter Sekunde überredet, doch ein Kulturprogramm zu machen. Sie hatte keine Funktion, aber sie war schon sehr wichtig in ihrer Klasse. Sie haben sich alle bei uns getroffen und in drei Stunden ein Kulturprogramm aus dem Boden gestampft.»

Ein paar Morgenstern-Gedichte und eine kleine Rede, in der sie verkündeten, daß sie ihr gesammeltes Solidaritätsgeld für die Frelimo, die antikolonialistische Befreiungsbewegung Mosambiks, spendeten. Das führten sie dann auf. Das Blöde war, daß kein Lehrer Christian Morgenstern kannte. Und im Gedicht «Mopsenleben» kommt ja eine Mauer vor, auf der der Mops sitzt. Bei Mauer dachten die gleich an eine politische Provokation. Sie haben zu Hause nachgeschlagen und herausgefunden, daß Morgenstern ein Bürgerlicher war. Da fügte sich natürlich ein Bild. Erschwerend kam hinzu, daß die Frelimo weitgehend unbekannt war; damals wurde für Vietnam gespendet. Jemand sagte, daß dies eine kirchliche Organisation sei. Damit hatten sie den Schuldigen. Die Pfarrerstochter.

Unglücklicherweise saß die Frau des Kreisschulrates mit im Publikum. Es wurde ein richtiger Skandal. Charly Horn schob alles auf seine Klasse. Die Schüler wurden verhört, aber die Eltern wehrten sich. In einer Elternversammlung standen plötzlich alle auf und gingen. «Ich habe bis zum Herbst '89 nie wieder eine solche Zivilcourage erlebt», sagt Merkels Vater. «Aber im Bezirk waren sie wild entschlossen, die Schüler zu bestrafen. Ich hatte einen Informanten, der mir sagte, ich müsse mich diesmal an höhere Stellen wenden.»

Kasner wandte sich an Bischof Albrecht Schönherr. Der sprach den Fall beim Sekretär für Kirchenfragen im Zentralkomitee der SED an. Offenbar herrschte dort eine kirchenfreundliche Stimmung, vielleicht hing es auch mit der Frelimo zusammen, genau wußte man das ja nie. Jedenfalls wurden nicht die Schüler bestraft, sondern ihre Ankläger. Der erste, der strafversetzt wurde, war Charly Horn. Später wurde der Direktor der Schule ausgetauscht und dann der Schulrat.

Horn war, so kann man es sehen, der erste Mann, der Angela Merkel verriet.

Sie scheint die Krise zu genießen. Als sie im letzten Jahr die Niederlagen der SPD in den Landtagswahlkämpfen kommentierte, wirkte Angela Merkel oft lustlos. Jetzt geht's ihr wieder besser, die Dinge fließen. Im Dezember griff sie Kohl in einem FAZ-Artikel an, ihren Ziehvater, von dem sie sich längst gelöst hatte. Bereits auf dem CDU-Parteitag nach der verlorenen Bundestagswahl monierte sie das Wahlkampfmotto «Sicherheit statt Risiko». Kohl blinzelte damals schwach, er hatte noch Tränen in den Augen von seiner Verabschiedung. Er war auf dem Weg in die Geschichtsbücher, ein großer deutscher Kanzler. Unverletzlich. Aber diesmal drang es zu ihm durch, auch weil ihr FAZ-Artikel zwei Tage vor Heiligabend erschien. So denkt er, und das weiß sie. Ein kleiner Mut, aber zur richtigen Zeit: Sie hatte Schäuble nicht gefragt, weil sie wußte, daß er ihr den Artikel verboten hätte.

Je schlimmer die Vorwürfe an die anderen wurden, desto unschuldiger schien sie zu sein. Wo immer sie in den vergangenen Wochen für die CDU auftrat, wurde sie gefeiert. Machen Sie was, halten Sie durch. Manchmal allerdings scheint es, als liebten die Leute sie bloß dafür, daß sie sich in den Talkshows nicht verspricht. Als sähen die Menschen ihr bei der Schulaufführung zu und hofften, daß sie den Text nicht vergißt.

Auf Kurt Biedenkopfs Geburtstagsparty in Dresden waren sie und der Kinderliedersänger Rolf Zuckowski die begehrtesten Gäste. Kurt Biedenkopf wünschte sich ein Foto mit ihr. Rita Süßmuth suchte ihre Nähe. Monika Diepgen wollte sie einfach nur umarmen. Während der pompösen Feier in der Dresdner Semperoper saß sie neben Richard von Weizsäcker in der zweiten Reihe der Königsloge und plauderte. Schäuble saß am Rand, vor sich hin stierend, kaum noch am Leben. Sie wirkte unabhängig, über den Dingen stehend, lächelnd. Ein Teil des Ganzen und dann doch nicht. Als sie mit Rita Süßmuth zusammenstand, sah es aus, als gäbe Angela Merkel ihr eine Audienz. Man mußte damit rechnen, daß sich Rita Süßmuth gleich ein Autogramm wünschte. Der ewig grinsende thüringische Ministerpräsident Bernhard Vogel wirkte neben ihr wie ein durchgedrehter Alter.

Aber als Kurt Biedenkopf einen Moment allein vor dem Kessel

mit sächsischer Kartoffelsuppe stand, sprang sie auf und schnappte ihn sich. Der einzige, der hier wichtig war.

Sie weiß, daß sie sich nicht ausruhen darf. Der FAZ-Artikel gegen Kohl wirkt harmlos, wenn man ihn heute liest, denn der große, dicke Feind liegt längst am Boden, ihr verdorren die Worte im Mund. Von Tag zu Tag werden sie bedeutungsloser. Helmut Kohl interessiert schon niemanden mehr. Der Druck aber läßt nicht nach. Und sie muß reden, reden, reden. Immer wieder vor die Kamerawände treten.

Kasner hat versucht, den Druck von seinen Kindern fernzuhalten, sagt er. Nur in der ersten Klasse, als die anderen sofort in die Pionierorganisation eintraten, ließ er sie warten. «Ich wollte ihnen zeigen, daß man nicht alles mitmachen muß. Aber wir hatten uns ganz bewußt für diesen Schritt entschieden, in die DDR zu gehen. Wir wollten den Druck nicht an unsere Kinder weiterleiten. Wir wollten ihnen eine Chance in diesem Land geben.» Alle drei Kinder gingen zu den Pionieren und später in die FDJ.

Kirchenkinder mußten trotzdem besser sein als alle anderen. Angela gewann zwei DDR-Russisch-Olympiaden und war in der Förderklasse für Mathematik. Sie war beliebt bei ihren Mitschülern und auch bei den Lehrern. Zumindest sieht das heute so aus.

In einer Templiner Villa, die den Namen «Frohsinn» trägt, wohnen zwei ihrer Lehrer. Oben Beeskow, der Mathematik an der Grundschule unterrichtete. Ein Christ, der es zu DDR-Zeiten schwer hatte. Unten Gabriel, ein ehemaliger Schuldirektor. Auch ein Mathematiklehrer, aber ein Kommunist. Sie sind beide 60 und leben hier zusammen wie Don Camillo und Peppone. Gabriel hat das Neue Deutschland abonniert. Beeskow ist der Fraktionsvorsitzende der CDU in der Stadtverordnetenversammlung von Templin. Gabriel ist Invalidenrentner, er sitzt im Rollstuhl, sein Körper wird von einer unheilbaren Muskelschwächekrankheit zerstört. Er kann vor keiner Klasse mehr stehen. Beeskow ist nach der Wende Direktor der Schule geworden. Gabriel hat die Villa zu DDR-Zeiten von Beeskows Schwiegereltern gekauft. Ganz legal. Für 15 000 Ostmark, heute dürfte sie etwa 30mal so viel wert sein. West. Beeskow hat die historische Schlacht gewonnen und eine andere verloren. Er ist Direktor, und er ist Mieter beim Kommunisten.

Sie belauern sich gegenseitig.

«Wir respektieren uns», sagt Beeskow.

«Wir respektieren uns», sagt Gabriel.

Es gibt keine Gewinner, aber Angela Merkel mögen sie beide.

«Ein aufgeschlossenes, aufgewecktes und hochintelligentes Mädchen», sagt Gabriel, der Kommunist.

«Frisch, durchsetzungsfähig, gescheit», sagt Beeskow, der Christdemokrat.

Die Augen leuchten, wenn sie von ihr sprechen. Sie sind stolz, ihre Lehrer gewesen zu sein. Man fragt sich, wer mehr Einfluß auf sie hatte.

Niemand unter den erfolgreichen Ostpolitikern hat sich dem westlichen System so ausgesetzt wie Angela Merkel.

Wolfgang Thierse will immer alles richtig machen. Nachdem er der CDU eine 41-Millionen-Mark-Rückzahlung aufgedonnert hatte, posierte er auch noch mit der Taschenbuchausgabe des Grundgesetzes. Er ist der Onkel Tom des Ostens. Gregor Gysi muß nicht so viele Rücksichten nehmen. Christine Bergmann hat kaum Einfluß. Aber Angela Merkel muß sich in der vielleicht westlichsten Partei der Bundesrepublik durchsetzen. Die Partei der rheinischen Katholiken. Der Klüngel. Der Intrigen. Sie haßt den Karneval, sie ist eine brandenburgische Protestantin, Naturwissenschaftlerin. Sie wurde einmal geschieden und ist kinderlos, sie ist so etwas wie das Gegenteil eines Katholiken.

Sie ist in der Diaspora, aber wie der gehorsame Thierse und der gewitzte Gysi kann auch sie nicht raus aus ihrer Haut. Sie will mitmachen. Also hat sie sich einen Landesverband genommen, wie die Bonner ihr geraten haben, um Hausmacht zu bekommen, wie sie das nennen. Allerdings war nur noch einer zu haben, in dem der Karneval keine besonders große Rolle spielt. Mecklenburg-Vorpommern. Die Menschen dort halten es auch mal vier Stunden ohne ein Wort aus. Dafür halten Vorurteile ein Leben lang. Auf einem Empfang im Stralsunder Rathaus sagte eine CDU-Abgeordnete zu Angela Merkel: «Ich war zu DDR-Zeiten Buchhalterin bei der Baustoffversorgung. Bei uns war so was wie in Hessen ausgeschlossen. In der DDR herrschte noch Recht und Ordnung.» Angela Merkel trank schnell einen großen Schluck Bier.

Die Parteikrise hat vielen ehemaligen Ost-CDUlern ein neues, eigenes Selbstbewußtsein gegeben. Sie fühlen sich nicht mehr nur als Anhängsel der Westpartei, sie haben eigene Qualitäten. Sie haben nichts gewußt. Angela Merkel ist die Schirmherrin dieser Bewegung.

Sie kann sich auf niemanden verlassen, auch nicht auf die, die es gut mit ihr meinen. Förster Manfred Bönke, der in Hohenwalde lebt, wo Merkel mit ihrem Mann ein Wochenendhaus besitzt, ist CDU-Mitglied und stolz auf sie. So stolz, daß er gern den Platz zeigt, wo sie mit dem Bundeswehrhubschrauber im Naturschutzgebiet landete. So wichtig ist sie geworden, seine Angela Merkel.

Ein paar Tage später ist er damit in der Fernsehsendung «Monitor». Ein Flugskandal, noch einer. Das hat der Förster Bönke nicht gewollt.

«Templin war irgendwann langweilig», sagt Angela Merkel.

Es gab keine Theater, es gab die Schülergaststätte, die rauchenden Mädchen im «Café am Markt», die auf ihren Prinzen warteten. Am Wochenende fuhren sie die Tanzsäle ab. Sie nicht, sagt Roland Saeger, der mit ihr zur Schule ging. «Als Mädchen war sie eher ein guter Kumpel.» Harald Löschke sagt: «Angela gehörte damals schon zur CDU. Zum Club der Ungeküßten.» Sie sammelte Kunstpostkarten, sagt sie. Kunstpostkarten.

Alles stand still in Templin, man kann heute noch fühlen, wie es damals war. Die Häuser sehen hübscher aus, aber die Pionierbrücke heißt immer noch Pionierbrücke, und die Mädchen warten immer noch. Sie haben jetzt Handys, das ist der Unterschied. Die Handys liegen vor ihnen auf den Tischen des «Café am Markt», die Mädchen rauchen und warten, daß es klingelt.

Angela Merkel hat nie Ostkleidung getragen. Sie wollte nur weg aus Templin. Sie mochte Leipzig. Leipzig war sicher die beste Stadt, die die DDR zu bieten hatte. In einem letzten Templiner Reflex heiratete sie dort den schweigsamen Merkel, nicht weil sie ihn liebte, sondern weil alle heirateten. Die Provinzmädchen waren immer als erste weg.

Die meisten Mitschüler sind inzwischen aus Templin weggezogen. Die noch da sind, schauen Angela Merkel mit Stolz und Verachtung hinterher. Der Templiner Polizeichef Löschke hat seine Schulfreundin das letzte Mal vor 25 Jahren auf dem Bahnhof in Prenzlau getroffen. Sie fuhr nach Leipzig zum Physikstudium, er nach Aschersleben zur Polizeischule. Als er sie begrüßen wollte, tat sie, als kenne sie ihn nicht. Er trug eine Uniform. «Sie hat sich geschämt», sagt er.

Hans-Joerg Osten hat sie 1980 kennengelernt, als er ans Institut für Physikalische Chemie an der Berliner Akademie der Wissenschaften kam. Sie haben in der FDJ-Leitung zusammengearbeitet. «Angela war Sekretär für Agitation und Propaganda. Sie hat sich da sehr engagiert, wir haben viel diskutiert, wir haben über Selbstmorde gesprochen und über wirtschaftliche Probleme. Wir waren auch zusammen im Ferienlager, sie hat die älteste Mädchengruppe betreut. Sie war damals noch mit dem Merkel zusammen, so ein ruhiger Bergmensch, der auch an der Akademie arbeitete. Als sie sich trennten, hatte sie keine Wohnung. Da haben wir eine besetzt. Wir haben sie zusammen renoviert, neue Schlösser eingebaut und alles. Also wir haben wirklich viel Zeit zusammen verbracht. Von ihren Haltungen habe ich nie was mitbekommen, ich glaube, ich habe sogar versucht, sie als Kandidatin für die SED zu gewinnen.»

Osten ging 1984 für ein Jahr nach Chicago und später noch mal nach Cambridge. Aus einem Grund, den er nie erfuhr, durfte er irgendwann nicht mehr reisen. Er bewarb sich bei anderen Instituten, wurde aber immer abgelehnt. Im Revolutionswinter 1989 ist er noch mal nach Berlin in die Akademie zurückgekehrt.

«Alle waren aufgeregt, haben diskutiert. Nur Angela saß an meinem ehemaligen Schreibtisch und machte irgendwas Fachliches. Ich habe sie gefragt, warum sie nicht bei den anderen sei. Sie hat gesagt, daß es ja sowieso nichts bringe. Insofern habe ich mich schon gewundert, daß sie ein paar Wochen später Sprecherin der Regierung de Maizière war.»

Osten hat versucht, noch mal mit ihr zu reden. 1992, als sie bei einer Veranstaltung in der Frankfurter Oderlandhalle auftrat. Er hat was auf seine Visitenkarte gekritzelt und sie ihr bringen lassen.

«Sie hat sie durchgelesen, zu mir geguckt und gesagt, daß sie leider keine Zeit habe. Dann hat sie weiter rumgestanden», sagt Osten.

Sie hat nicht nur Schnur und Kohl und Krause hinter sich gelassen, überall sitzen die Männer, die sich beklagen. Sie splittet die Männer in zwei Gruppen. Die, die gern an ihrer Karriere mitgewirkt hätten, und die, die sich ausgenutzt fühlen. Die Stolzen und die Neidischen.

In dem Buch «Spuren der Macht» versucht die Fotografin Herlinde Koelbl zu zeigen, wie die Macht die Menschen verändert, indem sie Politiker und Wirtschaftschefs über einen längeren Zeitraum fotografierte und interviewte. Die meisten Menschen werden einfach älter, aber was die Macht aus Menschen macht, sieht man am besten an Angela Merkel. Auf den ersten beiden Bildern sieht sie aus wie die Bassistin einer Mädchenband, auf dem letzten wie Sabine Leutheusser-Schnarrenberger. Es ist klar, woher sie ihre Kraft nimmt und die Geschicklichkeit. Sie hat ein Leben lang gelernt, sich zwischen den Fronten zu bewegen, durch Offenheit zu entwaffnen, sie hat gelernt zu argumentieren.

Sie kann sich bewegen, die Frage ist, wohin sie will. Wofür sie steht, ist schwer zu sagen.

Gysi sagt, für nichts. Lothar de Maizière, ihr politischer Entdecker, glaubt, daß sie nur zufällig in die CDU geraten ist.

Angela Merkel gehörte zunächst dem Demokratischen Aufbruch an, der sich Anfang 1990 spaltete. Friedrich Schorlemmer zum Beispiel ging in die SPD. De Maizière glaubt, daß Angela Merkel den Zeitpunkt verpaßte, mitzugehen. «Sie paßte eigentlich nicht in die CDU.»

De Maizière betont ihren Vornamen auf der zweiten Silbe, wie es alle Berliner tun. Sie hat immer darum gekämpft, daß er auf der ersten betont wird. «Ich weiß», sagt de Maizière, «aber dann vergißt man's ja doch immer wieder.»

Angela Merkel wurde Stellvertretende Regierungssprecherin und war wirklich ein Talent. Damals hatte ja kaum jemand Erfahrung mit diesen Dingen. Entweder die Papiere klangen wie Synodalbriefe oder wie Parteitagsdekrete. Aber sie konnte gut formulieren. Einfach, verständlich, knapp. Sie konnte das Wesentliche erkennen. Und weil der erste Regierungssprecher Matthias Gehler panische Flugangst hatte, begleitete die Stellvertreterin den Regierungschef de Maizière auf fast allen Reisen. De Maizière erinnert sich, wie er sie in Moskau losschickte, «um die Stimmung im Volk zu checken. Also, was die von der deutschen Einheit halten. Taxifahrer, Verkäuferinnen, in der Metro.» Angela Merkel kam wieder und erzählte, die Stimmung sei schlecht. Worauf de Maizière beschloß, die Verhandlungen mit der Sowjetunion zu forcieren. So will es die Anekdote.

Eigentlich wollte Kohl Sabine Bergmann-Pohl als ostdeutsche Ministerin in Bonn. Aber da hat ihm de Maizière abgeraten. Er hat Kohl Angela Merkel empfohlen, weil er nicht wollte, daß sich der Osten blamiert.

«Ich habe sie dann irgendwo zufällig in Bonn getroffen und ihr gesagt: ›Du, der Kohl ruft dich bald an und fragt, ob du Ministerin werden willst.‹ Sie hat gesagt: ›Spinnst du?‹» Aber natürlich hat sie es gemacht. Sie konnte gar nicht anders.

Sie war Regierungssprecherin, stellvertretende Parteivorsitzende, zweimal Ministerin, sie ist Generalsekretärin und CDU-Chefin von Mecklenburg-Vorpommern. Inzwischen wird sie als CDU-Vorsitzende gehandelt.

Sie hat eine Menge erlebt, vielleicht hat sie bis jetzt nur gelernt. Wer weiß. Die Frage ist, was passiert, wenn die Krise vorbei ist. Wenn ihr jemand sagt: Hör auf zu rennen, Angela. Du bist jetzt da. Begreift sie dann, in welcher Partei sie eigentlich ist?

Lothar de Maizière weiß auch nicht so richtig. Er zeigt das wunderschöne Treppenhaus des klassizistischen Baus am Kupfergraben in Berlin-Mitte. Ganz unten hat de Maizière seine Kanzlei, ganz oben wohnt Angela Merkel mit ihrem Mann, dem Chemieprofessor Joachim Sauer, mit dem sie seit Ende 1998 verheiratet ist. Aber de Maizière hat sie vielleicht erst zehnmal gesehen, seit sie hier lebt.

«Sie ist ja viel unterwegs», sagt er.

Besser kann man es nicht sagen.

Es ist dunkel geworden, aber Angela Merkels Vater hat immer noch kein Licht eingeschaltet. Es ist so friedlich jetzt. Seine Frau ist in Hamburg bei ihrer Schwester. Er hat nur ein Bild, auf dem sie vor einem Trabant steht. Sie hatte ihr eigenes Auto, und wohl auch ihr eigenes Leben. Sie war lange Jahre SPD-Abgeordnete im Kreistag, aber beim letzten Mal hat sie nicht mehr genügend Stimmen bekommen. Er ärgert sich maßlos darüber, denn er ist ehrgeizig, nicht nur was sein Leben betrifft. Er berichtet über die Karrieren seiner drei Kinder und seiner Frau, als müsse er das abrechnen. Er hatte wenig Zeit für seine Kinder, sagt er. Angela Merkel sagt, daß sie oft draußen stand und nach ihm Ausschau gehalten hat. Er hat seine Versprechen nicht gehalten, er kam immer später, als er versprochen hatte. Er hat sie längst verloren, auch wenn sie ihm noch immer etwas zu beweisen versucht. Er hat ihr den Weg geebnet, er hat sie zur Universität gebracht, damals, und noch ein gutes Wort bei einer Rektorin eingelegt, weil er glaubte, daß es nötig war. Er hat ihr das Laufen beigebracht, nicht die Richtung. Und irgendwann war das Mädchen weg.

«Sie macht doch sowieso, was sie will», sagt er.

Die Nachrichten verlieren an Wucht hier draußen, Koch wirkt unwirklich, Kohl ist verschwunden, Schäuble beginnt unscharf zu werden. Und auch Horst Kasner sieht nicht mehr ganz so kräftig aus wie vor sechs Stunden, als unser Gespräch begann. Er will sich nicht fotografieren lassen. Er sieht ein wenig wie Richard von

Weizsäcker aus.

Am Abend nach irgendeinem langen Wahlkampftag in Schleswig-Holstein sitze ich mit einem Kollegen in einem Restaurant, in dem auch Angela Merkel zu Abend ißt. Nach einer Weile kommt sie an unseren Tisch, setzt sich aber nicht. Sie steht da, als wolle sie uns zum Tanzen auffordern. Sie ist geschmeichelt und besorgt. Sie will Rat, aber wenn sie ihn bekommt, traut sie ihm nicht.

Zwei Tage später sitzt sie bei einer Pressekonferenz in Hannover neben Christian Wulff. Er trägt kein Jackett, sondern einen Wollpullover, weil heute Sonnabend und damit Lockerheit angesagt ist. Wulff merkt schnell, daß sich die Journalisten nur für Merkel interessieren.

«Es ist ja klar, daß sie mehr Fragen an unseren Gast aus der Bundespolitik haben», sagt er. «Ich bin ja nur ein kleiner Lokalpolitiker.»

«Ich dachte, Sie sind stellvertretender Parteivorsitzender», sagt Merkel.

Dann lachen beide. Wulff sieht aus wie ein verklemmter Oberschüler, aber auch Angela Merkel ist dünnhäutiger als sonst. Vielleicht liegt es an Hannover, vielleicht am Westen, vielleicht an Wulff. Als ein Stativ umfällt, zuckt sie zusammen, als wäre geschossen worden.

«Ich bin doch nicht auf der Flucht», ruft sie.

Sie schafft den ICE nach Berlin in letzter Minute. Auf der anderen Seite des Bahnsteigs wartet Jürgen Trittin, ihr Nachfolger im Umweltministerium und perfidester Grimassenschneider der deutschen Polit-Talkshow. Er hat einen hübschen Mantel an und wirkt völlig entspannt. Verglichen mit Angela Merkel sieht er wie ein Urlauber aus.

Sie liest zwei Porträts, die heute in zwei großen Zeitungen standen. Es muß komisch sein, pausenlos beschrieben und gedeutet zu werden. Jede Geste wird zum Symbol.

«Ach», sagt sie, und nach einer Pause: «Schauen Sie nicht künstlich traurig.» Sie ist immer auch ein bißchen die Lehrerin.

Kurz hinter Wolfsburg redet sie über Kohl. Wie er gekocht hat im Fernsehen vor Wut. Sie pendelt zwischen Wut und Mitleid hin und her. Respekt gibt es nicht mehr. Aber Angst.

Es ist schlichter, als man glaubt. Kohl denkt an Ehrenwort und Verrat, sie will überleben.

All das will sie nicht gedruckt sehen. Die einzigen beiden Sätze, die sie freigibt, lauten: «Helmut Kohl steht da, wo er am 15. Dezember stand. Die Partei aber hat sich weiterbewegt.» Und dann fügt sie noch einen neuen Satz hinzu. «Denn es geht um unsere Zukunft.»

Nach einem Interview mit Angela Merkel kann man seinen Notizblock verbrennen. Sie sagt nichts, sie tut nur so. Auf den Pressekonferenzen klammert sie sich an ihre Begriffe wie an Rettungsringe. «Ich habe nicht Dummheit gesagt, sondern Fehler.»

Sie muß vorsichtig sein. Ein falscher Halbsatz kann eine zehntägige Krise auslösen.

Niemand geht unbeschadet aus so einem Kampf hervor. Sie ist lange unterschätzt worden, manchmal sieht es so aus, als kippe das jetzt ins Gegenteil.

Vielleicht besucht sie Kohl irgendwann noch mal. Wenn sie sich stark genug fühlt. Stärker als er.

Fühlt sie sich denn nicht stark?

«Doch, doch.»

Sie steigt am Bahnhof Zoo aus, weil sie noch zum ZDF muß, um ein Interview aufzuzeichnen. Sie steht einen Moment ganz allein auf dem Bahnsteig und überlegt, in welche Richtung sie jetzt gehen muß.

DIE SUCHE NACH DER ANGST
Ein Junge geht ins Tor

Vor ein paar Tagen trafen Thomas Helmer und Oliver Kahn in Japan aufeinander. Beide haben früher beim FC Bayern zusammen gespielt. Kahn ist jetzt Nationaltorwart, Helmer arbeitet fürs Fernsehen. Er fragte Kahn nach dem Training in Miyazaki, ob er einen Trailer für die «Harald Schmidt Show» aufsagen könne. Kahn kniff die Augen zusammen und hob den Kopf in den Himmel, wo sich dunkle Regenzeitwolken zusammenschoben. Dann sah er auf Helmer herab, schüttelte den Kopf und ging. Er sagte kein Wort. Helmer redete noch ein bißchen weiter, aber wohl nur, um sich selbst zu beruhigen. Er hatte eine kleine weiße Plastiktüte in der Hand. Er stand verloren am Spielfeldrand. Sein ehemaliger Spielkamerad lief zum Bus, auf dem Rücken hingen noch ein paar Grashalme vom Training. Es schien so, als hätten sich die beiden duelliert. Demnach war Helmer tot.

Oliver Kahn hat sich entschieden, nicht mehr soviel mit Medienleuten zu reden.

«Wer zuviel redet, dem hört man nicht mehr zu», sagt er. «Man kann keine Höhepunkte mehr setzen.»

Sein Teamchef Rudi Völler beantwortet auch Fragen, die ihm niemand gestellt hat. Oliver Kahn antwortet nur, wenn er gefragt wird. Manchmal nicht mal dann. Er versucht das «man» in seiner Rede immer öfter durch ein «ich» zu ersetzen. «Man», sagt er, habe Berti Vogts gesagt. Kahn will Präsenz zeigen, wie er es nennt. Was auf dem Platz funktioniert, muß im Leben nicht schlecht sein. Ihm reicht es nicht mehr, nur den Torraum zu beherrschen.

Der Torwart war immer schon eine wichtige Figur im deutschen Fußball. Es gab Kämpfe zwischen Tilkowski und Maier, zwischen Stein und Schumacher, zwischen Illgner und Köpke. Die Brasilianer verlassen sich auf ihre Stürmer. In Deutschland kann man auch als Torwart berühmt werden. Aber so wichtig wie Oliver Kahn war noch nie ein deutscher Torwart. Er ist die große Hoffnung und versucht, sie auch darzustellen.

Im Training schleicht Kahn wie ein Löwe über den Platz. Seine Turnhosen sind hochgezogen wie bei keinem anderen. Am Ende sitzt er gedankenverloren noch eine Weile auf der Getränkekiste.

Selbst wenn er nur im Gras liegt, scheint er irgend etwas Wichtiges, Vorentscheidendes zu tun. Manchmal erscheint Völler an seiner Seite, als wolle er überprüfen, daß er nicht allein ist.

Vor ein paar Tagen wurde Kahn gefragt, wer ihm eigentlich noch etwas sagen kann.

«Ja, wer kann mir noch was sagen? Ich denke, darüber mache ich mir am Anfang des Turniers eigentlich keine Gedanken. Das einzige, was mich beschäftigt, ist, was kann man tun, um erfolgreich zu sein», sagte er.

Mit anderen Worten, es gibt da niemanden mehr. Kahn, 32, ist allein dort oben. Er hat sich durchgesetzt. Er hat hart und lange dafür gearbeitet.

«Ich habe in all den Jahren gelernt, den Druck anzunehmen. Als Torwart mußt du immer jemanden verdrängen. Als Feldspieler kann man auch auf eine andere Position ausweichen. Als Torwart nicht. In meinem Leben ging es immer nur darum, mich durchzusetzen», sagt Kahn. «Ich weiß auch nicht, ob das gut ist.»

Sein Vater Rolf sitzt in dem flachen, hellen Wohnzimmer in Karlsruhe. Sie wohnen seit 1959 in dem Altneubau. Vielleicht ziehen sie demnächst aus, vielleicht nicht. Die Tür zu Olivers Kinderzimmer steht offen. Es ist winzig, seine Schulbücher liegen noch auf dem Schrank. Rolf Kahn blättert im Fotoalbum. «Er war ja fast weißblond und irgendwie weich», sagt er.

«Er hatte Babyspeck», sagt seine Frau.

«Ja, ja. Aber auch noch mit zwölf», sagt Kahn.

Rolf Kahn hat auch Fußball gespielt, er hat mit 18 einen Profivertrag bekommen und den Karlsruher SC mit in die erste Bundesligasaison geführt. Irgendwann riß ihm ein Oberschenkelmuskel und heilte nie wieder richtig. Sie musterten ihn aus. Er wurde Vertreter für Wasserfilteranlagen und tingelte als Spielertrainer durch kleinere nordbadische Vereine. Sein Sohn saß immer hinterm Tor. Rolf Kahn hat nie aufgehört, ihre Karrieren zu vergleichen. Noch heute erzählt er, wie er als Schüler mit Wolfgang Overath vor 100 000 Zuschauern im Wembleystadion spielte und Jahrzehnte später seinen berühmten Sohn beim Torwandschießen im ZDF schlug. Er würde sich wünschen, daß ihm der Junge mal bei den Alte-Herren-Spielen zuschaut. Er ist immer noch gut am Ball. Aber Oliver Kahn war noch nie da. Vielleicht ist sein Vater der erste, gegen den er sich durchsetzen mußte.

Rolf Kahn gibt heute ein Anzeigenblatt für Lokalsport heraus. Sein anderer Sohn Axel arbeitet bei ihm. Axel Kahn war auch KSC-Profi. Aber er wurde nach einer Saison von Trainer Winfried Schäfer aussortiert und floh von zu Hause.

«Ich habe den Vergleich mit meinem kleinen Bruder einfach nicht mehr ausgehalten», sagt er.

Axel Kahn spielt in der Landesliga Fußball. Bei Auswärtsspielen bewerfen sie ihn mit Bananen, um sich an seinem Bruder zu rächen. Sie rufen ihn Olli. Sie denken, wenn sie ihn schlagen, schlagen sie den FC Bayern. Er kommt aus dem Schatten nicht weg, aber er kann seinen Bruder wieder sehen. Er paßt ein bißchen auf, daß sich in den Münchener Discos nicht die falschen Leute an Oliver heranmachen.

«Ich könnte mir vorstellen, zusammen mit dem Oliver zu werben. So wie der Gottschalk mit seinem Bruder», sagt Axel Kahn. Und dann erzählt er noch, wie er mit seinem Landesligateam einmal die KSC-Amateure schlug. «Ich habe drei Torvorlagen gegeben. Olli hat zwei Wochen nicht mit mir geredet.»

Als Oliver Kahn 16 war, musterten sie ihn aus allen Auswahlmannschaften aus. Es hieß immer, er sei zu klein und zu schwach. «Aus dieser Erniedrigung habe ich meine Motivation gezogen», sagt Kahn. «Aus der Schmach.»

Er sucht nach starken Worten. In seinen Sätzen betont er Wörter wie Wille, Kraft, Kollektiv und Leistungsgedanke. Er hat die Stimme eines Schwarzweißfilm-Stars, voll, singend, mit rollendem R. «Grausam» und «schmerzhaft» spricht er aus wie O. W. Fischer.

Kahn ging ins Fitneß-Center und wurde groß und stark. Er versuchte, in die «untrainierbaren Bereiche» vorzustoßen, wie es sein Vater nannte. Er wollte Bälle erreichen, die als unhaltbar galten. Er klebte sich Mutmachsprüche an seine Zimmerwände. Aber als er in die KSC-Männermannschaft aufschloß, waren da schon zwei. Alexander Famulla, der erste Torwart, und Stefan Wimmer, der zweite. Wimmer war der Sohn der Karlsruher Torwartlegende Rudi Wimmer.

Es heißt, Kahn habe einmal auf der Tribüne des KSC erklärt, daß er die beiden anderen in die Tasche stecke.

«Olli hat jeden, der Handschuhe anhatte, als Feind betrachtet», sagt Wimmer. «Wir waren sehr verschieden. Vielleicht war ich talentierter. Er war sicher härter.»

Kahn hat sein erstes Bundesligaspiel verloren. Das zweite auch.

Einige schrieben ihn ab. Aber dann brachte ihn sein Trainer Winfried Schäfer gegen Bochum in der Halbzeitpause für Famulla, der zwei Fehler gemacht hatte. Die Tür ging plötzlich auf. Darauf warten Torhüter manchmal ein Leben lang. Kahn stellte sich hinein.

«Eigentlich hätte er mich bringen müssen», sagt Wimmer. «Ich war dran.»

Er glaubt bis heute, daß es eine Intrige von Schäfer gegen seinen Vater war, der damals die A-Jugend trainierte und ein Konkurrent für Schäfer war. Kahn glaubt, daß Schäfer seinen stärkeren Willen erkannt hatte.

«Ich wollte es einfach mehr», sagt er.

Kahn war nun der zweite Mann. Wimmer verschwand. Er spielt heute in der Landesliga. Wimmer sagt, daß Famulla nie mit Kahn auf einem Zimmer schlafen wollte. «Der hatte Angst, daß er ihm nachts das Kopfkissen aufs Gesicht drückt.»

«Er war nicht mein Typ», sagt Famulla, der ein fahles Rauchergesicht hat und einen schweren polnischen Akzent. Er war polnischer U21-Nationalspieler und ist bei einer Westreise in Berlin geblieben. Er war nie besonders ehrgeizig, er wollte Spaß haben, sagt er. Famulla kann die beiden Tore gegen Bochum noch heute beschreiben. «Der erste Ball wurde von Kreuzer abgefälscht, der zweite war ein 40-Meter-Schuß, der ist geflattert ohne Ende. Ich sah nicht gut aus. Da hat mich Schäfer zur Halbzeit rausgenommen.»

Famulla war noch ein Jahr zweiter Torwart beim KSC. Er erinnert sich, wie er beim Training neben dem Tor warten mußte. «Olli hat mich nicht reingelassen. Ich war acht Jahre älter als er. Aber er hat mich da stehen lassen wie ein Kind.» Sie haben Famulla später entlassen, als er verletzt war. Er hat heute einen Lotto-Laden in Schwetzingen. Das Geschäft geht nicht so besonders. Aber die Gesundheit sei sowieso das Wichtigste.

«Famulla war ein guter Kerl», sagt Kahn. «Aber er hat dann am Ende die Nerven verloren.»

Was für ein Satz.

1994 ging Kahn zu den Bayern, wo er gleich die Nummer eins war. Aber in der Nationalmannschaft ging das Warten erst los. Kahn hat drei große Turniere auf der Bank gesessen. Das erste Mal in den USA 1994. Andreas Köpke, der damals die Nummer zwei hinter Bodo Illgner war, sagt, daß es schwer ist für einen Spitzenspieler, sich plötzlich wieder unterzuordnen.

«Als zweiter Mann kann dir ja passieren, daß der erste eine rote Karte kriegt oder so was. Aber als dritter kannst du gar nichts machen. Olli hat damals trainiert wie ein Wahnsinniger. Er hat sich auf die Bundesligasaison vorbereitet oder was weiß ich», sagt Köpke. Am Ende dieser WM ist Kahn dann aber doch ausgerastet. Er hat geschrieen, daß er so was nie wieder mache. Nie wieder werde er rumsitzen und zusehen.

«So ein Anfall dauert zwei Tage, und dann macht man weiter. Es hat keinen Zweck, so kurzen Impulsen nachzugeben. Das habe ich gerade auch dem Mehmet Scholl gesagt. Ich konnte ihn nicht umstimmen, aber ich bin mir sicher, daß er in fünf Jahren bereut, nicht mit hierhergekommen zu sein», sagt er. Kahn hat weitergemacht. 1998 in Frankreich war er bereits besser als Köpke.

«Er war nie unfair», sagt Köpke.

Oliver Kahn ist ohne WM-Spiel nach Asien gereist, das kann man sich gar nicht vorstellen. Aber manchmal merkt man es. Bei einem Trainingsspiel im Schwarzwald sprang er, kurz nachdem er zwei Tore kassiert hatte, wütend in den heranrennenden Jancker. Jancker fiel, krümmte sich, das Training mußte abgebrochen werden. Niemand verlor ein Wort gegen Kahn, obwohl es bis auf die Tribüne gekracht hatte.

«Ich hatte eine solche Angst, daß ich den Carsten verletzte. Das war dumm. Wenn es Scholli gewesen wäre, wäre der nicht wieder aufgestanden», sagt Kahn. Es war ein Fehler, aber es ist schwer, das gleich zuzugeben.

«Bei dem Rhythmus, in dem wir heute spielen, kann ich mir das nicht erlauben. Das wird gnadenlos ausgeschlachtet. Ich muß an das nächste Spiel denken. Also sag ich manchmal auch bei haltbaren Bällen: Da war nichts zu machen. Ich stehe unter großem Druck. Aber ich würde nie andere Torhüter kritisieren, wenn die ausrasten. Ich kenne das», sagt Kahn.

«Ich habe natürlich Ängste. Der Grat zwischen Versager und Held ist nirgendwo schmaler als beim Torwart. Früher hat mich das extrem belastet. Heute suche ich das geradezu. Ich nutze die Angst. Wer Angst hat, ist wach und konzentriert. Dafür ist Angst ja da. Inzwischen brauche ich die Angst. Manchmal frage ich mich: Wo ist meine Angst?»

Er hat sie verloren, als sie die Champions League holten.

Er hatte das Spiel fast allein gewonnen. Und er hatte den FC Bayern in letzter Sekunde zum Meistertitel angetrieben. Es hat ihn entspannt. Toni Schumacher hatte bereits bemängelt, daß Kahn nie einen großen internationalen Titel gewonnen habe. Der Fluch war weg, die alten Männer schwiegen endlich.

Kahn schloß einen neuen Bayern-Vertrag über eine Summe ab, die noch keinem Torhüter gezahlt worden war. Zudem kann er sich bis 2004 überlegen, ob er 2007 die Nachfolge von Uli Hoeneß als Manager des FC Bayern antreten will.

Kahn beschloß, das Leben zu genießen, sagt er. Er ließ sich die Haare schneiden, Koteletten wachsen und kaufte sich einen Ferrari. Einige vermuten dahinter eine Frau oder einen Imageberater.

«Das ist absoluter Blödsinn», sagt er. «Und das Gerede über mein Privatleben ist doch auch ein Witz. Neulich hat jemand behauptet, in meiner Ehe habe es eine Krise gegeben. Ich hab meine Frau im Spaß angerufen und gefragt, ob sie davon weiß. Natürlich haben wir ab und zu Probleme, aber die gehören einfach zu einer guten Ehe. Nach Hitzfeld und Effenberg würde das wohl gut ins Bild passen», sagt Kahn.

Er hat schon einen langen Weg hinter sich. Aber er ist noch nicht da.

Deshalb gibt es jetzt einen Manager. Bei Aufnahmen zu einem Sunil-Werbespot, in dem Olivers Mutter vor der WM 1998 mitspielte, lernten sie den Ludwig Karstens kennen. Der betreut Kahn nun.

«Wie eine Marke, aber menschlich», sagt Karstens. «In einer Zeit, in der Vorbilder rar sind, haben wir hier eins. Es ist schon erstaunlich, wie inzwischen selbst Persönlichkeiten aus Politik und Wirtschaft Olivers Bekanntschaft suchen. Oliver ist im Augenblick so hoch gehandelt, daß man aufpassen muß, daß ihm nicht schwindlig wird.»

Karstens führt seinen Schützling an neue Medienerfahrungen heran. Er riet ihm zur lockeren Kleidung bei Johannes B. Kerner, weil er neben den Schlipsträgern Ulrich Meyer und Sky Dumont Akzente setzen könnte. Er hat ein Drehbuch für ein Kahn-Porträt erarbeiten lassen, das Michael Steinbrecher für das ZDF realisierte, und vermittelte den Kontakt zu Sandra Maischbergers Talkshow.

«Maischberger war ein Testlauf. Da war schon hohe Kompetenz gefragt. Kanzlerkandidatur. Psychologie. Privatleben. Arbeitslosigkeit. Die gesamte Palette. Brisante Aussagen wie die zum Kanzlerkandidaten sprechen wir vorher ab», sagt Karstens. Es sieht jetzt so aus, als könne Kahn sich sowohl Schröder als auch Stoiber vorstellen. Und sogar Fischer. Karstens hätte Oliver Kahn auch gern noch einen Crashkurs in Japanisch vermittelt. Ein paar Wörter und ein bißchen zum geschichtlichen Hintergrund. «Leider war dazu keine Zeit mehr», sagt Karstens.

Zum Glück, muß man sagen. Man kann sich vorstellen, wie Oliver Kahn in der DFB-Pressekonferenz ein paar japanische Weisheiten einstreut. Er ist jetzt so weit oben, daß er fallen kann. Journalisten regen sich bereits über seinen Ferrari auf. Bei manchen gilt er als abgehoben, weil er nicht mehr mit jedem redet. Seine staatstragenden Bemerkungen auf Pressekonferenzen werden schon belächelt. Einige nehmen ihm übel, was sie aus ihm gemacht haben. Wenn Fußballer zwei Sätze fehlerfrei aussprechen können, werden sie gern zu Intellektuellen gemacht. Der Stern sperrte Otto Rehhagel einst zum Streitgespräch mit Walter Jens zusammen. Helmer galt als tiefsinnig, weil er lächelte, als wisse er mehr, als er sagen kann. Kahn galt aus irgendeinem Grund als Börsenexperte, obwohl er sein Geld eher konservativ anlegt.

Wer sich so durchs Leben wühlen mußte wie Kahn, wird kein Schöngeist.

Sein Münchner Mercedes-Kennzeichen begann mit M-OK. Am Auto seines Vaters steht KA-HN. Vielleicht der einzige Grund, nach Karlsruhe zurückzukehren. Kahn hat keine Lust, irgend jemandem sein Auto oder seinen Hosenschlag zu erklären. Auch sein Vater war nach seinem ersten Profivertrag im Sportwagen durch Karlsruhe kutschiert.

«Ich muß mich entscheiden, ob ich diese wahnsinnige Verantwortung annehme, die die Öffentlichkeit mir aufgeladen hat, oder ob ich vor ihr flüchte. Es ist ein ungeheurer Druck, pausenlos als Überspieler gehandelt zu werden. Aber ich habe das jetzt angenommen. Das hat lange gedauert, bis ich dazu in der Lage war. Es ist schwer, sich seiner Position bewußt zu werden. Manche überhöhen sich, manche machen sich klein. Ich glaube, ich habe mich gefunden.»

Er weiß, wie die Nationalelf vor dem Fernseher sitzt und sich solche Sachen von ihm anhört. Und er weiß auch, daß einige denken, er habe abgehoben.

Kahn sitzt im Mannschaftshotel und streckt die Beine aus. Es ist keiner mehr da, gegen den er sich durchsetzen muß. Nur noch er selbst. Er ist jetzt tief in den untrainierbaren Bereichen. Sepp

Maier sagt, daß Kahn ein besserer Torwart ist, als er jemals war, aber ein schlechterer Golfer. Er begreife nicht, daß man schlecht spielen kann, wenn man sich gut fühlt.

«Immer nur Vorbild zu sein macht auch mürbe. Natürlich wünsche ich mir manchmal, ein einfacher Spieler zu sein. Früher hätte ich problemlos das eine oder andere kritisieren dürfen. Heute muß ich vorsichtiger sein. Ich muß meiner Mannschaft vielmehr sagen, daß die Größe der Zimmer keine Rolle spielt. Es ist super hier. Und das Komische ist: Es funktioniert. Selbst bei mir. Das ist faszinierend.»

Das Piano klimpert das «Titanic»-Thema, Kahn hat sich die Haare gewaschen, sie stehen jetzt bürstenartig vom Kopf ab. Wenn sich sein Gesicht entspannt, ähnelt er seiner Mutter. Nächste Woche kommen seine Eltern und seine Frau nach Japan.

Ist es eigentlich wichtig für ihn?

«Es ist immer schön, wenn die Familie da ist, aber ich bin viel zu sehr auf meine Aufgabe konzentriert, als daß sie was von mir hätte», sagt er.

Er schweigt einen Moment und sieht aus dem Fenster, hinter dem die Regenzeit beginnt. Er mag Regen. Er ruft seinen Vater nicht mehr nach dem Spiel an, um zu fragen, wie er war. Seine Mutter kann sich nicht mehr vorstellen, daß er jemals nach Karlsruhe zurückkommt. Er paßt dort nicht mehr hin. Eher ziehen sie nach München.

«Ich habe jetzt noch mal eine Erzählung über Abraham Lincoln gelesen», sagt Kahn plötzlich und lächelt. «Was der Mann an Niederlagen und Rückschlägen einstecken mußte, ist wahnsinnig. Und trotzdem ist der immer wieder aufgestanden. Und am Ende ist er Präsident der Vereinigten Staaten geworden. So was motiviert mich ungemein.»

Abraham Lincoln. Der Druck dürfte hoch genug sein.

HITLERS UNTERSCHRIFT
Ein Gästebuch der Stadt Leipzig verschwindet in Texas

Jensen erzählt die Geschichte noch einmal. Auf dem Tisch liegt das Tagebuch des 5. Korps der U. S. Army, dem Jensen angehörte. Vor seinen Fenstern springen Antilopen durchs Abendrot von Texas. Er züchtet exotische Tiere auf seiner Ranch. Texaner lieben exotische Tiere. Der Nachbar hielt bis vor kurzem schwarze Panther. Jensens Frau Velma schwingt still in ihrem Schaukelstuhl. Jensen ist jetzt 83, es ist so lange her. Aber er will nicht ungenau wirken.

Am 29. April 1945 standen sie in Naumburg, Leipzig war seit neun Tagen frei. Captain James W. Jensen sollte ein Paket zum Kommando der U. S. Army Task Force bringen, die Leipzig besetzt hielt. Er fuhr mit drei Soldaten in einem Jeep in die Stadt. Es war mittags, Leipzig war menschenleer, sagt er. Sie gaben das Paket ab und drehten noch ein paar Runden, bis sie irgendwann vor dem Neuen Rathaus standen. Sie gingen hinein, aus Neugier wohl, soweit er sich erinnert. Vielleicht hatten sie Stimmen gehört. Am anderen Ende der Halle war ein Schrank, in dem das Goldene Buch der Stadt lag. Der Schrank war schon eingetreten, sagt er. Sie mußten ihn nicht öffnen. Er sah das Buch gleich. Es war golden und schwer, er nahm es mit. Nahm es. Warum, weiß er nicht. Er wollte es nicht dalassen. Als sie nach Naumburg zurückkamen, war seine Einheit plötzlich weg, sie war inzwischen nach Süden weitergezogen. Er hatte das Buch. Es war 20 Pfund schwer. Er zimmerte aus dem Spind eines Hitlerjungen eine Kiste und schickte es zu seiner Frau nach Amerika. Dann folgte er den anderen nach Süden.

Seine Frau machte das Paket in Rolla, Missouri, auf. Sie weiß nicht mehr, was sie empfand, als sie es sah. Es war ein Buch, nur ein Buch. Sie wartete schon dreieinhalb Jahre auf ihren Mann. Sie hatten geheiratet, kurz bevor er zur Army ging.

Im November '45 kam Jensen aus dem Krieg zurück. Sie brauchten ein paar Jahre, um sich wieder aneinander zu gewöhnen. Irgendwann holte er das Buch aus der Kiste. Es war Hitlers Unterschrift drin, die Unterschriften der Reichsminister Frank, Frick, Rosenberg und Ribbentrop, die vom japanischen Botschafter und viele andere.

Das Buch sah wertvoll aus. Es waren die fünfziger Jahre, die Jensens hatten jetzt zwei kleine Kinder. Er bot es einem antiquarischen Buchhändler an. Der Händler glaubte, man könne 5 000 Dollar dafür bekommen. Jensen schrieb, er wolle 10 000. «Die Kunden wollen wissen, ob Sie der Besitzer sind», schrieb der Antiquar.

War er der Besitzer?

«Es war immer da», sagt seine Frau leise aus dem Schaukelstuhl.

Jensen kaufte eine Vitrine für das Buch. Wenn Besuch da war, holten sie es manchmal raus und blätterten darin. Sahen sich Hitlers Unterschrift zum Kaffee an. Sie zogen von Missouri nach South Carolina, dann nach Texas. Das Goldene Buch der Stadt Leipzig zog mit. Vor anderthalb Jahren schlug seine Schwiegertochter vor, das Buch der George Bush Presidential Library anzubieten, die ganz in der Nähe liegt. Jensen rief dort an. Die Mitarbeiterin Amy Day war erst zurückhaltend. Es gibt viele Amerikaner, die der Presidential Library ihre Mitbringsel aus dem Zweiten Weltkrieg schenken wollen. Viel zu viele. Amy schickte ihrem Kollegen Florian Weiss vom Alliierten-Museum in Berlin eine E-Mail.

«Womöglich haben wir es hier mit einem sensationellen Fund zu tun», schrieb Weiss zurück. «Ich denke, die Stadt Leipzig wäre sehr dankbar für eine Rückgabe.»

Die Dinge gerieten in Bewegung. Es wurde zu schnell für James Jensen. Je begeisterter die Deutschen schienen, desto unsicherer wurde er. Er konnte das Buch nicht loslassen.

«Unser Veteran hat Bedenken», schrieb Amy Day nach Deutschland. Gehörte ihm das Buch?

Eisenhower hat im April '45 einen Befehl erlassen, der allen amerikanischen Soldaten erlaubte, Dinge mit Nazi-Symbolen als persönliche Kriegsbeute mitzunehmen, recherchierte Florian Weiss. Das Buch trug das Hakenkreuz. «Es ist alles legal», schrieb er. Amy Day schickte Fotos vom Buch.

«Es ist ein Meisterwerk der Kunst des Buchbindens», schrieb Weiss. «Es hat historischen Wert. Es muß in sichere Hände kommen.»

«Nach 55 Jahren sollten wir Geduld mit unserem Veteranen haben», schrieb Day.

Jensen dachte nach. Womöglich hatte er das Buch vor den Russen schützen wollen. Die Russen standen ja vor der Tür. Und später konnte er es ja schlecht zurückgeben, Leipzig war in der

Hand der Kommunisten. Er schwankte, er überlegte, er zauderte. Im September entwarf er ein Schreiben an den Leipziger Oberbürgermeister Wolfgang Tiefensee, in dem er seine Geschichte erzählte. «Ich begriff, daß es sich hier um einen unbezahlbaren Schatz handelte, der letztlich nach Leipzig zurückkehren mußte … Meine Frau Velma und ich würden es Ihnen im Frühling 2001 gern persönlich übergeben.»

Und so kam es.

Sie haben ihn Anfang Mai in Leipzig wie einen Staatsgast begrüßt. Sie schüttelten vielen Leuten die Hand, niemand stellte unangenehme Fragen. James W. Jensen war der Retter des Goldenen Buches. Er hatte es aufbewahrt, sichergestellt, in Gewahrsam genommen. Und jetzt war es wieder da. Jensen hat mal nachgerechnet. Allein der Flug, das Hotel und die ganzen Abendessen haben mehr gekostet als die 10 000 Dollar, die er für das Buch einst hatte haben wollen. Am Ende hat es sich dann doch gelohnt. Er würde gern wiederkommen, hat er dem Leipziger Oberbürgermeister gerade geschrieben.

In der Vitrine in Texas stehen jetzt kleine Figuren aus Glas und Porzellan. Das fremde Buch ist weg. Sie sind eigentlich erleichtert. Man läßt die Dinge los, wenn man älter wird, sagt Jensen. Er erzählt die Geschichte. Er hat sie so oft erzählt.

Es stimmt jetzt alles.

DER EWIGE SIEGER

Ein Schwergewichtsboxer gerät in den Klassenkampf

Alle warten auf Stevenson. Er ist nie da, wo er sein soll. Manchmal denkt man, es gibt ihn gar nicht und er ist nur eine Legende, ein Phantom. Er ist schwerer zu fassen, als Fidel Castro, sagen sie in Kuba und lächeln entschuldigend. Die Funktionäre, die Sportler, die Familie, die Freunde. Es ist ein Lächeln, mit dem man ein Kind entschuldigt, das auch seine guten Seiten hat. Gerade lächeln es seine Schwester Noris und seine drei Cousinen. Stevenson sollte jetzt hier sein, im Elternhaus seiner Geburtsstadt Puerto Padre. Genauso wie er gestern beim wichtigsten Turnier des Jahres in der Provinzhauptstadt Las Tunas hätte sein sollen, wo sich die kubanischen Boxer für Olympia qualifizieren, und heute morgen im Hotel des Boxverbandes, dessen Vizepräsident er ist. Teofilo Stevenson aber ist nicht da.

Alle warten geduldig, denn Zeit kostet nichts in Kuba.

Noris Stevenson könnte erst mal die Olympiamedaillen zeigen, sie liegen oben in den Glasvitrinen des kleinen Museumszimmers, das seine Geburtsstadt ihm vor zehn Jahren in seinem Elternhaus eingerichtet hat. Die Goldmedaille von Montreal ist schon schwarz angelaufen, die Moskauer Goldmedaille ist eingestaubt, die Münchener Goldmedaille ist ganz verschwunden. Vielleicht ist sie im Sportmuseum von Havanna. An den Wänden hängen Fotos, die Teofilo Stevenson mit Fidel Castro zeigen. Die beiden sehen aus, als könnten sie die Welt einreißen. Castro klemmt eine Zigarre zwischen den Zähnen. Stevenson trägt breite Koteletten und bunte Hemden mit großen Kragen. Er ähnelt Muhammad Ali, seinem unsichtbaren Gegner. Stevenson war der Ali der sozialistischen Welt. Er war sogar der bessere Ali, denn er kämpfte nie für Geld. Er schlug die Millionenschecks der amerikanischen Boxpromoter lächelnd aus, er war nicht verbissen, er war lässig, und er war schön. Er hatte den besten Job, und er konnte tanzen. Mit Teofilo Stevenson war man auf der richtigen Seite der Welt, vielleicht zum letzten Mal. 1972 schlug er in München den westdeutschen Meister Peter Hussing und dann den Amerikaner Duane Bobick, er gewann Gold, wurde bester Boxer des Turniers, aber er warf seine Medaille nicht ins Wasser wie Cassius Clay, er schenkte sie seinem Volk.

Fidel Castro liebte ihn dafür, Teofilo Stevenson war der erste Sportler, mit dem er Politik machte. «Dieser arme Arbeiterjunge sagt, er würde sein Land nicht für alles Geld der Welt aufgeben. Es ist erfrischend zu sehen, wie sich die Bildung unserer jungen Generation auszahlt», sagte Castro. Das war 1972. Die Farben der Fotos verblassen, und der Pokal des Chemieboxturniers in Halle ist wohl schon mal runtergefallen. Es ist ein vergessenes Kabinett, manchmal kommen Matrosen aus dem Hafen vorbei, manchmal Kinder aus dem Dorf, sagt Noris. Die Cousinen nicken.

Wir warten weiter, es wird Nacht, und ein Sommergewitter zieht auf, der Himmel färbt sich pflaumenfarben, der Strom wird abgeschaltet. Die Cousinen zünden ein paar Petroleumlampen an, die Schwester lächelt entschuldigend. Die 104jährige Großmutter von Stevenson sitzt im Schaukelstuhl und schnauft leise. Die Zeit verstreicht träge, es regnet, donnert, es hört auf zu regnen und zu donnern, irgendwann hält ein Auto direkt vorm Wohnzimmerfenster. Seine Scheinwerfer sorgen jetzt für Licht, gespenstisches Licht. Ein hoher, schiefer Schatten schwankt in den Raum, er lehnt sich an das Treppengeländer wie in die Seile, er steckt sich eine Zigarette an. «Ich bin müde», sagt er schleppend. Sein Kopf schwingt haltlos auf den breiten Schultern, im ersten Moment denkt man, er habe zulange geboxt, aber die ihn kennen, sagen, Teofilo Stevenson sah schon immer so aus.

Neben ihm erscheint ein kleiner Schatten, den Manuel Díaz wirft, sein bester Freund und ständiger Begleiter. In ihrem Rücken steigt ein alter Herr mit einer Videokamera die Treppe zum Medaillenkabinett empor. Das ist Harold Stevenson aus Tucson, Arizona, ein entfernter amerikanischer Verwandter, der vor ein paar Tagen überraschend in Kuba auftauchte. Stevenson hat ihm Santiago gezeigt, jetzt zeigt er ihm sein Geburtshaus, dann muß Harold wieder zurück nach Santiago, von wo es noch heute nacht nach Mexiko geht und von da nach Arizona. Nancy, Harolds Lebensgefährtin erzählt allen auf englisch, daß Stevenson ein großer Boxer gewesen sei, und Harold ihn schon einmal vor 20 Jahren ansprechen wollte, als er im Madison Square Garden boxte. Aber damals sei Harold von Sicherheitskräften abgedrängt worden. Die Schwestern, Cousinen und Tanten sehen die aufgeregte Amerikanerin erstaunt an. Hier ist kubanische Provinz, es gibt den Hafen und die Zuckerrohrfabrik, wo Stevensons Vater einst Säcke schleppte, und gelegentlich wird der Strom abgeschaltet. Sie haben nie von amerikanischen Verwandten gehört. Nancy wirft ein paar Melatonin ein, damit sie auf der Rückfahrt nach Santiago schlafen kann. Die 104jährige Großmutter grunzt. Harold kommt zufrieden die Treppe herunter, er hat alles auf Band. Stevenson schickt Manuel nach seinem Bruder Ramon, der ebenfalls im Ort wohnt und die amerikanischen Verwandten nach Santiago zurückbringen soll, wenn er denn nüchtern ist. Die Petroleumlampen flackern, wir übergeben eine Flasche Rum als Gastgeschenk, Stevenson verstaut sie behutsam im Kofferraum, seine Züge entspannen sich, er bestellt uns für den nächsten Morgen ins Gästehaus der Landesregierung Las Tunas, bevor er in der schwarzen kubanischen Nacht verschwindet.

Der amerikanische Journalist S. L. Price beschreibt in seinem gerade erschienenen Buch «Eine Reise ins Herz des kubanischen Sports», wie er Stevenson suchte. Einmal hatte er ihn fast. Er bekam eine Einladung zum 46. Geburtstag des Boxers. Die Feier fand in Stevensons Haus in Havanna statt. Als Price eintraf, war sie in vollem Gange, nur Stevenson war nicht da. «Es war eine Hochzeit ohne Braut», schreibt er.

Manuel Díaz, der Freund, und Ramon Stevenson, der Bruder stehen am nächsten Tag in der heißen Vormittagssonne vorm Gästehaus der Landesregierung Las Tunas, ihre Augen sind rot, sie sind die ganze Nacht gefahren. Sie haben Stevensons Mitsubishi gewaschen und warten auf weitere Anweisungen. Manuel Díaz ist mit Teofilo Stevenson zusammen in dem kleinen Holzhüttendorf groß geworden, in dem die Zuckerfabrikarbeiter hausten. Er ist Teofilos bester Freund. Díaz arbeitet im Hafen als Sackschlepper, aber eigentlich ist er immer für Teofilo da, der ihn mit einem Telefonanruf von der Arbeit befreien kann. Drei, vier Monate im Jahr lebt er mit ihm in Havanna.

Was macht er da?

«Ich verbringe die Zeit mit ihm.»

Hat er eine Familie?

«Nein, glücklicherweise nicht. Ich bin ja immer da.»

Ramon war mal ein passabler Baseballspieler, heute wartet er, bis sein großer Bruder Teofilo anruft und ihn als Fahrer braucht. Manuel und Ramon sind so was wie kubanische Privilegien. Menschen sind im Lande ausreichend vorhanden. Stevenson umgibt ein Hofstaat. Er trägt eine Uhr, aber er fragt immer nach der Zeit. Er wirkt wie ein König, der über Nacht verarmte, ein König mit begrenzten Möglichkeiten, ein Frühstückskönig. Seine Frau suchte er sich einst auf dem Flughafen Havanna aus, wo sie auf einen Flug nach Santiago wartete. «Ich möchte neben dem Mädchen sitzen», sagte er zu einem Funktionär. So kriegte er sie.

Stevenson erscheint lachend, er führt uns in den Besucherraum des schäbigen Gästehauses. «Das wird hier alles bald renoviert», sagt er, was die erste Lüge ist. Bevor wir in den verschlissenen Kunstledersesseln sitzen, sagt er: «Wir fahren gleich los.» Das ist die zweite.

Es ist zehn Uhr vormittags. Wir warten. Ein halbe Stunde später bringt jemand Kaffee. Zwei Stunden später schaut der Protokollchef der Landesregierung ins Zimmer. Er hat aus irgendeinem Grund eine blutige Lippe und fragt: «Rum oder Bier?» Eine weitere halbe Stunde später erscheint der Verwaltungschef der Gästehauses und fragt, wo Stevenson sei. Wir wissen es nicht, er lacht entschuldigend. Victor, der Koch der Landesregierung, bringt Rum und einen Berg gekochter Hummerschwänze. Am Nachmittag steckt die Haushälterin den Kopf zur Tür herein und teilt mit, daß Stevenson gerade ein Schläfchen halte. Victor sagt, wir sollen besser die Scheiben unseres Autos runterkurbeln. Neulich sei hier ein Auto explodiert. Er lächelt entschuldigend. Womöglich ist Stevenson bereits auf dem Weg nach Havanna. Wir warten seit über sechs Stunden.

Nachdem Stevenson in den 70er Jahren die zwei Millionen Dollar für einen Profikampf ausschlug, sagte Fidel Castro: «Er gibt ein gutes Beispiel dafür, was Kuba ist.»

Von den Olympischen Spielen in München reiste Stevenson später nach Hause als die kubanische Mannschaft, niemand wußte, wo er war. Zehn Jahre später verlor er bei der Boxweltmeisterschaft in der Bundesrepublik als Favorit in der ersten Runde gegen einen Italiener. Er hatte sich in ein westdeutsches Mädchen verliebt, mit dem er sich auch küssend fotografieren ließ. Zuhause saß die Frau, die er gerade geheiratet hatte. Nachdem sein Vater 1982 gestorben war, tauchte Stevenson monatelang ab. Niemand rechnete mehr mit ihm, da kam er 1986 wieder und wurde noch mal Weltmeister und bester Boxer des Turniers in Reno. 1987 tötete er einen Mopedfahrer bei einem Autounfall. Er war zu schnell gefahren, wurde aber freigesprochen. Als Kuba die Olympiade in Seoul boykottierte, obwohl die anderen sozialistischen Staaten teilnahmen, trat er zurück. Es gibt das Gerücht, daß er einen Bombenanschlag auf den Geliebten seiner Frau verüben wollte, weswegen sie ihn zurück in die Provinz nach Las Tunas abschoben. Der Geliebte sei Oberstleutnant der kubanischen Armee gewesen, heißt es. Seine Frau ließ sich von Stevenson scheiden. Irgendwann kehrte er nach Havanna zurück, heiratete eine junge Rechtsanwältin, die in den Komitees zur Verteidigung der Revolution arbeitet, zeugte mit ihr einen Sohn, den er David Alejandro nannte. David war der Deckname des kubanischen Freiheitskämpfers Frank País, Alejandro der von Fidel Castro. Stevenson wurde Vizepräsident des kubanischen Boxverbandes. Vor einem Jahr wurde er international gesperrt, nachdem die kubanische Boxstaffel bei den letzten Weltmeisterschaften in Houston vorzeitig abreiste. Es heißt, Fidel Castro habe sie telefonisch nach Hause beordert, weil er sich beim Fernsehgucken über die Ringrichter ärgerte. Die letzten Meldungen stammen aus dem vorigen Jahr. Stevenson soll auf dem Flughafen Miami einen Polizisten zusammengeschlagen haben, stand in den amerikanischen Zeitungen. Sie seien unglücklich mit den Köpfen zusammengestoßen, hieß es in den kubanischen.

Die große kubanische 800-Meter-Läuferin Ana Fidelia Quirot sagt, sie gehe Stevenson aus dem Weg. «Ich habe Angst vor dem Typen.» Am späten Nachmittag erscheint er in der Tür. «Es geht los, Kameraden. Wir fahren nach Puerto Padre.»

Wir kommen zwei Straßen weit, dann stoppt er bei einem alten, verwahrlosten Herrn, der auf dem Bürgersteig sitzt.

Es ist Esteban Aguilera Leiva, der erste kubanische Olympiaboxer nach der Revolution. Er hat keine Wohnung mehr, nur noch ein Bett, sagt Aguilera, der einzige Boxer, der für Kuba 1960 nach Rom fuhr. «Mir geht es nicht gut», sagt er. Stevenson schlägt ihm auf die Schulter und springt wieder zu uns ins Auto. Er will noch einen kurzen Stop am «Hotel Santiago» machen. Er läuft ins Hotel, wenig später erscheint ein zahnloser Mann und sagt, Herr Stevenson sei in eine wichtige Konferenz bestellt worden. Er erwarte uns heute abend bei den Boxwettkämpfen.

Die Wellblechhalle von Las Tunas ist bis unters Dach gefüllt. Es sind die wichtigsten Kämpfe des Jahres. Es ist heiß und feucht. Es wimmelt von aktuellen und ehemaligen Weltmeistern und Olympiasiegern.

Stevenson ist nicht da.

«Vielleicht kommt er noch», sagt Angel Herrera und lächelt entschuldigend. Herrera ist in Stevensons Alter und war als einziger

Boxer der Welt Olympiasieger und Weltmeister in zwei verschiedenen Gewichtsklassen.

«Er war schon da», sagt Jorge Hernández, auch ein Olympiasieger von München. «Gestern oder vorgestern. Dort hinten hat er gesessen.»

Sagarra, der Trainer der kubanischen Nationalmannschaft, möchte alle Fragen schriftlich haben.

Was hat Stevenson so einzigartig gemacht?

«Er beherrschte alle Elemente der Technik und Taktik. Er war diszipliniert, tapfer und willensstark», sagt Sagarra.

Was macht Stevenson heute?

«Er ist eine wichtige Säule des kubanischen Boxsports.»

Sagarra starrt bockig wie ein alter General. In einer Kampfpause werden drei verdiente Boxer der Provinz Las Tunas ausgezeichnet. Ein Rollstuhlfahrer, ein Weltmeister und Esteban Aguilera, der erste Olympiateilnehmer. Er bekommt eine Urkunde, auf der das Schattenbild von Teofilo Stevenson abgebildet ist. Daneben bedankt sich der Boxverband in schwarzer, geschwungener Tintenschrift dafür, daß er «ein Samenkorn der kubanischen Boxschule» gewesen ist. Aguilera starrt auf die Urkunde. Leider hat er keine Wand, an die er sie hängen kann.

«Ich fühle mich sehr geehrt», sagt er.

Am nächsten Morgen sitzen wir wieder im Gästezimmer der Provinzverwaltung. Stevenson erscheint, schaltet den Fernseher ein und verschwindet. Jemand bringt Kaffee. Fidel Castro redet in Santa Clara zum Revolutionsfeiertag. Es sind über hunderttausend Menschen da. Er spricht fast ausschließlich über Elian González, jenen Jungen, der bei einem Verwandtenbesuch in den USA behalten wurde und nun auf Wunsch des Vaters wieder zurückkehren soll. «Unser Sohn», sagt er. Im Publikum stehen Menschen mit Elian-T-Shirts und jubeln. Man begreift, wie das Land von seinen Helden lebt. Kleine Jungs mit traurigen Augen und bärenstarke Männer mit großem Herzen, mehr haben sie Amerika oft nicht entgegenzusetzen. Wenn die Idole sterben, stirbt Kuba.

Anderthalb Stunden später fahren wir los. Stevenson hat jetzt gute Laune und Geld. Er will einkaufen und für alle kochen. Er kauft einen Sack Zwiebeln, Knoblauch und Reis, er führt uns in fremde Wohnungen, in einem Wohnzimmer steht ein junger, kräftiger Mann mit einer blutigen Schürze und einem Beil. Auf dem Wohnzimmertisch liegen Fleischbatzen, direkt vorm Fernsehgerät. Manuel Díaz schleppt eine Tüte nach der anderen zum Auto. Stevenson zeigt das Theater von Puerto Padre und einen Süßwasserbrunnen mitten im Meer. Die Leute auf der Straße grüßen ihn. Er lächelt. In seinem Haus führt er die 104jährige Großmutter vor wie ein Möbelstück. Er schickt Manuel Zigaretten holen. Er fragt, wie spät es ist, die Cousinen antworten im Chor, dann hebt er die Arme. Eine Cousine zieht ihm das T-Shirt vom Leib, eine bindet ihm die Schürze um. Er geht in die kleine Küche.

«Stell deine Fragen», sagt er.

Wer ist der beste Boxer aller Zeiten?

«Sugar Ray Robinson.»

Was ist mit Muhammad Ali?

«Er ist ein guter Boxer. Aber er ist ein noch besserer Mensch. Er hat mir sein Land gezeigt, ich habe ihm später mein Land gezeigt.»

Hätte er ihn geschlagen?

«Ali sagt, ein Kampf zwischen uns wäre unentschieden ausgegangen. Das ist eine gute Antwort.»

Stevenson hackt auf dem Fleisch rum, schält Knoblauch und wäscht Garnelen. Fragen, die er nicht beantworten kann oder will, überhört er. Es gibt sie nicht. Manchmal knurrt er Laute, manchmal verläßt er auch einfach den Raum. Als ihn Price fragte, ob der Gedanke daran, daß er bei einem Unfall einen Menschen tötete, hart war, kochte Stevenson auch gerade. «Er starrte auf den Teller», schreibt Price, «und nach einem Moment begann er von der harten Arbeit seines Vaters im Hafen von Puerto Padre zu berichten.»

Bereut er es, die Millionen ausgeschlagen zu haben?

«Niemals.»

Was ist in Miami passiert?

«Ich treffe mich einmal im Jahr mit den besten Profiboxern der Welt in den USA, für eine Spendenaktion. Da ist Ali dabei, Robinson, Frazier, Foreman und andere. Ich bin der einzige Amateurboxer, den sie dazu einladen. Vor zwei Jahren hatte ich da mal einen Streit mit einem Exilkubaner. Er sagte, ich sei kein richtiger Mann ohne Fidel Castro, ich sagte, ich sei sehr wohl ein richtiger Mann. Bei meinem letzten Besuch behauptete nun ein Polizist, ich hätte damals das Leben des Mannes bedroht. Er hielt mich auf, ich verpaßte mein Flugzeug, mir fiel das Ticket runter und als ich es aufheben wollte, stieß ich mit meinem Kopf an seinen. Dabei verletzte ich ihn.»

Stevenson schlug dem Mann mehrere Zähne aus. Er wurde in Handschellen auf ein Polizeirevier gebracht und gegen die Kaution eines Freundes freigelassen. Zur Verhandlung erschien er nicht, weswegen sie Haftbefehl erhoben.

«Ich war krank», sagt Stevenson.

Es ist die Geschichte eines Kindes. Womöglich kommt er damit durch. Er hofft ja auch, daß er nach Sydney fahren kann, obwohl er wie Sagarra international gesperrt ist, weil sie die letzte WM beleidigt verließen. Sie werden ihm schon verzeihen. Sie müssen ja. Man bekommt Leute wie ihn nie in den Griff. Boxer sind Spieler. Schwergewichtsboxer erst recht. Die besten von ihnen verlieren auch immer mal, bevor sie wieder gewinnen. Joe Louis, von dem ihm sein Vater oft erzählte, als Stevenson ein Kind war, brachte all sein Geld in kürzester Zeit durch. Er heiratete mehrere Frauen, eine gleich zweimal, er blieb bis ins hohe Alter ein dickes Kind. Sie ließen ihn leben, auch ohne Geld. Sie liebten ihn.

Stevenson stolziert durch sein Wohnzimmer und überprüft, ob allen sein Essen schmeckt.

«Schmeckt es?»

«Ja», rufen alle.

Im Flur steht ein Glasschrank mit all den gedankenlosen Geschenken und Urkunden, die er bekommen hat. Es sind unberührte Bildbände, absurde Bücher über Staudämme, Störche und afrikanische Masken in fremdländischen Sprachen, es gibt hier ein Porträt Fidel Castros und die Urkunde, die Stevenson nach seinem Ausscheiden bekam. «Glücklich ist ein Sportler, der sich keine Sorgen um seine Zukunft machen muß, weil sein Land seine Leistungen zu schätzen weiß», steht auf der Urkunde. Es klingt wie eine Drohung.

«Wie spät ist es?» fragt Stevenson.

Die Cousinen antworten.

«Oh», ruft er. Er hat das Turnier, dessen Schirmherr er ist, fast vollständig verpaßt. Er beordert den Staat ins Auto, sie heizen über staubige Straßen in die Provinzhauptstadt Las Tunas. Schwergewichtler Félix Savón telefoniert im Pressezentrum bereits seinen Sieg durch, als Stevenson den Wagen einparkt. Er sieht den Schluß des letzten Kampfes. Im Superschwergewicht schlägt Pedro Carrión Alexis Rubalcaba. Die Halle tobt vor Freude, sie hassen Rubalcaba, weil er ein Liebling des Diktators Sagarra ist. Der nominiert Rubalcaba eine Woche später trotzdem für Sydney, aber in diesem Moment siegen Carrión und die Gerechtigkeit. In Carrións Blick mischen sich Wut, Trauer und Stolz. Er läßt sich neben Stevenson fotografieren, dessen Blick leer ist. Stevenson fühlt das und entzieht sich der Begegnung schnell. Er verschwindet im Dunkeln der Halle ohne sich umzudrehen. Er taucht weg, weil er nicht mehr kämpfen kann. Er kann nicht mehr zurückschlagen.

Er flieht vor seinem Ruf der Unbezwingbarkeit, der Unbestechlichkeit, der Größe, der Treue. Teofilo Stevenson macht sich wieder auf den Weg. Er ist zum Siegen verdammt, und er ist ein tapferer Mann.

KAMPF UM ROM
Ein Verteidiger muß in den Angriff

Es ist schwer zu sagen, ob Gregor Gysi jemals daran geglaubt hat, daß er es wirklich schaffen könnte. Es gab aber sicher Momente, in denen er sich vorstellen konnte, Berlin zu regieren. Da stand sein neues Buch in den Bestsellerlisten, die Welt war noch ganz, und Berlin war ein großmäuliges Dorf, das eine Metropole werden wollte. Jetzt ist es Herbst, die Welt ist gesprengt, Berlin möchte ganz klein sein, und Gysi hat keine Zeit mehr.

Er sitzt in seinem gepanzerten Mercedes, Dresden verschwimmt im Regen. Er hat seine Parteitagsrede gehalten und ist dann sofort geflüchtet. Die Bühne im Dresdner Kulturpalast sah aus, als würde dort gleich «Rock für den Frieden» stattfinden. Es gab eine große Erdkugel und viele kleine blaue Luftballons mit Friedenstauben drauf. Gysis Rede klang in der ersten Stunde so, als habe er sie für die UNO geschrieben. «Es gibt keine Religion, die einen solchen Terroranschlag in irgendeiner Form relativieren könnte», rief er den Delegierten zu, die artig klatschten, aber nicht begeistert. Er erklärte, wie man die Täter seiner Meinung nach fangen sollte. In diesen Momenten erinnerte er an den Joschka Fischer, der als Friedensengel durch den Nahen Osten geschwebt war. Wie Fischer würde auch Gysi gern die Welt retten und sich nicht mit den Korinthenkackern dort unten rumärgern. Wenn man ihn nach der Nordallianz in Afghanistan fragt, lächelt er, schüttelt den Kopf und sagt: «Tja ja, die Nordallianz», so, als habe er mit US-Verteidigungsminister Rumsfeld gerade über die Burschen geredet. Auf wundersame Weise schaffte er es dann doch irgendwann, in seiner Weltanalyse bei der Berliner Polizei zu landen.

Er habe die Parteitagsrede beim Frühstück im Hotel geschrieben, sagt seine Referentin Miriam Lassak stolz. Anderthalb Schmierzettel, eine Stunde Redezeit. Er hat insgesamt 14 Punkte aufgekritzelt, Punkt 3 war die «Ergreifung der Täter», Punkt 7 sollte mit dem Vorurteil aufräumen, daß er den sächsischen Dialekt nicht mag, Punkt 14 lautete «FDP-PDS».

Ganz zum Schluß hatte er den Delegierten zugerufen: «Wenn ich Regierender Bürgermeister von Berlin werde, würden sich auch die Leute in Helsinki und Washington dafür interessieren!»

Gysi schaut aus dem Autofenster. Noch 14 Tage bis zur Wahl. Es regnet.

Im Sommer saß Gregor Gysi gemeinsam mit Armando Cossutta, dem braun-gebrannten Vorsitzenden der Partei der italienischen Kommunisten in einem Restaurant in Rom. Der Wirt hatte sie persönlich empfangen und zum besten Tisch geführt, es gab Antipasti und Wein, sie hatten ein bißchen über das italienische Wahlsystem und die Haltung der PDS zum Mauerbau geplaudert. Gysi erzählte von seinem letzten Rom-Besuch. «Ich hatte damals schon einen Termin bei Craxi», sagte er. «Aber dann haben sie ihn mir vor der Nase weg verhaftet.» Sie redeten über Berlusconi und Haider, sie tranken Wein dazu, und sie redeten über Walter Veltroni, den neuen Bürgermeister von Rom.

«Natürlich ist der Bürgermeister von Rom nicht so eine nationale Berühmtheit wie der Bürgermeister von Paris», sagte Cossutta. «Tja», sagte Gysi, «Frankreich mit seinem Nationalismus.» Es gab noch mehr Wein, die Pasta kam, und Gysi sagte Sätze wie: «Ich war ja von eurem Mehrheitswahlrecht nie so recht überzeugt.» So, denkt man sich, reden Staatsmänner, wenn der Ton für die Zuschauer weggedreht wird. Beim Fisch fiel kurz der Name Landowsky, der so klein und angestaubt wirkt, von Rom besehen, winzig. Gysi sagte, daß die SPD ein Gesicht suche, das ihr eine Koalition mit der PDS möglich mache. Sein Gesicht ist das einzig mögliche. Die Linke, sagte Gysi, muß doch, verdammt noch mal, vereinigt werden. Cossutta nickte. Beim Dessert sagte Gysi, daß er der beliebteste Bürgermeisterkandidat sei. «Wenn wir eine Direktwahl hätten, würde ich gewinnen. Haben wir aber nicht. Aber wenn wir die stärkste Partei werden sollten, dann liegt das an meiner Person. Dann müssen sie mich auch zum Bürgermeister machen.»

Sie tranken noch einen Grappa.

Gregor Gysi im Berliner Wahlkampf.

Als sie rausgingen, sah sich Gysi die Fotos der Gäste an, die hier schon saßen.

Helmut Kohl, Ronald Reagan, Prinz Charles, Adriano Celentano, Frank Sinatra, Luciano Pavarotti.

«Ich habe dem Wirt gesagt, daß du Bürgermeister von Berlin wirst», sagte der alte Kommunist, küßte Gysi und verschwand mit seinen Sicherheitsleuten in der lauen Römer-Nacht. Gregor Gysi lief schweigend zu seinem Hotel zurück. Seine kleinen Schuhe klickten über das Pflaster der Ewigen Stadt. Vor ein paar Stunden, auf dem Flughafen in München, hatte er noch gesagt, wie komisch es doch sei, daß man jetzt einfach nach Rom fliegen könne. Er redete mit Ernst Krabatsch, der früher im Außenministerium der DDR war und jetzt für die internationalen Beziehungen der PDS zuständig ist, zwei Ostler auf Italien-Reise. Gysi durfte früher nie nach Rom, als dort sein Vater Botschafter der DDR war.

Gysis Sohn George sagt, daß Gregor Gysi in die Politik ging, um seinem Vater zu genügen. Seine Schulfreundin Barbara Erdmann sagt, daß es für Gysi sehr befriedigend war, als Klaus Gysi mal irgendwann als «Gregor Gysis Vater» vorgestellt wurde. Jetzt ist sein Vater tot.

Am nächsten Tag traf er den Bürgermeister von Rom. Sie wurden zusammen auf dem Balkon seines Arbeitszimmers im Capitol fotografiert, im Hintergrund standen uralte Häuser und Pinien. Unter alten Ölgemälden redeten sie über die Haushalte der beiden Städte. Rom wird vom ganzen Land unterstützt, erfuhr Gysi. Die Italiener sind stolz auf ihre Hauptstadt.

«Die Römer müssen ihr Kolosseum natürlich nicht selbst finanzieren», ist der Satz, den Gregor Gysi aus Rom mit in den Berliner Wahlkampf schleppt. Gysi hüpfte die Treppen des Kolosseums runter zu den beiden dicken Alfas der italienischen Kommunisten, die auf ihn warteten. Das gefiel ihm. Ursprünglich wollte er auch Paris und London besuchen, aber das hatte noch nicht geklappt. Washington und New York auch nicht. Vielleicht später. Berlin brauche einen weltmännischen Bürgermeister, keinen Provinzfürsten. Vom Auto aus rief er in seinem Berliner Büro an. Eigentlich will er nur sagen, daß er in Rom ist.

«Ich bin noch in Rom. Gibt's was Neues?» fragt er.

«Nö.»

Der Anruf zerstörte den Zauber, ein bißchen Berliner Luft schwappte in den Alfa Romeo. Draußen zog Rom jetzt so unwirklich vorbei wie die Landschaften hinter Cary Grant in den gefälschten Autofahrten der alten Hitchcock-Filme. «Rom» verwandelte sich bereits in ein Argument für den Wahlkampf. In den kommenden Tagen und Wochen floß es in seine Rede.

«Die Römer müssen ihr Kolosseum nicht selbst finanzieren», sagt er im Lion's Club, in der katholischen Akademie, auf dem Wahlparteitag der PDS, in der ZDF-Talkshow «Berlin Mitte», im Berliner Presseclub und auf einer Lesung in Saarbrücken. Berlin solle eine Kulturhauptstadt werden, «eine Motorfunktion entwickeln». Manchmal sagt er auch, daß es keinen Direktflug von Berlin nach Rom gebe. Was Bände spreche.

Gysi versucht, Berlin weltstädtischer zu machen. Vielleicht auch für sich selbst, vielleicht, um zu vergessen, daß er es nur mit den Lokalpolitikern Wowereit und Steffel zu tun hat. Gysi will nicht um Reinickendorf kämpfen, sondern um Rom.

Er hat sich seine Aufgabe passend gemacht.

Seine erste Autobiographie «Das war's. Noch lange nicht!» liest sich teilweise so, als verabschiede er sich bereits in die Geschichte. Gysi beschreibt kleine Krankenhausaufenthalte und Erinnerungen an sein Kindermädchen so detailliert, als erwarte er, eine große historische Figur zu werden. «Vater war sowohl Faxenmacher als auch ernsthafter Aufklärer, der Einsichten vermitteln wollte.» Im zweiten Studienjahr seines Jurastudiums bemerkte er: «Eine Erfahrung, die ich wiederholt machte. Je intensiver ich mich mit einer Sache beschäftige, desto interessanter finde ich sie mit der Zeit.» Auch in seinem jüngsten Buch finden sich Sätze wie: «So erkläre ich mir, daß ich noch keinen Lebensabschnitt absolviert habe, in dem ich nicht bedauerte, nicht in dem früheren weiter gewirkt zu haben.»

Die Berliner Anwältin Barbara Erdmann hat Gregor Gysi in der neunten Klasse kennengelernt. «Da war er klein, rund, er war auch anfangs ziemlich schlecht in der Schule. Aber das Elternhaus war faszinierend, die Mutter trat auf wie so eine alte Gräfin. Die hatten unwahrscheinlich viel Bücher und auch ein Kindermädchen. Gregor hat die Klasse auf hohem Niveau unterhalten. Er war der Klassenclown, und er hat damals immer schon das Neue Deutschland gelesen. Er war besonders, aber ich glaube, er wußte nie richtig, was er eigentlich will. Er ist dann Anwalt geworden, weil meine Mutter ihm gesagt hat: Anwalt kann jeder. Aber er war ein verdammt guter Anwalt.»

Barbara Erdmann redet über ihn, wie über einen Mandanten, der zu unrecht angegriffen wird. Es gibt viele Menschen, die an das Gute in Gysi erinnern, als müßten sie ihn schützen. «Er ist ein guter, warmherziger Mensch», sagt sein Kommilitone Grischa Wörner. «Er ist ein weicher, guter Kerl», sagt sein Sohn George.

Gysi fährt zu den Krupp-Stahlarbeitern nach Friedrichshain, die auf einer Eisenbahnbrücke streiken, weil ihr Werk zugemacht werden soll. Er kommt zu spät, der SFB ist weg. Peter Strieder von der SPD hat schon geredet. Strieder grinst ihn an, er trägt ein Campinghemd, Gysi steckt im Anzug, er war vorher Referent im vornehmen Presseclub. Er will zuviel. Er will alles. Im Auto hat er irgendwas über die Krupp-Schließung quergelesen.

«Ich denke, jetzt ist politischer Kampf, gewerkschaftlicher Kampf angesagt», ruft Gysi den Arbeitern zu. «Deswegen sage ich: Solidarität ist das Entscheidende. Sie müssen … äh … ihr müßt jetzt durchhalten!» Sie klatschen müde. Irgendwie haben sie sich mehr versprochen. Strieder grinst. Gysi muß eigentlich sofort wieder weg, doch Horst Schnieker, ein Westberliner Krupp-Rentner möchte noch was sagen, er greift sich Gysis Handgelenk. In der anderen Hand hält er ein Schultheiss-Bier. «Zu Hannelore Kohls Tod möchte ich sagen, dit er tragisch war, andererseits hat er se och ziemlich ville alleene jelassen.»

Gysi nickt.

Ein paar Tage später macht er für die Presse eine Reise zu sozialen Brennpunkten der Stadt. Er besucht Streetworker und streikende Bahnarbeiter. Manchmal notiert er sich ein paar Stichpunkte auf kleinen Zetteln, die später in seinen Anzugtaschen verschwinden. Auf einen Zettel schreibt er: «Rangierbahnhof Chemnitz, dicht!» Was will er damit machen? In diesen Momenten begreift man, was das für eine riesige Aufgabe ist, Berlin zu regieren.

Am späten Nachmittag sitzt Gysi neben ein paar Huren in einem Domina-Studio in der Brückenstraße. Er redet mit ihnen über ihre Versicherungen, illegal eingeschleuste Mädchen und darüber, ob man ihre verschiedenen Dienstleistungen irgendwie tariflich festlegen kann. Währenddessen filmen Kamerateams die Einrichtung des Studios. Am Ende gibt Gysi für Reuters TV ein Interview zwischen den Geschirren, die von der Decke baumeln, all den Galgen, Leopardenfellen, Streckbänken und Ketten. Kaum jemand hört zu, was er sagt. Es geht hier mehr ums Bild. Gysi und die Nutten, das sind zwei Fliegen mit einer Klappe.

«Fragen zu Mazedonien machen wir aber nicht hier drin», ruft seine Pressesprecherin. Gysi blinzelt. Man muß so viele Dinge beachten.

Die Medien nehmen ihn wieder ernster. Als im Frühsommer nach seiner Kandidatur die PDS-Zahlen in den Himmel schossen, erschienen fiese Porträts in einigen Zeitungen. Man hatte ihn schon gönnerhaft in den Ruhestand verabschiedet, nach seinem Abgang als PDS-Vorsitzender. Das war vorbei. Die rote Gefahr leuchtete wieder. Die alten IM-Geschichten wurden wieder ausgegraben,

Gysi ließ Gegendarstellungen drucken, die *BZ* klebte die Stadt mit «Der Russe kommt»-Plakaten zu, und sogar Bärbel Bohley und Günther Schabowski fanden sich zu einer Koalition zusammen.

«Mazedonien» macht er unten auf der Brückenstraße vor der «Schnäppchen-Oase». Aber es will eigentlich niemand hören.

Gysi muß immer mehr tun als die anderen Kandidaten, besser sein, witziger; Wowereit sitzt nur da wie ein dicker Kater und lächelt und wartet, daß sich die anderen um Kopf und Kragen reden. Weil er gute Anzüge und einen modernen Haarschnitt trägt, vergißt man schnell, daß er jahrelang Finanzpolitik in Berlin gemacht hat. Gysi wird ständig an seine Vergangenheit erinnert. Er muß immer wachsam sein, er steht immer unter hohem Druck. Wenn man mit ihm allein im Zimmer sitzt und noch Zeit da ist, aber keine Frage mehr, kann er nicht aufhören zu reden. Er muß den Clown spielen. Er erträgt die Ruhe nicht. Er fängt an zu sächseln, obwohl er das nicht kann. Er ist eigentlich nicht komisch.

Weil er aber als komisch gilt, hat ihn Sat.1 für die Aufzeichnung der neuen Show mit Jürgen von der Lippe eingeladen. Sie heißt «Blind Dinner» und ist ein Flop. Es werden drei Prominente eingeladen, die von der Lippe erst in der Show kennenlernt, sie kochen zusammen, und es gibt Spiele.

Das mit den Spielen hatte Gysi niemand gesagt. Er will wissen, was das für Spiele sind. Die Redakteurin sagt, es sei harmlos, aber Gysi will es wissen. Zehn Minuten später kommt sie mit einer Kartoffel an, die an einer Schnur hängt. Das sieht nicht gut aus. Gysi wird blaß. Die Kartoffel gehört zu einem Spiel, das «Gemüsegolf» heißt. Man bindet sie am Hosenbund fest und schießt mit ihr eine Knoblauchzehe über eine Ziellinie. «Das ist sehr witzig», sagt die Redakteurin, während sie Gregor Gysi die Kartoffel «probeweise» an der Hose befestigt. Sie schwingt zwischen seinen Beinen.

«Ich glaub, das mach ich nicht», sagt er. Er will auch nicht bei einem John-Travolta-Ballett mitmachen, traut sich aber nicht, die gesamte Sendung abzusagen. Es ist eine furchtbare Show, zäh und langweilig, Gysi wirkt verkrampft, weil er die ganze Zeit darüber nachdenkt, wie er den anderen erklärt, warum er nicht beim «Gemüsegolf» mitmacht. Zum Schluß soll er einen Satz mit drei Tischtennisbällen im Mund sprechen. Oder mit einem Korken zwischen den Zähnen.

Nach der Show sitzt er blaß und traurig in der Maske.

Er hockt in der Garderobe und sagt: «Ich will nicht mehr Bürgermeister werden. Es hat ja sowieso keinen Zweck.»

Aber zehn Minuten später bittet er von der Lippe, die Sache mit dem Korken rauszuschneiden. Und 30 Minuten später trifft er auf dem Kreuzberger Volksfest ein. Er trinkt ein Bier mit Bärbel Grygier, die für die PDS Bezirksbürgermeisterin von Kreuzberg-Friedrichshain ist. Aber er kann sich nicht mit ihr unterhalten. Sie redet davon, wie sie die Kreuzberger Kulturtage finanziert. Er redet von Kulturhauptstadt und Hauptstadtkultur. Irgendwas von dem, das er auch immer in seinen Reden erzählt. Man wartet darauf, daß er Rom ins Spiel bringt, statt dessen sagt er plötzlich: «Ich glaube, die bringen meinen Auftritt in der Von-der-Lippe-Show erst nach dem 21. Oktober. Ist vielleicht aber auch besser so.»

Bärbel Grygier starrt ihn ratlos an. Dann fängt die Rock 'n' Roll-Band an zu spielen, eine Frau holt Gysi zum Tanzen, und SPD-Strieder, der gerade gehen wollte, schnappt sich die Bürgermeisterin. Gysi sieht müde aus, aber er kann jetzt nicht aufhören zu tanzen. Es ist wie in dem Film «Nur Pferden gibt man den Gnadenschuß».

Er tanzt und tanzt.

Ein bekannter Talkmaster sagt, daß Gysi bei ihm angerufen habe, als er aus der Politik aussteigen wollte. Er hat ihm abgeraten, ins Fernsehen zu gehen und Talkmaster zu werden. «Die Politiker können das meist nicht.» Und Anwalt? Auch nicht einfach. In seinen freien Minuten sitzt Gysi in der hübschen Westberliner Kanzlei Panka, Venedey, Kolloge, Langer. Er sitzt im letzten Zimmer. Das Zimmer ist kahl. Es ist das feine Stück Fasanenstraße zwischen Ku'-damm und Kantstraße, ein Platz in Berlin, der vielleicht am weitesten von der PDS entfernt ist. Gysi raucht, er ist fremd hier, er weiß nicht, ob er es noch kann. Auf dem Tisch liegen drei Akten aus dem Fall der ermordeten Ulrike aus Eberswalde, bei dem Gysi die Nebenklage übernommen hat. Er hat ein bißchen gefürchtet, daß der Fall mit dem Wahlkampf vermischt werde, sagt er. Aber das ist nicht passiert.

Als der Sommer zu Ende ging, flog er zu einer Buchlesung nach Saarbrücken. Er redete in einem Kulturzentrum zusammen mit Oskar Lafontaine über die Zukunft der Linken, sie kritisierten Waffenexporte, Neoliberalismus und redeten über Globalisierungsängste. Lafontaine zitierte Rousseau, Gysi Jesse Jackson. Er vergaß nicht zu erwähnen, daß er den mal in Washington getroffen hatte.

Sie waren fast in allem einer Meinung. Der Saal war voll, die beiden siezten sich, waren guter Dinge. Manchmal schaute Lafontaine Gysi so stolz an wie einen gut geratenen Sohn. Anschließend gingen sie in ein Restaurant. Dort duzten sie sich dann und tranken ein bißchen was. Ganz spät am Abend spricht Lafontaine Gysi frei.

«Selbst wenn du mit Mielke geredet hättest, wäre das egal», sagt er.

«Hab ich aber nicht», sagt Gysi. «Im Gegensatz zu euch allen habe ich nicht mal mit Honecker gesprochen.»

Gysi hat immer Widerstand und Publikum gebraucht. Er ist ein Verteidiger. Grischa Wörner, ein Kommilitone von Gysi an der Humboldt-Universität, sagt, daß Gregor Gysi immer nach Lücken im Strafgesetzbuch der DDR suchte. Schon als Student. Toni Krahl von der Rockgruppe «City», die Gysi in den achtziger Jahren mal vertrat, erinnert sich an den Spaß, den ihr Anwalt im Gerichtssaal zu haben schien. Lothar de Maizière sagt, daß Gysi sich sehr für das Recht auf Verteidigung eingesetzt hat. «Das war sein Steckenpferd. Er wollte, daß jeder in der DDR einen guten Verteidiger hat.» Gysi mag eitel sein und rechthaberisch, aber er ist kein Intrigant, er liebt die offene Auseinandersetzung. Je größer der Gegner, desto besser. Kleiner Anwalt, großer Gegner. Deswegen wollte er auch Havemann verteidigen.

Wörner kann erzählen, wie er sich mit der FDJ-Leitung der Humboldt-Universität anlegte. Barbara Erdmann weiß, wie die Leute vor Gysis Büro Schlange standen. Als de Maizière Ende der achtziger Jahre mal in einem Prozeß gegen Skinheads auch Eltern und Lehrern Versagen vorwarf, sollte er von dem Anwaltskollegium, dessen Vorsitzender Gysi war, kritisiert werden. Gysi ging zu de Maizière und sagte: «Ich soll eine Aussprache mit dir führen. Das ist hiermit geschehen.»

Man kann sich Gysi im Osten vorstellen, wenn man im Osten groß wurde. Und man kann sich vorstellen, warum die Leute seine Hilfe suchten. Für den Westler ist das eher schwer zu verstehen. Es ist nicht leicht zu begreifen, daß gerade die, die in der Schule das Neue Deutschland lasen, die Aufmüpfigsten waren.

Lafontaine umarmte ihn zum Schluß. Er mag den kleinen Ostler, er hätte die SPD und die PDS gern zusammengeführt. Aber Gysi hält Abstand. Er weiß nicht genau, ob Lafontaine gut für ihn ist. Ein Parteirentner, der für die Bild-Zeitung kommentiert. Womöglich hatte er auch Angst, in seine eigene Zukunft zu sehen.

Gysi schien froh zu sein, als er wieder in Berlin landete.

Fünf Tage später brannte New York und veränderte auch Berlin.

«Ich habe André Brie am nächsten Tag angerufen und gesagt: Du, das geht gegen uns. In solchen Zeiten wollen die Menschen keine Risiken eingehen, keine Experimente machen. Aber wir sind ein Experiment. Er war dann noch mal zu einem Bürgermeisterbesuch in Warschau, aber das kriegte keiner mehr mit.»

Gysi sieht schlecht aus am Ende des langen Sommers. Er kann nicht zuhören. Er liest nicht mehr, sagt ein Freund, früher habe er viel gelesen. Wenn sie mal essen gehen, was selten geschieht, wird er nach einer halben Stunde hibbelig, sagt Barbara Erdmann. Und sein Sohn George sagt, daß er früher einen festen Freundeskreis hatte, mit dem er auch in den Urlaub fuhr. Der ist jetzt weg.

Es ist Sonntag, Gysi sitzt im Auto, er klappt das Handy auf, er will die Zahlen hören. Der Sprecher Oschmann sagt sie durch. Die Partei liegt bei 14 Prozent.

«Und ich?» sagt Gysi. «Wo stehe ich in den Sympathiewerten?»

Nach einer Weile findet Oschmann in den Tabellen, daß Gysi an zweiter Stelle liegt. Er atmet auf. Es regnet auf der Autobahn. Gysi spielt mit seinem Handy herum, starrt hinein. Irgendwann blinkt eine SMS von Christoph Schlingensief, dem Theaterregisseur. «Tolle Rede. Jetzt geht's los.» Gysi lacht, fast glücklich. «Ach wissen Sie, ich wäre ja schon ein guter Bürgermeister, das schreiben Sie ja sowieso nicht. Ich könnte die Stadt vereinigen. Auf mich könnten die Leute stolz sein», sagt er verträumt. Die Wirkung von Schlingensiefs Botschaft hält vielleicht zehn Kilometer, dann starrt Gysi wieder in den Regen. An einer Raststätte zerren ihn zwei Rentnerehepaare von seinem Nudeleintopf weg, um sich mit ihm fotografieren zu lassen.

Am Abend beginnen die Amerikaner, Afghanistan zu bombardieren.

Der erste Termin danach ist im Wedding. Gysi redet von acht Uhr bis halb zehn zu 300 Banklehrlingen, es ist Montag früh, aber er ist gar nicht schlecht. Er redet über Krieg und die Welt. Die Schüler lachen und klatschen. Ihr müßt mich erst mal abends erleben, sagt Gysi. Seine Partei steht allein gegen alle. Es werden wieder Retter gebraucht.

DIE LETZTE GUERRILLERA
Eine Revolutionärin landet in Hollywood

An einem Vormittag im Oktober 1967 drückte ein hoher Beamter des kubanischen Innenministeriums Nadja Bunke einen Zettel in die Hand, auf dem stand, daß ihre Tochter tot sei. Den Heldentod sei sie gestorben, sagte der Comandante. Nadja Bunke fragte nicht weiter. Es gab ja keine Antworten. Sechs Jahre lang hatte sie keine Antworten bekommen. Jetzt war ihre Tochter tot, und sie wußte nichts. Es war ganz still in dem alten Gebäude in Havanna. Nadja Bunke weiß noch, daß sie danach Mittag essen gingen, weil Essen wichtig ist. Sicher habe sie auch geweint, sagt sie. Sicher.

Als sie wieder in Berlin war, ging Nadja Bunke gleich zum Neuen Deutschland und ließ eine Todesanzeige in die Zeitung setzen. Man wollte sie abwimmeln, weil es keine Erfahrungen mit privaten Todesanzeigen für Partisanen gab, aber seltsamerweise schaffte das niemand. Am 3. November 1967 erschien die Anzeige.

«Erst jetzt wurde es zur schmerzlichen Gewißheit, daß unsere liebe, tapfere Tochter, Schwester, Nichte und Schwägerin, Genossin Tamara Bunke, Guerrillera ‹Tania›, geb. am 19.11.1937 in Buenos Aires, am 31.8.1967 am Río Grande in Bolivien gefallen ist. Sie hat ihr junges Leben dem revolutionären Kampf um die Freiheit und Unabhängigkeit der Völker Lateinamerikas gewidmet und geopfert. Ihr Andenken werden wir stets in Ehren halten.»

34 Jahre später wartet Christian Schertz in seinem großen, hellen Büro am Ku'damm auf die Mutter der Partisanin. Er ist einer der besten Medienanwälte Deutschlands. Sein Büro ist mit Fotos von Jim Rakete geschmückt, es gibt Bruce Springsteen und Emmanuelle Béart, und es gibt ein riesiges Poster des Time-Titels, der erschien, nachdem John Lennon erschossen worden war. Schertz mag Mythen wie auch Mick Jagger, Robert Redford und fast alle, die an dieser Geschichte beteiligt sind. Anwälte hängen sich wie Journalisten, Politiker und Regisseure an Leidenschaften anderer. Tamara Bunke starb an der Seite Che Guevaras. Schertz vertritt seit Jahren die Mutter der toten Guerrillera.

Nadja Bunke ist 90 Jahre alt und betritt das lichte Büro wie einen fremden Planeten. Sie scheint eine lange Reise bis nach

Charlottenburg hinter sich zu haben. Es ist warm draußen, aber sie trägt eine Mütze, eine Fellweste und einen Schal, der aussieht, als würde er kratzen. Ihre Augen verschwimmen hinter großen, milchigen Brillengläsern, sie läuft langsam und beginnt bereits auf dem Weg zu ihrem Stuhl zu reden. Sie setzt die Mütze nicht ab. Sie redet von Verrat und Verleumdung, sie nennt Namen, ohne sie zu erklären, sie springt über Kontinente und Gesellschaftsordnungen. Sie spricht ihr nie endendes Schlußplädoyer.

Nadja Bunke kommt aus einer jüdischen Familie in Odessa, sie lernte in Berlin den Arbeitersohn und Sportlehrer Erich Bunke kennen. 1935 floh sie mit ihm vor den Nazis nach Argentinien, wo 1937 ihre Tochter Tamara geboren wurde. Die Bunkes waren Kommunisten. 1952 kehrte die Familie in die DDR zurück, in die neu gegründete Stalinstadt, die später in Eisenhüttenstadt umbenannt wurde. Erich Bunke arbeitete wieder als Lehrer. Die Eltern fühlten sich endlich angekommen, Tamara Bunke vermißte Argentinien, die Musik, die Sprache, die Mentalität. Ihren Antrag, in die SED aufgenommen zu werden, begründete Tamara mit dem Wunsch, später in Argentinien für die Sache der Arbeiterklasse zu kämpfen. Sie schrieb sich mit jungen Lateinamerikanern und begann 1958 ein Romanistikstudium an der Humboldt-Universität. Sie fieberte mit den kubanischen Revolutionären und lernte 1960 Che Guevara kennen, der als Minister für Industrien die DDR besuchte. Sie dolmetschte in Leipzig für ihn und war fasziniert. Er stammte aus Argentinien wie sie. Ein kubanischer Argentinier. Im Mai 1961 flog sie als Dolmetscherin mit dem kubanischen Nationalballett nach Kuba und kam nie wieder. Sie schrieb ein paar Briefe an ihre Eltern.

Nadja Bunke bewahrt 39 Briefe von Tamara in einem Kästchen auf. Im letzten hatte die Tochter geschrieben, daß sie genügend esse und mehr schlafe als früher.

«Ich weiß, daß Ihr etwas Geduld haben werdet und daß in diesem Fall Ihr sie mit ›großer Freude‹ haben werdet, weil Ihr wißt, daß ich meine Pflicht erfülle, und ich weiß, daß es für Euch, ebenso wie für mich, immer das Erste ist.»

Ihre Tochter hatte ihre Pflicht offenbar erfüllt. Was aber war ihre Pflicht, die Pflicht der Mutter?

Nadja Bunke begann, ihre Tochter zu suchen. Sie sammelte Informationen über das unbekannte Leben. Sie erfuhr, daß Tamara seit 1963 für den kubanischen Geheimdienst gearbeitet hatte.

Ihre Tochter hatte den Agentennamen «Tania» bekommen. Sie war mit verschiedenen Namen, Frisuren, Pässen durch Westeuropa gereist. Sie hatte auch Berlin noch mal besucht, befand sich ganz in der Nähe des Hauses ihrer Eltern, ohne sich zu melden. Schließlich war sie als Laura Gutiérrez Bauer nach Bolivien gefahren.

Tamara Bunke sollte dort Verbindungen zu Regierungskreisen knüpfen und herausfinden, ob die Arbeiter- und Bauernschaft bereit sei für den revolutionären Aufstand. Zwei Jahre lang lebte sie hier unentdeckt. Sie arbeitete für das Informationsbüro im Präsidentenpalast, gab den Kindern des Präsidenten Deutschunterricht, knüpfte Kontakte zu Männern der feinen Gesellschaft. Sie heiratete einen Einheimischen, um die bolivianische Staatsangehörigkeit zu erlangen. 1966 traf endlich Che Guevara mit seinen Getreuen ein, um im bolivianischen Dschungel die Revolution zu entfachen. Von da an lief nichts mehr. Che Guevara, der schon im Kongo beim Revolutionsexport gescheitert war, zerstritt sich mit dem Führer der bolivianischen Kommunisten. Er beauftragte Tamara Bunke, in La Paz zu bleiben, aber sie wollte endlich in den Dschungel, kämpfen.

Tamara Bunkes Identität flog bald auf. Ob sie sich selbst verriet oder verraten wurde, ist unklar. Sie konnte nicht mehr zurück. In zwei kleinen Gruppen kreisten die Partisanen ziellos durch den Urwald. Ab und zu starb jemand, ab und zu desertierte jemand. Che Guevara war in der ersten Gruppe, Tamara Bunke in der zweiten. Es heißt, sie sei zum Schluß sehr krank gewesen. Am 31. August geriet Tamara Bunkes Gruppe in eine Falle. Sie wurden erschossen, «Tanias» Leiche trieb tagelang auf dem Río Grande. Sechs Wochen später starb auch Che Guevara. Die Mörder verscharrten die Toten irgendwo.

Das war alles.

Schon damals wuchsen zwischen den dünnen Nachrichten die Widersprüche. Ein Stasi-Offizier namens Günter Männel, der in den Westen gegangen war, behauptete in der Zeitung, daß Tamara Bunke KGB-Agentin und Geliebte von Che Guevara gewesen sei. In Bolivien hieß es, Che Guevara sei verraten worden, weil seine Ideen die sowjetischen Parteiführer gestört hätten. Nadja Bunke begriff, daß ihre Tochter für ein Mädchen aus Stalinstadt ein ziemlich schwieriges Heldenleben geführt hatte. Der DDR-Filmemacher Konrad Wolf hat zweimal versucht, einen Film über das Leben von Tamara Bunke zu drehen. Zweimal ist er an der

SED gescheitert. Niemand wußte, wie man mit Tamara Bunke umgehen sollte. Sie schien eine zerbrechliche Heldin zu sein. Am besten, man ließ sie unberührt.

Nadja Bunke ahnte, was ihre Pflicht war. Sie mußte das Andenken ihrer Tochter beschützen. Sie kündigte in ihrem Betrieb, sie sagte dem Direktor, daß sie jetzt andere Aufgaben habe. Der Kampf war nicht zu Ende, Nadja Bunke nahm die Fahne auf.

Eberhard Panitz war so was wie ihr erstes Opfer. Er war ein erfolgreicher DDR-Schriftsteller, der Tamara Bunke bei einer Kuba-Reise getroffen hatte. Sie bestiegen zusammen einen Berg, den Pico Turquino, es gibt ein paar Fotos von den beiden. Panitz glaubt, daß sie ein Auge auf ihn geworfen hatte. «Ich kannte sie ja länger, als Che Guevara sie kannte», sagt er, was ein bemerkenswerter Satz ist. Und vielleicht sein ganzes Problem umreißt. Später schrieb er ein Buch über Tamara Bunke. Es heißt «Der Weg zum Río Grande». Nadja Bunke versuchte, die Veröffentlichung zu verhindern. Mit allen Mitteln.

Der alte Schriftsteller sitzt in seinem hübschen Häuschen in Berlin-Grünau. Er begreift nach all den Jahren, nach all den Auseinandersetzungen mit Nadja Bunke immer noch nicht, woher deren Entschlossenheit kommt. Er holt vergilbten Schriftwechsel auf krissligem, holzhaltigem DDR-Papier hervor. Seitenlange Einschätzungen von Nadja Bunke, unnachgiebig, gnadenlos, ohne Ende. Sie sammelte ihre Argumente in langen Listen und schrieb immer mit vielen Durchschlägen. Sie wachte wie eine Buchhalterin über das Leben Tamaras. Panitz schaut auf einen Beschwerdekatalog mit 35 Punkten, den Nadja Bunke 1973 in ihre Schreibmaschine hämmerte.

Punkt 25: Ich habe mit dem Manuskript von Eberhard Panitz nichts zu tun.

«Es war ziemlich unüblich in der DDR, daß man Prozesse führte. Normalerweise einigte man sich so. Unter Genossen», sagt Panitz. «Ich habe immer versucht, die Frau zu verstehen. Sie war ja die Mutter.» In seinem Arbeitszimmer stapeln sich die unverkäuflichen Exemplare seines letzten Romans. Er hat «Der Weg zum Río Grande» noch mal als kleine Broschüre in einem winzigen Verlag namens GNN herausgebracht. Es ist nur ein schmales rotes Heft, das unansehnlich aussieht wie eine Broschüre mit dem Rechenschaftsbericht eines SED-Parteitags. Aber auch das hat Nadja Bunke entdeckt.

«Er hat den Satz reinschreiben lassen, daß sein Buch sich auf die Informationen der Eltern stütze», sagt Nadja Bunke. «Das mußte er zurücknehmen. Er denkt, ich bin eine alte Frau, die sich an nichts mehr erinnert. Aber da liegt er falsch.»

Das Buch «Tania. Die Frau, die Che Guevara liebte» des uruguayischen Journalisten José Zapata, das 1997 im Aufbau-Verlag erschien, hat Nadja Bunke noch im selben Jahr von Schertz per einstweiliger Verfügung aus dem Verkehr ziehen lassen. Zapata hatte das Bild einer berechnenden Mehrfachagentin Tamara Bunke gezeichnet, die sich durch die Betten der bolivianischen High Society schlief und am Ende Che Guevara ans Messer lieferte.

Nadja Bunke führte an 14 Punkten vor, daß Zapata schlecht recherchiert habe.

Punkt 9: Es sei unzutreffend, daß Tamara Bunke Haß auf ihre Eltern gehabt habe.

Punkt 13: Es sei unzutreffend, daß Tamara Bunke dreifache Agentin für KGB, Staatssicherheit und den kubanischen Geheimdienst gewesen sei.

Nadja Bunke hatte sich im Dezember 1997 auf den Weg nach Moskau gemacht, um aus dem Pressebüro des russischen Auslandsaufklärungsdienstes folgende Erklärung abzuholen: «Da wir jedoch berücksichtigen, daß es sich hier um Ihre geliebte Tochter handelt, die sich leider nicht selbst verteidigen kann, versichern wir Ihnen, daß der Auslandsaufklärungsdienst keinerlei Materialien und Dokumente besitzt, welche die Version der Zusammenarbeit von Tamara Bunke mit der Auslandsaufklärung des KGB bestätigen.»

Mit etwas kippliger Handschrift versicherte ihr auch noch Nikolai Sergejewitsch Leonow, pensionierter General der sowjetischen Auslandsaufklärung, daß «unser Dienst keinerlei Beziehungen mit Tamara Bunke (Partisanin Tania) in Verbindung mit Che Guevara hatte».

Die Gauck-Behörde versicherte ihr, daß zu ihrer Tochter «keine Hinweise auf Unterlagen vorliegen». Der Aufbau-Verlag nahm das Buch vom Markt. Vor kurzem hat Nadja Bunke herausbekommen, daß es eine spanische Version des Zapata-Buches gibt. Auch sie ist inzwischen verboten.

Sie kennt sogar die Buchseite, auf der der Hamburger Journalist Volker Skierka in seiner Fidel-Castro-Biographie die Legende ihrer Tochter befleckte. Es ist die Seite 233. Sie hat die Stelle gefunden, bevor das Buch erschien. Irgendwie ist sie an die Druckfahnen gekommen. Skierka hatte geschrieben, daß Tamara eine Affäre mit Che Guevara hatte und für den KGB arbeitete.

Die Mutter erzwang eine Unterlassungserklärung, und als Skierka vor ein paar Monaten in Berlin ein Gespräch mit Che Guevaras Tochter moderieren sollte, lud ihn der Veranstalter wieder aus, weil sich Nadja Bunke über den Journalisten bei der kubanischen Botschaft beschwert hatte. Skierka hat die Unterlassungserklärung, der er sich schnell unterwerfen mußte, inzwischen wieder zurückgezogen. Er sagt, er habe neue Beweise. Vielleicht gibt es bald einen Prozeß. Schertz sagt, es sei eine Schande, die alte Dame vor Gericht zu zerren.

Zu DDR-Zeiten gab es über 200 Jugendclubs, Schulen und Brigaden, die den Namen Tamara Bunke trugen. Sie war eine Heldin. Heute gibt es nur noch einen Club, und Tamara Bunke ist nicht mehr unberührbar. Jeder tatscht sie an.

Nadja Bunke hat im hohen Alter noch den Namen von Mick Jagger kennengelernt. Auch jemand, der einen Film machen will. Wie damals Konnie Wolf. Nur mit längeren Haaren. Sie hat Zeitungsausschnitte in ihren Ordnern, die sagen, daß sowohl Robert Redfords Filmfirma Wildwood Enterprises als auch Mick Jaggers Filmfirma Jagged Films an dem Stoff interessiert sind.

Nadja Bunke ist viel gereist im Auftrag ihrer Tochter. Einmal im Jahr fährt sie nach Kuba, wo Tamara Bunke seit 1998 begraben ist. In Hollywood aber war Nadja Bunke noch nie. Es würde sie verwirren, denn hier ist jedes Leben nur Material.

Alex Butler sitzt in einem flachen, pastellfarbenen Haus auf dem Gelände der Filmfirma Paramount in Los Angeles. Er hat die Füße auf einem kleinen Schränkchen abgelegt. Er trägt weiße Leinenhosen und Slipper, keine Strümpfe. Durch das kleine, freundliche Büro wieselt ein winziger Hund.

Butler ist ein Produzent, der vor fünf Jahren auf die Idee kam, irgendwas über Che Guevara zu machen. Damals fand man die Knochen des Revolutionärs, und es gab wieder mal großes Interesse an dem Freiheitskämpfer.

«Die einen wollen erzählen, wie Che Guevara als junger Mann mit dem Motorrad durch Argentinien fährt, noch bevor er Fidel trifft. Das ist das Roadmovie. Und dann gibt's das Buddymovie. Che und Fidel. Wir aber wollten einen romantischen Film. Wir schauen uns Che Guevara durch die Augen einer Frau an. Er ist nicht die Hauptfigur. Unsere Hauptrolle spielt eine Frau. Tania.»

Butler erzählt den Plot eines Films. Er redet, als wolle er Tamara Bunkes Leben verkaufen.

«Also. Sie ist in Argentinien geboren. Im wunderbaren, sonnigen, sexy Argentinien, wohin ihre Eltern fliehen mußten vor den Nazis. Als sie ein Teenager war, sagen ihre Eltern: Wir gehen jetzt zurück nach Deutschland, um dich auf den richtigen Weg zu bringen. Und, nebenbei, wir reden hier von Ostdeutschland. Und so kommt sie aus sexy Argentinien direkt ins kalte, schlecht gelaunte Leipzig oder wo immer sie auch hinging, egal, ein niederschmetternder Ort. Die Stasi läßt nicht lange auf sich warten, klar, Tania ist zweisprachig, sie soll ein Auge auf die lateinamerikanischen Studenten werfen. Sie geht mit dem einen oder anderen ins Bett, macht diese Mata-Hari-Nummer. Ziemlich deprimierend für ein junges Mädchen. Aber da kommt Che Guevara ins Land. Und Che Guevara war die aufregende Seite des Sozialismus. Er war Sex. Und sie trifft ihn, und es wirft sie um. Ich meine, da stehen all diese Parteibürokraten in ihren billigen Anzügen, und plötzlich kommen die Kubaner an, sie stecken in Kampfuniformen, sie haben Bärte, Barette und rauchen Zigarren. So. Wenig später geht sie nach Kuba, da passiert es. Sie trifft Che wieder, und er bittet sie, mit ihm die Revolution in die Welt zu tragen. Sie geht ins beschissene Bolivien, heiratet zum Schein einen einheimischen Jungen, sie hat inzwischen schon drei oder vier Identitäten und wartet auf Che. Zwei Jahre lang ganz allein. Eine junge Revolutionärin zwischen all diesen rechten Bolivianern. Dann kommt Che, geht in den Dschungel, verrennt sich. Und im Finale entscheidet sich diese Mata Hari, diese aufregende, außerordentliche Frau, an seiner Seite zu sterben. Und das Wahnsinnige ist: Wir müssen uns fast nichts ausdenken. Ich würde gern festschreiben, daß es ihre Entscheidung ist, im Dschungel bei Che zu bleiben. Es könnte viele Gründe geben. Ich finde jede Menge Bolivianer, die mir sagen, sie sei zum Schluß schwanger gewesen. Oh. Da frage ich mich, von wem?»

Man kann sich vorstellen, wie die Ohren der Repräsentanten von der Produktionsfirma Warner Brothers bei den ersten Abendessen glühten. Interessant, sagten sie. Bringen Sie uns einen erstklassigen Drehbuchschreiber. Butler brachte ihnen seinen Freund Deric Washburn, der am Drehbuch für «Die durch die Hölle gehen» mitgeschrieben hatte und dafür eine Oscar-Nominierung bekam. Gut, sagten die Produzenten von Warner. Bringen Sie uns einen erstklassigen Regisseur. Sie brachten Michael Radford, der den Film «Il Postino» gemacht hatte. Warner sagte okay, aber dann brauchen wir noch einen Star. Sie trafen sich mit Antonio Banderas, der Interesse zeigte an der Rolle von Che Guevara.

Es gab Geld. Es hieß, Winona Ryder sei als Tamara Bunke im Gespräch. Es wurden zwei Drehbuchentwürfe erarbeitet. Es sah gut aus, aber dann verlor das Projekt ein wenig an Tempo.

«Die Studiojungs in den Anzügen kennen doch von Che Guevara nicht mehr als das Poster. Die haben keine Überzeugungen. Wir schauen mehr nach europäischen Geldgebern. Deutschland ist ein interessanter Markt. Man muß Geduld haben. Es ist ein guter Stoff. Mick hängt auch dran. Wenn er hier ist, so fünf-, sechsmal im Jahr, reden wir immer über das Projekt Tania. Che Guevara ist ein Held seiner Generation. Mick Jagger ist ein sehr politischer Mensch. Sie sind ja beide Ikonen, ein Rockstar und ein Polit-Star», sagt Alex Butler. Mick und Che. Irgendwie paßt das alles zusammen. Butler hatte auch mal die Idee, Tamara von Katarina Witt spielen zu lassen. Weil die ja auch aus dem Osten kommt. Alles fließt. Das Leben, das Nadja Bunke so sorgsam zusammenzurrte, löst sich hier auf.

Draußen scheint die Sonne auf die Kulisse der alten Cow-boy-Serie «Rauchende Colts», die jetzt ein Restaurant ist. Man kann darüber nachdenken, ob die Attentate in New York die Situation für romantische Terroristenfilme eher verschlechtert oder verbessert haben. Oder man genießt den Tag.

Seit ein paar Monaten diskutiert man in Amerika über das Recht Hollywoods, im wahren Leben herumzubasteln. Anlaß war der Film «A Beautiful Mind», in dem Russell Crowe eine freie, leichte Variante des schizophrenen Nobelpreisträgers John Forbes Nash Jr. spielt. Das ist keine schlechte Nachricht für den Anwalt in Charlottenburg. Schertz hat in Kalifornien recherchiert, daß das Persönlichkeitsrecht dort gar nicht so anders gehandhabt wird. Er will kein Geld mit dem Fall verdienen, sagt er. Er will, daß sie die Wahrheit erzählen.

Die Wahrheit.

Nadja Bunke sitzt neben ihrer kleinen Einbauküche. Das Glas der Durchreiche ist braungelb geriffelt. Sie ist in eine kleinere Wohnung gezogen. Ihr Mann starb vor ein paar Jahren. Zuviel Platz lenkt nur ab. Die Schrankwand ist vollgestopft mit den Dokumenten ihrer Tochter. Überall gibt es Gemälde von Tania la Guerrillera. Sie hängen an der Wand, stehen auf der Erde, im Flur, auf dem Sofa. Es gibt Ehrenteller, Wandteppiche und Gedenkmedaillen. Wie soll man so was wegschmeißen. Es stapeln sich das *Neue Deutschland* und die kubanische *Granma*, die beiden einzigen Zeitungen, die sie liest. Nadja Bunke hat auf zwei Teller Rosinenbrot gelegt, es gibt Johannisbeermarmelade und winzige Gläschen mit Wodka. Vorm Fenster steht der Berliner Fernsehturm.

Sie erzählt über ihre Mutter und den Vater, der verbannt wurde. Von der Zeit in Odessa, wo sie hin und her zogen, weil ihr Vater, der an der Revolution 1905 beteiligt war, gesucht wurde. Das Revolutionäre lag in der Familie. Sie hält das Marmeladenbrot in der Hand, will abbeißen, aber dann legt sie es doch wieder hin. Manchmal schaut sie hoch, um kurz zu sehen, wer dort eigentlich sitzt. Als erwachte sie aus einem Traum. Beim letzten Gespräch saß sie in einem kleinen Zeuthener Eiscafé fünf Stunden lang vor Palatschinken und einer Tasse Tee. Essen ist immer noch wichtig, aber sie hat nicht mehr viel Zeit.

Im Herbst 1967, als sie noch nicht wußte, daß ihre Tochter tot war, bekam sie vom Kubanischen Institut für Völkerfreundschaft einen Ausschnitt aus der bolivianischen Zeitung *El Diario* zugeschickt. In dem Ausschnitt posierte der Präsident René Barrientos neben der Leiche einer Agentin, einer Frau namens Laura Bauer Gutiérrez. Daneben war der bolivianische Paß der Toten abgebildet. Es war Bolivien, es war ein fremder Name, ein fremdes Gesicht. Aber Nadja Bunke fiel ein, daß ein hoher Offizier des kubanischen Sicherheitsdienstes ihr gesagt hatte: Wenn es schlechte Nachrichten gibt, erfahren Sie es. Dieser Zeitungsausschnitt war die Nachricht. Es war abends. Ihr Mann lag schon nebenan im Schlafzimmer. Sie hat die Zeitung vor ihm versteckt. Vielleicht hielt sie ihn für zu schwach.

Am nächsten Tag kaufte sie sich einen schwarzen Mantel.

«Die Mutter ist wohl so eine gute, alte ostdeutsche Kommunistin», sagt Hollywood-Produzent Butler nach dem Mittagessen. Er hat einen einfachen Espresso in der Hand, in dem ein Zitronenfitzelchen schwimmt. «Richtiger Hardcore. Sie ist noch gut beieinander, sagen Sie? Na, vermutlich hält sie die Story ihrer Tochter am Leben, diese spannende Geschichte.»

Er bezahlt, lobt das Tattoo der Kellnerin und blinzelt in den wolkenlosen Himmel über Los Angeles.

MEHR FRANZ ALS BORIS
Ein Tennisspieler stürzt ins Leben

Am Anfang schien es so, als hätten die Deutschen Miami erobert. Es war eisig kalt und windig, der dpa-Fotograf hatte gehört, daß es sogar schneien soll. Vor dem spiegelnden Gerichtsturm in der Innenstadt standen Journalisten mit kantigen, deutschen Gesichtern in Regimentsstärke und wärmten sich aneinander. Amerikanische Kollegen waren kaum da. Der größte deutsche Star würde gleich erscheinen, aber im Lokalteil des *Miami Herald* stand nur ein schmaler Text über den Scheidungs- und Sorgerechtsstreit zwischen Boris Becker und seiner Frau Barbara. Sie hatten ein altes Wettkampffoto hineingestellt, auf dem Becker noch sehr kurze Haare und kurze Hosen trägt und sehr deutsch aussieht.

Der sportliche Mann, der wenig später vor dem Miami Dade Court eintrifft, trägt lange, nach hinten gegelte Haare. Auch seine Hosen sind jetzt lang und gehören zu einem dunklen Anzug. Er könnte selbst Anwalt sein. Boris Becker legt den Kopf in den Nacken, schaut in den Himmel über Miami und trägt seine Arme vor sich her wie eine Wünschelrute, um das unruhige Journalistenmeer zu teilen. Es klappt ganz hervorragend, die angereisten deutschen Journalisten müssen sich auch erst daran gewöhnen, daß ihr Held verletzbar ist.

Vor dem Fahrstuhl im Foyer des Gerichtsgebäudes spricht Becker mit seinen Anwälten noch englisch. Im Fahrstuhl schweigt er. Er steht ganz hinten in der Ecke, sein Gesicht spiegelt sich in den Türen. Es ist ganz leise. Womöglich geschieht in diesem Moment eine Art Umwandlung, denn als sich der Fahrstuhl im 22. Stock öffnet, spricht Becker nur noch deutsch. Er hat jetzt einen Dolmetscher, der Rainer Zantopp heißt.

Wie ist Ihr Name? übersetzt Herr Zantopp die erste Frage.

«Boris Franz Becker», sagt Boris Becker.

Was ist Ihr Beruf ?

«Ich war 15 Jahre lang Berufstennisspieler.»

Wo leben Sie?

«In München, Deutschland.»

Haben Sie Kinder?

«Ja, zwei Buben.»

Von den sanften Fragen seines Anwalts Robert Kohlman ermutigt, erzählt Becker aus dem Leben eines Tennisstars. Er schildert die Geschichte eines Gehetzten, der in jeder Stadt der Welt verfolgt wird. Er, seine Frau und seine Kinder werden 24 Stunden am Tag von Leibwächtern begleitet. In Miami, Kapstadt, Buenos Aires werde er von Reportern erwartet. Seit seinem ersten Wimbledonsieg 1985 bekomme er anonyme Drohungen. Ja, auch in Florida sei er mal bedroht worden. Vor zwei Jahren beim Turnier in Key Biscayne, drohte jemand, seine Kinder zu entführen. Es gehe immer um die Kinder, vor allem sein großer Sohn sei inzwischen fast so bekannt wie er. Der Name Boris Becker sei inzwischen eine Art Marke.

Er sei Werbepartner von verschiedenen Firmen. Mercedes-Benz, AOL, TAG Heuer, um nur einige zu nennen. Aus den Verträgen, die er mit diesen Firmen abgeschlossen habe, dürfe er selbstverständlich nicht zitieren. Das sei ja Gegenstand des Vertrags. Becker und sein Anwalt wollen verhindern, daß der Fall öffentlich verhandelt wird. Immer wieder nennt Anwalt Kohlman die Namen und das Alter der Kinder. Kohlman ist gut gekleidet, sorgfältig frisiert, er trägt eine feine Brille, und sein Partner Donald Hayden sieht ganz genauso aus.

Womöglich kann man schon an ihren Anwälten erkennen, wie weit sich Boris Becker und seine Frau auseinandergelebt haben.

Barbara Beckers Anwalt ist so was wie das Gegenteil von Kohlman und Hayden. Samuel Burstyn ist ein bulliger Typ, der mit Papier wedelt und große Strecken im Gerichtssaal zurücklegt. Seine Frisur ist so unbeherrscht wie er selbst. Burstyn versucht von der ersten Minute an, das Bild vom «Franz» Becker, dem ehemaligen Berufstennisspieler aus München mit den zwei kleinen Buben, zu zerstören. Die Beckers sind Deutsche, sie haben in Deutschland geheiratet, ihre Kinder sind in Deutschland geboren, sie sprechen deutsch. Es gibt nicht viele Gründe, ihren Scheidungsfall ausgerechnet in Miami zu besprechen. Becker will nach Hause, auf sicheren Boden.

«Herr Becker, ist es nicht so, daß Sie perfekt englisch sprechen?» ruft Burstyn.

«Nur was Vorhand, Service und Rückhand-Slice angeht», sagt Becker.

«Wieso dürfen Sie nicht über Ihre Verträge reden?» fragt Burstyn.

«Man darf nicht öffentlich über Verträge reden. Das ist anders als in Amerika», sagt Becker.

«Wir sind hier aber in Amerika», sagt Burstyn und lacht.

«Ist es nicht so, daß Sie nicht über Ihre finanziellen Verhältnisse sprechen wollen, weil Sie sich in einer kriminellen Auseinandersetzung mit den deutschen Steuerbehörden befinden?» fragt Burstyn.

«Ich befinde mich seit vier Jahren in einem Rechtsstreit mit dem bayerischen Fiskus», sagt Becker.

Burstyn gockelt durch den Gerichtssaal, wedelt Becker mit Dokumenten vor der Nase herum, wirbelt Daten durch die Luft, schreit auf, wenn Becker eine englische Frage scheinbar vor ihrer Übersetzung versteht. Er sticht mit seiner Lesebrille auf den Feind ein. Wenn Becker auf Alternativfragen zu Erklärungen ausholen will, unterbricht ihn Samuel Burstyn.

«Was denn nun? Ja oder nein?»

Nie ist Becker so bedrängt worden. Nie ist ihm jemand mit so wenig Respekt begegnet. Erst zerren sie seine privatesten Angelegenheiten an die Öffentlichkeit, und dann sind sie nicht mal höflich. Becker hat hier keinen Vorschuß, nichts. Es dauert ein wenig, bis er das begreift. Manchmal reagiert er bockig, möchte, daß man ihn ausreden oder erklären läßt. Er probiert sein Mienenspiel aus dem Tennis. Er lockert seine Nackenmuskeln wie damals in der Pause zwischen zwei Spielen. Er nippt am Becher, leckt sich die Lippen, all die Gesten, die seine Gelassenheit demonstrieren sollen. Und manchmal starrt er Burstyn an, wie er Lendl oder Edberg anschaute, kurz bevor er den Ball ein letztes Mal auftippen ließ. Er hat die U. S. Open gewonnen, aber Burstyn scheint kein Tennisfan zu sein.

«Ist es nicht wahr, daß Sie in Ihrem Scheidungsantrag in München das Fürsorgerecht nicht gesondert beantragt haben?» fragt Burstyn und wedelt wieder.

«Wenn es so in dem Papier steht, wird es stimmen», sagt Becker.

«Dann haben Sie das Gericht angelogen», ruft Burstyn.

Becker taumelt durch einen zusammenhanglosen Bericht, der ihn nach Florida führte, wo er niemanden antraf, und dann in irgendein Restaurant, in dem ihm jemand Dokumente «servte», mit denen er nichts anfangen konnte. Burstyn unterbricht ihn nicht bei dieser Irrfahrt. Am Ende fragt der Richter Becker, was er damit sagen wollte.

Becker ist angeschlagen.

Seine Angriffe auf Barbara Becker sind halbherzig und leise. Er mache sich Sorgen um seine Frau, sagt er, die Kollegen vom Boulevard registrieren, daß er seinen Ring noch trägt. Seine Kinder nennt er immer wieder «die Buben». Er erzählt, daß er den Leibwächtern und dem Kindermädchen verboten habe, seine Frau in Miami allein zu lassen.

«Wenn ich ein unbekannter armer Mann wäre, gäbe es niemanden, der meine Buben entführen würde. Durch die Verhandlung wird die kriminelle Phantasie von diesen Leuten nur noch angeregt.»

«Ist es nicht wahr, daß Ihre Kinder in Deutschland mehrfach bedroht wurden, aber niemals in Amerika?» ruft Samuel Burstyn. «Sind Sie hier nicht eigentlich sicherer als in Deutschland?»

«Nein», sagt Becker und erwähnt wieder die Drohung von vor zwei Jahren in Key Biscayne. Er muß zugeben, daß er sie nicht mal der Polizei meldete. Sein unbeholfener Anwalt Kohlman springt ihm zur Seite, indem er das Attentat auf Monica Seles erwähnt. Aber die Tennisspielerin ist ausgerechnet in Deutschland niedergestochen worden.

«Es gibt eine Anzahl von Kriminellen, die mich auf der ganzen Welt begleiten», sagt Becker.

«Eine Gruppe von Erpressern folgt Ihnen um die ganze Welt?» fragt Burstyn spöttisch und sieht die deutsche Journalistenbank an, als säßen dort bereits die Geschworenen.

«Seit drei Wochen gibt es in Deutschland und auch in Miami kaum noch ein anderes Thema als die Beckers», sagt Becker, der am Ende von sich und seiner Familie vor allem in der dritten Person redet. Als Zeitungsleser gewissermaßen. Womöglich hat er über die Dauerberichterstattung etwas die Übersicht verloren, aber hier weiß kaum jemand etwas von seiner neuen Freundin, der Sängerin Sabrina Setlur. Vermutlich sind die meisten Amerikaner überrascht, daß es in Deutschland überhaupt Rapper gibt. Jay Weaver, der für den *Miami Herald* vom Prozeß berichtet, läßt sich den Namen der Sängerin in den Block diktieren. Am nächsten Tag konstatiert er in seiner Zeitung, daß Becker «in Deutschland immer noch ein so großer Star» ist.

Ist er das? Zwischen den Instruktionen seiner Anwälte, dem riesigen, ignoranten Amerika, dem Riß in seiner Privatsphäre und dem deutschen Medienauftrieb der letzten Wochen verliert Boris Becker an Größe.

Er muß jetzt zu viele Rollen spielen. Er ist ehemaliger Spitzensportler, Geschäftsmann, Vater, Ehemann, Deutscher, Weltbürger, und er bedroht die amerikanische Pressefreiheit. Ein armer, reicher, großer, kleiner Mann.

Er kann gar nicht mehr souverän sein. Wenn er mit dem Prozeß schon nicht nach Deutschland kann, will er wenigstens die Presse draußen haben.

Als Burstyn sich endlich gesetzt hat, stehen zwei Anwältinnen auf, die hier den *Miami Herald* und die Fernsehstation NBC repräsentieren. Sie erklären das Prinzip. Becker will nur seine Ruhe haben, aber sie sehen die Pressefreiheit bedroht. Sie rollen Präzedenzfälle aus. Die Sache Jackie Gleason zum Beispiel, der Fernsehentertainer, dessen Scheidung hier in den siebziger Jahren öffentlich verhandelt wurde. Becker hat dreimal Wimbledon gewonnen. Er ist der größte deutsche Sportheld. Und hier vergleichen sie ihn mit einem Fernsehfritzen aus Florida. Sie wollten ihn eine halbe Stunde verhören, und es hat zwei Stunden gedauert. Niemand hält sich an die Absprachen. Die *Bild*-Zeitung hat hier keine Kraft. In Amerika ist er auf verlorenem Posten. Es ist alles ein großes Mißverständnis. In Miami steht doch nur die Ferienwohnung. Das Haus steht in München, Deutschland.

Am deutlichsten prallen die beiden Welten aufeinander, als Beckers Anwälte ihren zweiten und letzten Zeugen, Thomas Herbst, aufrufen. Herbst ist ein ehemaliger schwäbischer Polizeibeamter, der Boris Becker seit vielen Jahren bewacht. Er sagt, daß er auf seinem Handy in Miami in der letzten Nacht zwei anonyme Anrufe erhalten hat.

«Eine Stimme sagte mitten in meinen Schlaf, daß ich mit Konsequenzen rechnen müsse, wenn ich im Fall Becker falsch aussagen sollte», sagt Herbst.

«Warum haben Sie nicht die Taste gedrückt, mit der Sie erkennen können, wer Sie angerufen hat?» fragt Burstyn.

«Weil ich diese Funktion in Deutschland ausschalte, um meine eigene Nummer zu schützen», sagt Herbst.

«Wo waren Sie letzte Nacht?» fragt Burstyn.

«In Miami», sagt Thomas Herbst.

«Und warum erzählen Sie mir, wie Sie die Dinge in Deutschland handhaben?» fragt Burstyn. «Wir sind hier in Amerika.»

Herbst überlegt. Gute Frage. Sie hat etwas Endgültiges.

Beckers Anwälte hielten den aufrechten Mann für ihre Trumpfkarte, aber als er fünf Minuten später den Zeugenstuhl verläßt, scheint alles verloren. Thomas Herbst setzt sich wieder auf die Zuschauerbank hinter Boris Becker. Er war der letzte Versuch.

Am Ende der Anhörung scheint Becker eher der Herr Becker aus Süddeutschland zu sein als die ehemalige Nummer eins der Tennisweltrangliste. Mehr Franz als Boris.

Womöglich ging es darum, vielleicht wollten die Anwälte von Barbara Becker dem Star zeigen, wie sehr er sich in einem öffentlichen Verfahren demontiert, wenn er nicht auf die Forderungen seiner Frau eingeht.

In einer Pause nähert sich Boris Becker einer schwangeren Gerichtsdienerin und berührt ihren Bauch. Sie sieht ihn ängstlich an.

«Alles Gute», sagt Becker.

«Das ist ein deutscher Brauch», sagt eine Assistentin seiner Kanzlei schnell. «Es soll Glück bringen. Vielleicht wird das Kind ja mal ein Tennisspieler.»

Die Gerichtsdienerin nickt artig.

Robert Kohlman sagt dem Richter in seinem Abschlußplädoyer, daß er ja selbst Journalistik studiert habe und die Freiheit der Presse liebe wie kein anderer. Er erwähnt noch einmal die Namen und das Alter der beiden Kinder. Sieben Jahre und 16 Monate. Er fordert das Gericht auf, sie zu schützen und die Verhandlung aus der Öffentlichkeit zu nehmen.

Als er fertig ist, sagt der Richter nur: «Ich versteh euch nicht, Leute.»

Das ist alles. Boris Becker weiß jetzt, was ihn erwarten könnte. Das Urteil: Das Gerichtsverfahren bleibt öffentlich, von ein paar Ausnahmen abgesehen.

Während Becker irgendwo am Hintereingang mit seinen getreuen schwäbischen Leibwächtern in seinen Mercedes steigt, flattert vor dem Haus die Frisur des Anwalts seiner Frau Barbara fröhlich im Meereswind.

«Ich verstehe gar nicht, was Boris Becker hier will. Es klingt so, als würde Mercedes-Benz das amerikanische Rechtssystem kontrollieren wollen, aber das wird nichts», sagt Burstyn, bevor er in seinen glänzenden, schwarzen, ganz und gar amerikanischen Cadillac steigt, einen Geländewagen. Seine Mandantin hat das erreicht, was sie wollte. Dem Star zu zeigen, daß er hier nur ein ganz normaler Ehemann ist.

Noch am Nachmittag versucht Barbara Becker ihren Mann zu erreichen. Auch sie hat die Dinge wohl unterschätzt. Die beiden treffen sich am Abend, weil sie nicht wollen, daß es so weitergeht, heißt es. Am nächsten Tag essen sie zusammen und beraten drei Stunden lang, wie sie sich außergerichtlich einigen können.

Im Büro von Barbara Beckers Anwalt.

DER KUSS DES KOSMONAUTEN
Eine Kanadierin verliert sich in einem russischen Raumschiff

Judith Lapierre ist wieder gelandet. Sie sitzt zwischen hellen Kissen auf einer hellen Couch in einem hellen Einfamilienhaus, das am Rande von Ottawa in einem Birkenwäldchen steht. Die Mittagssonne fließt durch große Fenster und verwäscht die Konturen noch mehr. Es ist ganz leise, nur einer der beiden buschigen, weißen Hasen, die in zwei großen Glasboxen am Rande des Wohnzimmers leben, raschelt im Sägemehl. Judith Lapierre hat die Hände im Schoß, ihr Mann ist irgendwo da draußen für seine Baufirma unterwegs. Es riecht leicht nach Aromablüten. Auf dem Glastisch liegen Zeitungsausschnitte, die langsam ihre Farbe verlieren. Wie alles andere auch in diesem sicheren, langweiligen Leben. Judith Lapierre versucht, ein paar Details aus dem dunklen Moskau zu retten.

«Die ganze Küche war mit Blut bespritzt», sagt sie. «Wir haben alle Messer an Bord versteckt, weil wir Angst hatten, daß sie uns umbringen. Die Stimmung war so. Die Russen waren ja auch immer betrunken. Ich wollte nicht geküßt werden.» Sie redet so eindringlich, als sei sie zu oft mißverstanden worden. Sie erzählt von Psychoterror und verletzten Menschenrechten, aber manchmal scheint sie eine ganz andere Geschichte erzählen zu wollen. Die Geschichte eines Traumes vielleicht, ein Märchen, irgend etwas, was viel besser in dieses helle Mädchenhaus paßt als die blutigen Fotos im Album ihres Weltraumabenteuers. Sie streicht sanft über ein rundes, blaues Emblem, das ein Raumschiff zeigt. Man sieht Sterne, den roten Mars und vier Fahnen. Eine japanische, eine kanadische, eine österreichische und eine russische. Quer über dem Aufkleber steht SOUL. «So haben wir unsere Mission genannt. ›S‹ steht für Solidarität, ›O‹ für Offenheit, ›U‹ für Universalität und ›L‹ für Licht», sagt Judith Lapierre. Sie hat das Emblem an Bord gestaltet, zusammen mit einer Beschreibung zum Aufbügeln in eine kleine Plastetüte gesteckt und wollte es später der Welt schenken.

Sie hatte sich so viel vorgenommen.

Judith Lapierre ist eine Sozialmedizinerin aus Ottawa, die von der kanadischen Raumfahrtagentur CSA im Herbst 1999 zu einer «Isolationsstudie» geschickt wurde. Sie hatte sich beworben. Das Experiment fand am Institut für Biomedizinische Probleme in Moskau statt und sollte Erkenntnisse für das Zusammenleben auf internationalen Raumstationen liefern. Neben der kanadischen und russischen Agentur war die japanische Raumfahrtbehörde NASDA beteiligt. Es gab eine russische Stamm-Crew, die insgesamt 240 Tage an Bord einer Kapsel leben sollte, die der Mir-Station nachempfunden war. Diese Stammbesatzung sollte nacheinander durch zwei internationale Crews ergänzt werden, die jeweils 110 Tage an Bord eines Mars-Flugkörpers blieben, der über eine Schleuse mit dem Mir-Modell verbunden war. Judith Lapierre war Mitglied der internationalen Crew, zu der noch der österreichische Arzt Norbert Kraft gehörte, der für die NASDA in Tokio arbeitete, der japanische Student Masataka Umeda und der russische Wissenschaftler Dimitri Sajenko.

Am 1. Dezember 1999 bestieg die Crew 3 das Mars-Modul. Draußen liegt Moskau in milchigem Dunst. Im Institut fallen die Kacheln von den Wänden. Direktor Belakowski erzählt von weiteren wichtigen Experimenten, aber er sieht aus, als würde er selbst nicht mehr daran glauben. Seit dem mißratenen Isolationsversuch im letzten Winter sind die Mars-Modelle leer. Es ist wieder Winter, die Straßen sind pampig, und die Gesichter der Menschen erzählen, daß sie andere Sorgen haben als Mars-Flüge. Vielleicht konnte man das hier drinnen in 110 Tagen vergessen, vielleicht aber auch nicht.

Durch einen schmalen Schleusengang kann man zu dem Mir-Modell krauchen, wo die russische Stammbesatzung lebte. Hier ist alles spartanischer. Es gibt zwei Doppelstockbetten und keine Möglichkeit, sich zurückzuziehen. Es ist dunkler, enger und muffiger hier als drüben im Mars-Modul. Die russischen Teilnehmer des Experimentes, die hier lebten, bekamen 10 000 Dollar für 240 Tage, die anderen Crew-Mitglieder 65 000 Dollar für 110 Tage.

Norbert Kraft und Judith Lapierre begannen sofort mit Reinigungsarbeiten. «Man muß sich den Bedingungen anpassen und nicht anders herum», sagt Kraft, «nur so kann man im All überleben.» Sie räumten den Aufenthaltsraum um, in dem die Russen bis dahin ferngesehen und Karten gespielt hatten. «Wir schufen eine kreativere Atmosphäre. Sie sollten mit uns reden müssen und nicht fernsehen. Das war der Sinn», sagt Kraft.

Aber die Russen redeten nicht mit ihnen. «Sie haben eine große Kultur des Schweigens dort», sagt Judith Lapierre. Die Russen kamen zum Duschen, sie trugen immer kurze Turnhosen, als seien sie auf dem Campingplatz. Die internationale Besatzung trug einheitliche Adidas-Anzüge, denn dies war eine wichtige Mission.

«Judith und Norbert haben nie verstanden, daß sie nur Subjekte sind», sagt Dimitri Sajenko, der Russe in der internationalen Crew, «wir waren hier als Probanden, nicht als Wissenschaftler. Es war ein Experiment. Aber Judith und Norbert wollten immer handeln, verändern, diskutieren. Es war eigentlich schon vor dem Einstieg klar, daß sie ungeeignet waren.»

Sie habe zu Dimitri irgendwann mal gesagt, «wir sind doch für die da draußen nur Versuchsratten», sagt Judith Lapierre. «Da hat er gesagt, wir sollten stolz sein, Versuchsratten sein zu dürfen.»

Auf den Bildern der ersten Tage, die in den Fotoalben des Instituts kleben, lachen scheinbar glückliche Astronauten in die Kamera. Für einen Gruß an eine Freundin ließ sich Judith Lapierre neben Dimitri Sajenko, Masataka Umeda, Norbert Kraft und Wassili Lukjanjuk fotografieren. Die Männer haben freie Oberkörper und halten ein Tuch vor den Lenden, so daß es wirkt, als seien sie nackt. Kommandeur Lukjanjuk scannte das Foto ein und verdoppelte Judith Lapierre an seinem Computer, so daß sie links und rechts der vier Männer steht. Ein Gag, über den alle lachten.

Leider war das Wasser oft nur kalt. Das Fernsehen wurde um elf Uhr abgeschaltet. Die Russen veränderten den Speiseplan nicht, obwohl sich das Kraft und Lapierre wünschten. «Es gab immer nur Mars und Bounty zum Nachtisch, vielleicht waren das Werbegeschenke der Amerikaner», sagt Kraft, «aber wir wollten kein Mars. Ich hatte keine Lust, fett zu werden. Die Russen sagten, angeblich müsse man bei diesen Experimenten zunehmen. Das war eine der Theorien der sogenannten russischen Wissenschaft.»

Judith Lapierre wollte, daß die Überwachungskameras im Trainingsraum abgebaut werden, sie fühlte sich dadurch belästigt. Die Russen reagierten gar nicht auf die Beschwerde, auch die ausländischen Raumfahrtagenturen verhielten sich ruhig. Judith Lapierre fühlte sich im Stich gelassen. «Eine russische Wissenschaftlerin riet ihr, sie soll doch froh sein, sich zu zeigen. So hübsch, wie sie aussieht», sagt Kraft.

Norbert Kraft glaubte manchmal, eine Tür in der Mir-Station schlagen zu hören. Er vermutete, daß die Russen die Station heimlich verließen, um eine Zigarette zu rauchen. Sie machten Sport, maßen ihre Körperfunktionen, füllten Fragebögen aus, aßen, schliefen. Tag und Nacht verschwammen. Der einzige Blick zur Außenwelt war ein Monitor, aber vor dem saß nur das Beobachtungspersonal. Es gab nicht die Erde zu sehen, sondern nur Russen in weißen Kitteln. «Denen konnte ich noch nicht mal erklären, wann ich meine Wäsche waschen wollte, weil die kein Englisch sprachen», sagt Kraft. Judith Lapierre glaubte immer öfter, glasige Augen bei den Besatzungsmitgliedern der russischen Stamm-Crew zu bemerken, die zum Duschen rüber ins Modul der internationalen Crew kriechen mußten, weil es in ihrer Kapsel keine Dusche gab. «Die bekamen Alkohol von außen eingeschmuggelt», sagt sie. «Zur Not saufen die Russen doch auch Spiritus», sagt Norbert Kraft. «Als ich den Reinigungsalkohol für meine Elektroden mit an Bord nahm, sagte mir der Berliner Wissenschaftler Bernd Johannes, der zur zweiten Crew gehört hatte, daß ich den gut verstecken soll.»

Lapierre und Kraft begannen sich zurückzuziehen. Umeda, der Japaner, spulte schweigend sein Testprogramm ab. Sajenko fühlte sich unwohl, weil er die Beschwerden seiner Crew-Mitglieder als Beschwerden gegen sich empfand. Es war sein Land da draußen. Kraft glaubte, daß die Russen seine psychologischen Fragebögen absichtlich falsch ausfüllten. In einer E-Mail an Bernd Johannes, den psychologischen Betreuer außerhalb der Station, schrieb er: «Natürlich beschwere ich mich nicht nach draußen. Ich habe die feinere Klinge. Nett nach außen, aber die entscheidenden Stellen bekommen ihre Information. Was das heißt? Zum Beispiel kein gemeinsames Großprojekt mit dem russischen Institut für Biomedizinische Probleme von japanischer Seite. Wie Du sehen kannst, ich habe in Japan gelernt, mit Freundlichkeit zu killen.» Der Brief stammt vom 9. Dezember, da waren sie gerade zwei Wochen an Bord.

«Du kannst sicher sein, daß ich in Gedanken bei Euch bin und sehr hoffe, daß die Geburtswehen so schnell wie möglich vergehen», schrieb Johannes zurück.

«Er zog mich in die Küche und küßte mich», sagt Judith Lapierre.

«Es war nur ein Neujahrskuß», sagt Lukjanjuk, «das ist ein russischer Brauch.»

«Es war ein Zungenkuß», sagt Judith Lapierre.

Die beiden kamen zurück und feierten mit den anderen weiter.

Am nächsten Morgen fotografierte Norbert Kraft die Blutspuren an der Küchentapete und informierte seine Agentur NASDA über den Zwischenfall. Vom Kuß des Kosmonauten wußte noch niemand. Am 2. Januar erzählte Judith Lapierre Kraft davon. Sie beschlossen, auch darüber die Agenturen zu informieren. Die Außenwelt aber meldete sich nicht auf ihre Beschwerden. Kraft fiel ein, wie Lukjanjuk Judith Lapierre in seinem Computer verdoppelt hatte. «Wenn er einmal anfängt, mit ihrem Körper zu manipulieren, ist eine gewisse Grenze überschritten», sagt er. Sie bemerkten jetzt auch das Pin-up-Girl in der Mir-Station. In ihren Schreiben an die Raumfahrtagenturen war von Sexual Harassment die Rede; sie erklärten, daß Menschenrechte verletzt würden. Niemand reagierte.

«Frauen sind Objekte in Rußland», sagt Kraft. Im Fernsehen sah er Berichte über den Krieg in Tschetschenien. «Jetzt wußte ich, daß die keine Skrupel hatten.» Alles floß zusammen. Das armselige Essen, das lächerliche Raumschiff, die Russen, die immer nur in kurzen Hosen durch die Gegend rannten, der Dreck, die russische Außenpolitik. Ihre Mission wurde immer größer.

«Sie waren wie Kinder», sagt Sajenko. «Die beiden hockten vor ihren Laptops, taten sehr geheimnisvoll und wichtig. Als würden sie die Welt retten wollen.» Kraft und Lapierre forderten jetzt, die beiden Russen aus dem Experiment auszuschließen. Karasktin, den Schläger, und Lukjanjuk, den Küsser.

«Als ich aus dem Urlaub zurückkam, war meine Mailbox voll von diesen absurden Schreiben aus der Station», sagt Johannes, der Psychologe. «Ich wußte nicht, ob die einen psychischen Schub bekommen hatten, ob das irgendwie ein böses Spiel war oder ob sie nur die Orientierung verloren hatten. Ich versuchte, sie zu beruhigen.»

«Johannes ist mehr Russe als Deutscher», sagt Kraft.

«Johannes begann, mir aggressive E-Mails zu schreiben», sagt Judith Lapierre. «Ich würde die Mission gefährden und so was. Auch meine Agentur versuchte immer nur zu beschwichtigen. Sie schrieben, daß Bill Clinton trotz seiner Affären ein großer Präsident gewesen sei.»

«Die NASDA schrieb, sie verstehe mich nicht», sagt Kraft. «Ich sei völlig aggressiv und instabil. Da habe ich zurückgeschrieben: Dann holt mich raus. Darauf sie: Das geht nicht.»

Die Agenturen schrieben, daß man auf einem Mars-Flug niemanden rauswerfen könne. Sie schlugen vor, vorübergehend die Luke zwischen den beiden Teilen des Raumschiffes zu schließen.

Das russische Institut bat Lukjanjuk, sich bei Judith Lapierre zu entschuldigen. Er schrieb ihr eine Mail, auf die sie nie antwortete.

Die Luke zwischen der russischen und der internationalen Crew wurde geschlossen. Die Russen hatten keine Möglichkeit mehr zu duschen. Ein Crew-Mitglied stellte die täglichen Sportübungen ein, um nicht mehr schwitzen zu müssen.

Am 26. Januar erschienen vor der Außenkamera Vertreter aller drei Agenturen. Sie hatten ein Dokument erarbeitet, das alle Beteiligten unterschreiben sollten. Judith Lapierre sagt, daß es die Vorgänge nicht richtig wiedergibt, auch Kraft sagt das. Aber die Agenturen bestanden auf dieser Fassung. Sie wollten die Sache beenden. Sajenko, Kraft und Lapierre unterschrieben schließlich. Aber Masataka Umeda, der schweigsame Japaner, weigerte sich. «Ich stimme nicht zu», schrieb er unter das Dokument und sagte, daß er das Experiment sofort beenden wolle. Die NASDA versuchte, ihn zu überreden, aber er blieb dabei. Niemand wußte, warum. In einem der psychologischen Fragebogen hat Umeda angegeben, daß er einmal im Urlaub nicht eingriff, als eine Frau verprügelt wurde. Er träume heute noch davon. Vielleicht war das eine Erklärung. Vielleicht war er der einzige, der nichts zu verlieren hatte. Er war ein Student, es war ein Job für ihn. Er war nicht so besessen wie die anderen. Er redete mit niemandem über seine Gründe. Es gibt ein Foto in Krafts Album, wo Umeda seine Sachen zusammenpackt. Er lacht glücklich. Er steigt am 1. Februar aus. Draußen betrank er sich zwei Tage lang und stand für die psychologischen Interviews kaum noch zur Verfügung.

Masataka Umeda hat danach jeden Kontakt zu den Crew-Mitgliedern abgebrochen. Er studiert jetzt in den USA.

Lapierre und Kraft rückten noch enger zusammen. Sie waren nun Raumfahrer, die in einer feindlichen Welt kreisten. Die letzten Überlebenden. Die Russen an Bord schwiegen, von ihren Agenturen fühlten sie sich im Stich gelassen. Sie lebten unter Aliens. Sie rechneten nicht mehr mit Verständnis.

«Die NASA hat auch Fälle von sexueller Belästigung gehabt», sagt Kraft. «Aber es traut sich keine Frau, darüber zu reden, weil sie dann nie wieder fliegen darf.»

Am 27. Februar kam eine Besuchergruppe an Bord. Der Berliner Wissenschaftler Johannes war dabei, ein Vertreter der Europäischen Raumfahrtagentur und der russische Kosmonaut Poljakow. Sie rechneten mit dem Schlimmsten, sagten sie. Aber alles war ruhig.

«Ihr seid ja ganz normal», rief der russische Langzeitkosmonaut Poljakow, als er das Modul betrat. «Er hat uns dann lustige Geschichten erzählt, wie man mit Frauen im All umgehen muß», sagt Kraft. «Man soll ihnen immer Komplimente machen. Poljakow ist ein Geschichtenerzähler, das ist kein Wissenschaftler. Sie haben dann die Luke wieder aufgemacht, und die Russen haben eine Party gegeben, zu der sie aber nur die Russen einluden und Johannes. Die konnten kaum noch laufen, als die wieder zu uns zurückkamen», sagt Kraft.

Sie schlugen sich nicht, sie küßten sich nicht. Es gab gar kein Verhältnis mehr. Sie richteten sich in ihren Vorurteilen ein.

«Worüber sollte ich mit Sajenko reden?» fragt Kraft, «der war doch harter Kommunist.» Die Russen waren nicht in der Lage zu arbeiten, die Westler verstanden die russische Seele nicht. Gespräche fanden überhaupt nicht mehr statt.

«Wir hatten viele Experimente zu erledigen. Es bestand keine Notwendigkeit zu reden», sagt Kommandeur Lukjanjuk. »Es bestand auch keine Notwendigkeit zu duschen. Wichtig ist, daß unsere Motivation stimmte.»

«Es war doch nur ein Kuß», sagt der Psychologe des Instituts Wadim Guschin.

Tatjana Abgawtsewa, die auch am Isolationsexperiment teilnahm, sagt: «Ich verstehe nicht, worum es geht. Es war ein Feiertag. Vielleicht lernen wir daraus, daß unsere Kosmonauten künftig keine ausländischen Frauen küssen dürfen. Nur noch russische.»

Niemand am Institut versteht so richtig, wo Lukjanjuks Fehler lag, aber sie ahnen, daß er versagt hat. Er ist nicht mehr tragbar. Seine Karriere ist zu Ende. Lukjanjuk starrt in sein Glas, er trinkt den Wodka langsam und mit ruhiger Hand. Es ist eine Ergebenheit in all seinen Bewegungen und in seinem Blick. Er redet viel von Motivation. Er verdient 60 Dollar im Monat. Er sitzt mit Karasktin in einem kleinen verrumpelten Zimmer im Institut. An der Wand hängt das Poster mit allen bisherigen Mir-Kosmonauten wie ein Vorwurf. Karasktin, der Schläger, ist auch auf der Abschußliste. Sie waren Helden des Instituts, jetzt sind sie das Verliererzimmer. Lukjanjuk hat drei Kinder. Er ist jetzt 42 Jahre alt und geschieden. Er wird hohe Motivation brauchen, um das alles durchzustehen.

«Wir erfuhren erst fünf Tage, bevor die Mitglieder der internationalen Crew einstiegen, wer da kommen würde. So konnten wir uns auf bestimmte Mentalitäten natürlich nicht vorbereiten. Es war zu kurz. Russen reden miteinander, dann ist das Problem weg. Was die taten, war nicht der russische Weg. Wir hätten das alles innen lösen können. Unsere Motivation war gut», sagt er, trinkt sein Glas aus, als habe er beschlossen, nun wieder zu schweigen.

Aber dann sagt er noch: «Ich mochte Judith gern. Ich glaube auch nicht, daß sie das Problem war.»

Die Welt war geteilt. Die Russen klammerten sich an ihre Motivation, Judith Lapierre klammerte sich an ihr Abenteuer.

Sie hielt durch bis zum Schluß. Nach 80 Tagen gab sie ihrer Mission den Namen SOUL und schrieb es auf den blauen Aufkleber. Sie hörte immer wieder die Chris-de-Burgh-CD, die sie mit an Bord gebracht hatte. Sie und Kraft bekamen Kopfläuse. Sie fotografierten die Läuse und klebten sie in ihre Alben. Als Beweis, wofür auch immer. Die schlimmste Krise hatte Judith Lapierre, als einer ihrer Hasen in Ottawa starb. Am 22. März war es vorbei. Es war niemand da, der draußen auf sie wartete, als sie nach 110Tagen die Station verließ.

«Nicht mal ihre Agentur bedankte sich bei ihr», sagt Norbert Kraft.

«Sie sagten, ich sei zu emotional und zu sensibel. Ich sei den Anforderungen nicht gewachsen», sagt Judith Lapierre. Nachrichtenagenturen verbreiteten ihre Anschuldigungen, sexuell belästigt worden zu sein. Sie erhielt Briefe, in denen Leute sie beschuldigten, an einem dritten Weltkrieg schuld zu sein, wenn sie sich nicht bei den Russen entschuldigte. Aber sie wußte nicht, wofür. Als sie nach Hause kam, erreichte sie die Absage der NASDA, bei der sie sich für ein Stipendium beworben hatte. «Ich glaube, es waren politische Gründe, aus denen sie mir absagten. Ich weiß noch nicht, wie es weitergeht. Aber ich werde mich immer für Raumfahrt interessieren.»

Anfang Dezember ist Judith Lapierre nach Florida gefahren, um den Start der amerikanischen Raumfähre zu sehen, weil da diesmal ein Kanadier mitflog. «Ich stand in 20 Kilometern Entfernung und konnte leider kaum etwas erkennen», sagt sie. Das Abenteuer war lange vorbei. Die helle, langweilige Welt verschluckte sie.

Ende November trafen sich die Japaner, Russen und Kanadier zu einer dreitägigen Konferenz im Moskauer Institut, um die Studie auszuwerten. Niemand redete mehr über den Zwischenfall. Kraft, der wieder in seinem Institut im Norden von Tokio arbeitet, wäre gern gekommen, um mitzureden.

«Aber sie ließen mich nicht fahren. Sie sagten, das Budget sei zu klein. Sie wollen niemanden, der aufsteht und widerspricht.» Er glaubt, daß er keine Zukunft bei der NASDA hat. Sein Vertrag als Gastforscher läuft in anderthalb Jahren aus. Dann ist er 40 und muß zurück nach Österreich. Sein Land beteiligt sich aber nicht an der internationalen Weltraumstation. An seinem Revers steckt ein kleines goldenes Space-Shuttle, das ihm eine Astronautin nach seinem 110tägigen Isolationsexperiment geschenkt hat. Kraft hat sich seine eigene Welt bewahrt. Auch wenn es auf den ersten Blick nicht so scheint, es waren die vielleicht schönsten Tage seines Lebens. Er reist auf eigene Kosten an exotische Plätze, um auf Konferenzen vom Leben an Bord zu erzählen. «In Rio bringe ich das zur Sprache», sagt er. Er hat aus den Fotos von damals eine eigene Geschichte gebaut. Er hat Kommentare dazugeschrieben, manchmal hat er ein «Falsch» darüber gemalt, und auf dem Bild, das ihn einst mit freiem Oberkörper neben Lukjanjuk, Umeda und Sajenko zeigt, trägt er jetzt ein T-Shirt. Er hat es auf seinen nackten Bauch gemalt, als wolle er die unwürdige Szene ungeschehen machen.

«Lukjanjuk hat sich falsche Hoffnungen gemacht», sagt Kraft. «Judith wollte nichts von ihm. Aber beim Essen wollte er immer neben ihr sitzen. Ich mußte sehr schnell sein, um ihm den Platz wegzuschnappen. Es war wie beim Stuhltanz. Judith hat sich nichts aus dem Russen gemacht. Gar nichts. Ich hätte sie vor ihm warnen sollen. Aber womöglich hätte sie gedacht, ich sei nur eifersüchtig. Das ist wie mit den Mädchen im Zugabteil, die man vor den hübschen Italienern warnt, die Koffer klauen wollen.» Auf einigen Silvesterfotos sieht man, wie sich Lukjanjuk und Kraft um die Nähe zur einzigen Frau an Bord bemühen. Womöglich ging es gar nicht um die großen ideologischen Unterschiede. Vielleicht war ja alles viel einfacher, als man denkt. Kraft packt sein dickes Fotoalbum liebevoll weg.

Es zeigt eine Zeit, in der noch alles möglich schien.

«Wir sind ja beide verheiratet», sagt Kraft. «Aber wir haben uns schon sehr gut verstanden. Judith und ich wären für einen langen Flug ein Glücksfall. Für einen Flug zum Mars zum Beispiel.»

Er lächelt, als stelle er sich vor, wie sie gemeinsam dieser Welt entfliehen.

DER LANGE ABSCHIED
Eine Polizistenwitwe lebt weiter

Sie hat eigentlich immer nur gewartet. In der Nacht blies ein schwerer Nordwestwind durch Rahway. Er war kalt, naß und dunkel; es war November, niemand war auf der Straße, und die Lichter in den Nachbarhäusern waren nach und nach erloschen. Sie hat am Eßtisch gesessen, wo sie immer wartete. Die Kinder schliefen. Manchmal wurde es später, weil er noch Papierkram auf der Wache zu erledigen hatte. Es war bereits Mitternacht, aber sie machte sich keine Sorgen. Rahway ist nicht New York, sagte ihr Mann immer.

Rahway war ein kleiner Ort in New Jersey, in dem vor allem Familien wohnten, die ihr Licht früh löschten, weil sie kleine Kinder hatten. Vor fünf Jahren waren sie in das Haus gezogen. Es war nicht billig, aber auch nicht teuer, und in der Einfahrt stand ein blau-weißer Plymouth, ein Kombi, wegen der Kinder. Sie hatten fünf, und sie war im dritten Monat schwanger. Charles sagte, wer fünf Kinder satt bekommt, bekommt auch sechs satt. So sah er das.

Es war kurz nach Mitternacht, seine Schicht ging bis halb elf, aber manchmal wurde es später. Sie machte sich keine Sorgen. Sie war 26 Jahre alt. Sie war nicht unzufrieden. Vielleicht gab es eine Sehnsucht nach einem geregelteren Leben, denn er hatte sich die Bewerbungsunterlagen für eine polizeipsychologische Ausbildung in New York besorgt. Er könnte mehr im Hintergrund arbeiten, früher zu Hause sein und ein wenig mehr Geld verdienen, was sie gut gebrauchen könnten. Die anderen Frauen in der Nachbarschaft gingen arbeiten. Das sei deren Sache, sagte er, seine Frau müsse nicht arbeiten.

Er war ein Sohn litauischer Einwanderer und hatte viele Ratschläge fürs Leben. Sie konnte nicht schlafen, solange er nicht da war. Sie saß am Eßtisch, der neben der Spüle stand. Sie machte sich keine Sorgen. Rahway war nicht New York.

Als es um halb eins klingelte, stand nicht ihr Mann vor der Tür, sondern Father Hermanns, der Pfarrer. Ihr Mann war nicht vom Schreibkram aufgehalten worden. Er war tot.

Sie stellte keine Fragen. Keine einzige.

Der 30jährige Polizist Charles Bernoskie starb am 28. November 1958 nach einem Schußwechsel in der Autohandlung «Millers Pontiac». Officer Bernoskie war auf Streifendienst im Gewerbegebiet von Rahway gewesen. Niemand hatte etwas gehört, einer hatte bloß zwei Männer wegrennen sehen. Es blies schwer aus Nordwest. Alles, was sie später fanden, war ein einzelner Fingerabdruck auf einer alten Kanne mit Frostschutzmittel. Am nächsten Tag erschien der Newark Star-Ledger mit einer Titelzeile über der gesamten Zeitungsseite: «Cop bei Schießerei getötet.»

Elizabeth Bernoskie fuhr zu ihren Eltern nach Newark und wartete, bis die Journalisten verschwanden. Dann beerdigte sie ihren Mann; es war die schönste Beerdigung, die Rahway je gesehen hat, sagten viele. Polizisten aus dem ganzen Land reisten an, um ihrem Kollegen die letzte Ehre zu erweisen. Sie versprachen der Witwe, den Fall aufzuklären. Sie glaubte ihnen.

Sie wartete. Im nächsten Sommer gebar sie einen Sohn, den sie Robert nannte. So hieß auch der Mörder ihres Mannes, aber das wußte sie natürlich nicht. Elizabeth Bernoskie erkundigte sich immer mal wieder im Hauptquartier von Rahway, wie der Stand der Ermittlungen sei. Der Fall ist offen, sagte man ihr, die Ermittlungen laufen. Es gab keine Spur, keinen Verdächtigen. Alle behandelten sie mit Respekt, aber zum Schluß gab es kaum mehr einen auf der Wache, der ihren Mann noch gekannt hatte. Zuletzt fragte sie nicht mehr.

Sie wartete, und 1999, nach 41 Jahren, rief die Polizei an, um zu sagen, daß sie die Mörder haben. Sie weinte nicht, sie lachte nicht, sie fragte: «Habt ihr gute Beweise?»

Es sah so aus.

Ein Mann namens Robert Zarinsky hatte seine Schwester Judith beschuldigt, das Erbe ihrer Mutter veruntreut zu haben. Bei einer Routinevernehmung beschuldigte die Frau ihren Bruder, den Mord an Officer Bernoskie begangen zu haben. Damals seien er und sein Cousin Theodore Schiffer nachts blutend nach Hause gekommen. Ihre Mutter habe beiden eine Kugel aus dem Leib geschnitten und alle gezwungen, ein Schweigegelübde abzugeben. Niemand habe sich getraut, es zu brechen, selbst dann nicht, als ihr Bruder 1975 wegen Mordes an einem Mädchen zu 98 Jahren Gefängnis verurteilt wurde. Ihr Bruder sei ein Sadist, der schon als Kind Tiere gequält und sie geschlagen habe. Er sei eine Art Pate im Gefängnis, so daß man sich auch draußen nicht sicher fühlen könne. Bei einem Lokaltermin in der Küche des Hauses, in der in der Mordnacht die Operation stattgefunden hatte, brach die Frau weinend zusammen, doch sie blieb bei ihrer Aussage.

Zarinsky stritt alles ab.

Theodore Schiffer gestand. Es war, als habe er auf die Polizisten gewartet. All die Jahre lang. Der frühere Teppichleger lebte in Peckville, Pennsylvania. Ein ruhiger Mann mit einer großen Brille, von dem der Fingerabdruck auf der Kanne stammte. Er war nie registriert worden, nie beim Militär gewesen, nicht vorbestraft. Er wartete. Er hat jeden Tag daran gedacht, sagt er. Über 40 Jahre lang. Er hat sich nie wegbewegt. Als sie ihn abführten, fragte er: «Es war die Kanne mit dem Frostschutzmittel, nicht?»

Anfang des Jahres erzählte er in einem ersten Verfahren seine Geschichte. Er habe seinen Cousin zu Thanksgiving besucht, sie waren nachts durch die Stadt gefahren, sie waren jung und angetrunken, sie waren auf die Idee gekommen, ein paar Teile aus der Werkstatt zu klauen. Bernoskie habe sie überrascht, sagt er. Sein Cousin habe geschossen. Er selbst sei gerannt, eine Kugel traf ihn in die Brust. Er kann die Narbe zeigen. Dann seien sie untergetaucht, bis sich die Dinge abgekühlt hatten. Zarinsky kehrte zurück. Schiffer hat die Stadt nie wieder besucht. Er dachte immer an die Kanne mit dem Frostschutzmittel.

Sie verurteilten ihn zu 15 Jahren, aber weil er gegen seinen Cousin Robert Zarinsky aussagt, könnte er nach drei Jahren entlassen werden. Der Prozeß soll im Sommer beginnen. Zarinsky hat nichts zu verlieren. Elizabeth Bernoskies Anwalt beschreibt ihn als «das Böse». Er soll fünf Frauen ermordet haben. Elizabeth Bernoskie hat keine Angst vor Zarinsky. Sie hat ihn bei einer Anhörung gesehen. Sie hat auch keine Wut. Sie rechnet nicht mit Geld. Sie braucht nichts, sagt sie. Sie will, daß er verurteilt wird. Verbrechen lohnt sich nicht, sagte ihr Mann immer. Das soll jetzt wahr werden. Mehr nicht.

Das lange Warten hat sie müde gemacht, es hat sich in ihr Gesicht gegraben. Sie hat ein Wartegesicht. Sie sitzt am Wohnzimmertisch, es ist derselbe, an dem sie damals saß, und starrt auf die Tischdecke. Zwei Enkel sitzen auf dem Sofa und sehen Gerichtsfernsehen. Draußen steht wieder ein Plymouth im Regen, aber der ist neu. Es ist ein Kombi. Wegen der Enkel. Die Nachbarn haben gewechselt. Es sind wieder junge Leute mit Kindern. Die Frauen arbeiten alle, denn die Gegend ist teurer geworden, wenn auch nicht richtig teuer. Nachdem ihr sechstes Kind geboren wurde, hat sie einen Beruf gelernt. Sie ist für anderthalb Jahre auf eine Schwesternschule gegangen und war danach mehr als 30 Jahre Krankenschwester. Bis zur Rente. Sie ist 68 Jahre alt. Sie staubt das Bild ihres Mannes, das neben den anderen Bildern im Bücherregal steht, regelmäßig ab. Es hat keinen anderen Mann gegeben, sagt sie. Sie hat sein Bild abgestaubt und seine Kinder großgezogen, sie rattert die Namen ihrer Enkel runter. Sie hat ein Leben gelebt, das den Ratschlägen ihres Mannes folgte. Er wäre stolz auf sie gewesen, vermutlich hätte er sogar eingesehen, daß sie arbeitete. Es ging ja nicht anders. Sie wollte nie die Details wissen. Sie wußte nichts von dem Fingerabdruck. Sie wußte nicht, ob ihr Mann noch etwas sagen konnte, bevor er starb. Sie saß da mit den Bewerbungsunterlagen für den polizeipsychologischen Dienst. Sie hat sie lange aufgehoben. Jetzt weiß sie nicht mehr, wo sie liegen. Sie hat keine Lust zu suchen. Sie hatte Angst, daß der Fall die Gefühle wieder aufwirbelt. Aber da waren keine Gefühle mehr. Jedenfalls keine, mit denen die Leute rechnen.

Nach dem Urteil gegen Theodore Schiffer weinte der frühere Officer DeStefano aus dem Department Rahway. Er leitete den Fall, und der Mord an Charles Bernoskie war einer von zwei Polizistenmorden, die im Bezirk Union County ungeklärt zu bleiben schienen. Elizabeth Bernoskie tröstete ihn. Wenn sie von DeStefano redet, klingt es, als habe er es schwerer als sie. Er weint um einen Kollegen, er weint um sich.

Es war ein langer Abschied. In letzter Zeit fragt sie sich, warum ihr Mann unbedingt in diesen Laden rennen mußte.

Vielleicht war er so ehrgeizig. Sie weiß nicht mal mehr, warum er Polizist werden wollte. Sie wollte nie eine Polizistenfrau sein. Er hat sie mit den Kindern allein gelassen. Sie hat noch das Hochzeitsbild und ein paar seiner Ratschläge. Verbrechen lohnt sich nicht. Sie hätte nicht wissen müssen, daß ihr Sohn den Vornamen des Mörders trägt. Sie hätte die Details nicht gebraucht. Sie sitzt am Tisch. Der Tisch, an dem sie immer sitzt. Der Fernseher summt, draußen rauscht der Regen. Sie wartet, daß sie die Enkel wegbringen kann. Daß der Regen aufhört. Daß es Sommer wird. Und dann Herbst.

DER KURZE ABSCHIED
Ein Feuerwehrmann verschwindet

Vor ein paar Tagen hat sich New York wieder von einem Helden verabschiedet. David Fontana war einer der zwölf Feuerwehrmänner der Feuerwache Squad 1, die am 11. September im World Trade Center ums Leben kamen. Die Straßen um die St.-Francis-Xavier-Kirche im Brooklyner Viertel Park Slope werden am Morgen abgesperrt, um Platz zu schaffen für die Feuerwehrkapelle, die Feuerwehrautos und die Tausenden Trauergäste. Der Prediger ist aus Staten Island angereist. Er ist zum ersten Mal in der Kirche, er kennt die Witwe von früher. Er erinnert an das Leben des 37jährigen Mannes, der zum Helden geworden ist. Viele Formulierungen übernimmt er komplett aus einem Artikel der Daily News, der auf der Trauer-Website der Witwe nachzulesen ist.

Der Sarg rollt auf einer glänzenden roten Oldtimerfeuerwehr heran. Es ist wieder was Großes.

Dave Fontana war der Held der Public School von Park Slope. Er hatte Bildhauerei studiert, bevor er zur Feuerwehr ging. Er war mit einer Kindergärtnerin aus dem Viertel verheiratet. Sie haben einen fünfjährigen Sohn mit dem Namen Aidan. Das ist gälisch und heißt «kleines Feuer». Der 11. September war der achte Hochzeitstag der Fontanas. Dave hatte gerade die Nachtschicht hinter sich. Sie waren um neun Uhr am «Connecticut Muffin»-Café in der 7th Avenue verabredet und wollten nach Manhattan ins Whitney Museum fahren, um sich eine Skulpturenausstellung anzusehen. Nach dem Duschen hatte Dave angerufen, um zu sagen, daß er in zehn Minuten im Café sei. Marian Fontana wartete, aber irgendwann sah sie die schwarze Wolke über Manhattan wachsen. Sie ahnte, daß er dorthin unterwegs war. Er konnte nicht anders, sagt sie.

«Als sie wenig später im Fernsehen den Turm zusammen brechen sah, brach auch sie zusammen», ruft der Prediger aus Staten Island. Die Menschen weinen. Es ist mittags, es riecht nach Alkohol und Weihrauch in der Kirche. Der Sarg ist leer. Sie fanden Dave Fontana bisher nicht in den Trümmern.

Die Männer der Feuerwehrkapelle rauchen draußen auf der Straße, bis sie wieder dran sind. Seit Wochen sind sie ausgebucht.

Fast täglich werden mehrere Feuerwehrleute bestattet. Die meisten Hinterbliebenen wollen große öffentliche Zeremonien mit Dudelsackmusik.

«Sie glauben, es ihren Angehörigen schuldig zu sein», sagt Reverend Gregory Stankus, Gemeindepfarrer von St. Francis. «Es erinnert mich an militärische Beerdigungen. Die Menschen feiern in diesen Gottesdiensten eher den Beruf des Feuerwehrmannes als den einzelnen Menschen. Die meisten kannten ihn ja gar nicht. Ich kannte Dave Fontana auch nicht. Er war nicht oft bei uns.»

Die große katholische Kirche in St. Francis war in den letzten Jahren nicht mal zu Ostern oder zu Weihnachten voll. Als sie gebaut wurde, wohnten in Park Slope vor allem irische Katholiken, sie sind weg. Die meisten von ihnen könnten die Mieten sowieso nicht mehr bezahlen. In den Tagen nach der Katastrophe hat Reverend Stankus Andachten gehalten, zu denen auch Nichtchristen kamen. Die Leute wollten einfach zusammensein. Auch die ersten Messen nach dem 11. September waren gut besucht. Inzwischen sind sie wieder auf dem alten Stand, sagt Stankus. Er bedauert es nicht. Es war gut, daß sie gebraucht wurden. Nur manchmal fragt er sich, ob nicht alles zu schnell geht.

«Ich habe das Gefühl, die New Yorker wollen es hinter sich haben. Sie beweinen leere Särge, sie wollen weitermachen. So ist die Stadt, ich weiß, ich bin ja hier geboren. Aber Trauern ist ein langer Prozeß, den kann man nicht einfach abschließen. Was passiert denn, wenn sie in drei Wochen den Körper von Dave Fontana finden? Geht dann alles von vorn los?»

Das könnte sein.

Draußen beginnt die Kapelle zu spielen, in den Seitenstraßen stehen Feuerwehren. Eine kommt sogar aus Boston. Es ist schwer, mit so einer Katastrophe mitzuhalten, mit all den Heldentoden. Eigentlich geht es gar nicht. In die Sitzungen der New Yorker Psychologen kommen jetzt auch die Hinterbliebenen von Menschen, die in diesen Tagen eines natürlichen Todes sterben. Sie haben das Gefühl, daß ihre Toten nicht genügend beweint werden.

Am nächsten Tag um dieselbe Zeit steht Norma Dimert-Cataldos Sarg in der St.-Francis-Kirche. Es sind 24 Trauergäste da, um sich von der Toten zu verabschieden. Norma Dimert-Cataldo wurde 87 Jahre alt. Sie ist in dem Viertel in Brooklyn geboren worden, in dem auch Fontana lebte. Sie wurde 50 Jahre älter als er und hat Park Slope nie verlassen. Sie war hier Sportlehrerin. Ihr Mann starb 1978, sie hatte keine Kinder. Ihre geistig behinderte Schwester sitzt mit schwingendem Kopf in der vordersten Kirchenbank. Ein normales Leben, am Ende war sie eingeschlafen.

«Norma, du kannst dich jetzt ausruhen, du hast deine Arbeit getan», sagt Reverend Stankus in seiner kurzen Andacht. Die Totengräber tippeln schon langsam nach vorn zum Sarg. Norma Dimert-Cataldo starb inmitten der Katastrophe, sie verschwand vor diesem Hintergrund.

«Sie hat mir 1951 das Schwimmen beigebracht. Ansonsten wäre ich im Sommer darauf in Connecticut ertrunken. Sie hat mir das Leben gerettet», sagt eine ihrer Schülerinnen zum Schluß. Es klingt so, als könnten in New York im Moment nur Helden ihre letzte Ruhe finden.

EISZEIT
Eine Eiskunstläuferin gerät zwischen die Welten

Am Tag, als Helmut Kohl vor Gericht siegt, tritt Katarina Witt in Philadelphia auf. Es kommen 17 000 Zuschauer. Am nächsten Morgen denkt sie in der Lobby des Ritz Philadelphia zwischen Palmen, Tischchen und Teegeschirr einen Moment darüber nach, ob es wohl gut für sie ist, daß Kohl seinen Prozeß gegen die Birthler-Behörde gewonnen hat. Oder schlecht.

«Vermutlich gut», sagt sie müde.

Sie drückt den Rücken durch und schaut in die Halle, den Kopf leicht in den Nacken gelegt, die Lippen geformt, als wolle sie jemanden küssen, während sie lächelt. So schaut sie oft. Es wirkt, als beträte sie den Raum noch mal. Man kann beobachten, wie die Menschen auf sie aufmerksam werden. Sie tuscheln, manche sammeln Mut, um sie anzusprechen. Sie registriert das. Das Bundesverwaltungsgericht ist weit weg. Helmut Kohl verschwindet aus Philadelphia, es gibt näherliegende Probleme. Zum Beispiel kommt der Cappuccino, den sie bestellt hat, einfach nicht. Das Mobiliar sieht aus, als würde es nach Mottenkugeln riechen. Und wo bleibt eigentlich Uwe, ihr guter alter Freund aus Berlin, der immer Kinderschokolade mit nach Amerika bringt?

Sie ist müde, blaß und ungeschminkt. Es ist die 35. Station auf der 61-Städte-Tournee von «Stars on Ice», quer durch Amerika. Es nimmt kein Ende. Sie hat gerade die Olympischen Spiele hinter sich, sie hat dort für die ARD kommentiert, sie hat Wayne Gretzky, Katja Seizinger und Marc Anthony getroffen, sie ist mit der Rockband «Kiss» bei der Abschlußfeier aufgetreten. Jetzt ist wieder amerikanischer Alltag, morgen fahren sie nach Pittsburgh. Es gibt nun noch eine Olympiasiegerin mehr, die ihr folgt. Die ist 16, Katarina Witt ist 36. Ihr Rücken schmerzt. Im Moment kann sie sich vorstellen, nach der Tournee aufzuhören. Draußen ist Märzanfang, noch nicht warm, nicht mehr kalt. Sie hat sich von ihrem Freund getrennt und noch keinen neuen.

Also Helmut Kohl und das Bundesverwaltungsgericht.

«Ich denke, daß man meine Situation schon mit Kohl vergleichen kann», sagt sie. «Es gibt da bei mir so einen Begünstigten-Paragraphen. Sie wollen einen Teil meiner Akte veröffentlichen, aber ich will das nicht. Ich will, daß das endlich aufhört. Es ist so demütigend. Manchmal denke ich, sie nehmen mir mein Leben weg. Es ist wie bei ‹Big Brother›.»

Sie winkt Kristi Yamaguchi zu, die mit einem russischen Paarläufer in die Stadt will, um einzukaufen. Kristi Yamaguchi war die erste Eiskunstlauf-Olympiasiegerin nach ihr. 1992, das ist zehn Jahre her. Kristi hört nach der Saison auf, sie will eine Familie gründen. Sie winkt zurück.

«Ohhhhh», macht Katarina Witt. Sie sagt, sie würde gern mitgehen, aber sie hat keinen Platz mehr in den Koffern, schon zu viel eingekauft. Dann lacht sie ihr lautes, irgendwie immer noch sächsisches Lachen. Als Kristi Yamaguchi weg ist, sagt Katarina Witt scheinbar zusammenhanglos, daß Neil Diamond in Providence sein Konzert eine halbe Stunde später angefangen hat, nur weil sie noch im Stau steckte.

«Ein toller Typ, der Neil Diamond», sagt sie.

Wo waren wir stehengeblieben?

Bundesverwaltungsgericht. War sie Begünstigte der Staatssicherheit?

Sie erzählt etwas von einem Lada, den sie unbedingt haben wollte. Er sollte dunkelblau sein, und weil dunkelblaue Ladas knapp waren, hat sie wohl einen aus dem Kontingent der Staatssicherheit bekommen, glaubt sie.

«Den habe ich dann auch gleich an eine Mauer gesetzt», sagt sie und lacht wieder das laute Lachen.

Die Firma DaimlerChrysler stellt ihr heute in jedem Ort der Welt ein Fahrzeug zur Verfügung. In Berlin fährt sie den Kombi; wenn sie in Amerika ist, nimmt sie lieber den Geländewagen. Der blaue Lada ist eine Anekdote. Es ist das, was ihr so einfällt. Wie die Sache, als sie auf der Autobahn von der Volkspolizei gestoppt wurde. Sie war so schnell gefahren, daß man ihr die Fahrerlaubnis wegnehmen mußte. Aber weil sie Katarina Witt ist, hat sie den Führerschein gleich wiederbekommen. Heute dürfen alle schnell fahren.

Ein älterer Herr kommt an den Tisch. Sie schreibt ein Autogramm, er sagt, daß ihre Olympiakür in Lillehammer «Poesie auf dem Eis» gewesen sei.

«Danke», sagt Katarina Witt und lächelt ihn ein bißchen länger an, als andere Eisläuferinnen das tun würden. Der Mann bewegt sich wie auf Kufen durch die Halle.

«Einer der Stasi-Leute, mit denen ich zu tun hatte, ein älterer, der hat mir mal Grandeln mitgebracht, das sind so Eckzähne von Hirschen. Die waren doch immer jagen. Und da hat mir der alte General diese Dinger vergolden lassen und zu Füßen gelegt. Die dachten, mir gefällt das. Ich meine, ich habe sie genommen. Das waren für mich alte Männer, alle brainwashed. Ich habe ihnen nicht mal was vorzuwerfen. Die haben ihren Job gemacht. Die sollten mich abschöpfen. Das haben sie getan. Sie hatten doch Angst, daß ich abhaue. Ich wollte nicht abhauen. Sie haben von mir sicher mehr profitiert als ich von ihnen.»

Irgendwann kommt der Cappuccino und dann auch Uwe mit der Kinderschokolade. Sie schreibt weiter Autogramme und läßt sich mit wildfremden Leuten fotografieren.

«Hier in Amerika verstehen die nicht, worum es überhaupt geht. Für die bin ich ein Freiheitssymbol. Die Amerikaner sehen mich als lebenden Beweis dafür, daß die Mauer fiel.»

Aber auch die längste amerikanische Eislauftournee ist im Frühling zu Ende. In Deutschland warten die Akten.

War sie Begünstigte der Staatssicherheit? Und wenn ja, was heißt das?

Heinz Düx ist ein Frankfurter Anwalt, der sie seit neun Jahren vertritt. Er ist ein Jugendfreund des Liedermachers und heutigen PDS-Vizes Diether Dehm, den Katarina Witt Ende der achtziger Jahre kennenlernte, als sie eintauchte in die kapitalistisch-sozialistische Welt der Halbprominenz. Düx war im SDS und hat als Referendar zusammen mit Otto Schily in den Stammheimprozessen verteidigt. Er sitzt in einem aufgeräumten Büro an einem kleinen Park in Frankfurt am Main. Er hat die Verträge für den Schlagersänger Klaus Lage gemacht und auch Moses Pelham vertreten, nachdem er Stefan Raab niedergeschlagen hatte.

Aber das hier ist was anderes.

«Ich versteh vieles nicht. 1993 hat ein Reporter der *BZ* einen Antrag auf die Akten von Katarina Witt gestellt. Das ist neun Jahre her. Inzwischen ist er bei der *Welt*. Vor zwei Jahren fanden die Archivare 1 354 Blatt. Wieso es 1 354 sind, weiß ich nicht. Katarina hat ja schon mal 1992 Akteneinsicht bekommen, nachdem die *Chemnitzer Morgenpost* behauptet hatte, sie sei IM. Damals waren es noch 4 500 Blatt. Mich würde interessieren, wo der Rest ist. Na ja. Jedenfalls habe ich mich im Sommer 2001 mit Vertretern der Birthler-Behörde getroffen. Wir hatten ein ganz sachliches, offenes Gespräch. Wir sind davon ausgegangen, daß es Opferakten sind, und die Behörde hat versprochen, daß sie die nicht rausgibt. Im Dezember, kurz vor Weihnachten haben sie uns dann mitgeteilt, daß sie sich an das Versprechen nicht mehr gebunden fühlen. Sie hätten 181 Seiten gefunden, auf denen Katarina eher Begünstigte sei. Die würden sie nach der vierten Kalenderwoche 2002 herausgeben. Das war zufällig genau der Beginn der Olympischen Winterspiele. Ein guter Zeitpunkt für die Presse, zumal bekannt war, daß Katarina für die ARD kommentieren würde. Ich hab eine einstweilige Verfügung erwirkt. Es soll ein Verfahren geben, irgendwann im Sommer. Ein Verfahren würde meiner Mandantin schaden, weil sie öffentlich über ihr Privatleben reden müßte. Und es muß öffentlich sein, weil es sonst natürlich nach Gemauschel aussehen würde.»

Düx zupft ein Blatt gerade, auf dem die Seiten aufgelistet sind, die Katarina Witt als Begünstigte der Staatssicherheit zeigen.

«Sie haben alles aufgeschrieben. Den Eisbecher, den sie ihr bezahlt haben, das Reisevisum, das sie ihr besorgt haben, den roten Golf. Sie hat als Spitzensportlerin natürlich Sachen bekommen, die andere nicht bekamen. Das ist doch klar. Die wollten sie doch im Land halten. Laut Stasi-Unterlagengesetz Paragraph 6, Absatz 6, Punkt 1 sind Begünstigte: ‹Personen, die vom Staatssicherheitsdienst wesentlich gefördert worden sind, insbesondere durch Verschaffung beruflicher oder sonstiger wirtschaftlicher Vorteile›», sagt er. «Aber trifft das zu auf Katarina Witt? Hat die Stasi die Frau nicht vielmehr ausgenutzt? Kann man das gegeneinander aufrechnen? Es gibt ja keine Literatur zu diesem Gesetz. Keine vernünftige Kommentierung. Es sind so graue Zonen. Frau Birthler hat zum Beispiel zu mir gesagt: ›Seien Sie doch froh, daß es nur 181 Seiten sind, wir könnten da noch ganz andere Sachen zeigen.‹ Das ist doch wohl ein Witz, solche verschwiemelten Drohungen. Aber ich muß das ernst nehmen. Ich habe Katarina gefragt: ›Sag mal, gibt's da noch was?‹ Und sie sagt: ›Nicht, daß ich wüßte!‹ Und dann sind da ganze Seiten geschwärzt, und hintendran steht dann ein Satz, der ihr vorgeworfen wird. Da muß ich doch den Kontext kennen. Wie soll ich sie denn sonst verteidigen?»

Es ist zu bezweifeln, daß Düx den Kontext überhaupt versteht. Es ist eine eigenartige untergegangene Welt, die aus den Akten in seinem Büro wächst. Sie ist verschroben, absurd und an diesem

Frühjahrs-abend 2002 an seinem westdeutschen Schreibtisch nur noch schwer zu entziffern.

Die Staatssicherheit näherte sich Katarina Witt zunächst wie ein Unterstufenlehrer. In ihren ersten Akten notieren sie ihren Zensurendurchschnitt und das Gesamtverhalten auf der Kinder- und Jugendsportschule Karl-Marx-Stadt. Da ist sie neun Jahre alt, und in ihrer Akte heißt es: «Ihr politisch-ideologischer Reifegrad ist entsprechend altersspezifischen Bedingungen gut ausgeprägt.»

Als sie elf ist, schreibt Oberleutnant Kellermann: «Sie hat in unserer Republik eine gesicherte sportliche und berufliche Perspektive.»

1981 vermerkt Oberstleutnant Kunze: «Sie wurde politisch positiv erzogen und tritt auch selbst in dieser Hinsicht auf. Die sportliche Entwicklung ist bei der Witt voll gegeben.»

1982 formuliert Oberstleutnant Dangriess vorsichtig: «Im Zuge der weiteren Persönlichkeitsentwicklung ist unter Berücksichtigung der sportlichen Erfolge ein erhöhtes Selbstbewußtsein zu verzeichnen.»

Sie gewinnt, zum ersten Mal. Sie wächst. Ab 1982 notieren die Stasi-Leute Spannungen zwischen Trainerin Jutta Müller und Katarina Witt. Ein IM-Bericht über ihre Auseinandersetzungen stammt vom 15. Oktober 1982. «Es wird zunehmend öffentlich, in Bratislava schnauzte die Müller sie zusammen, weil sie einen Likör zu sich nahm, den der Veranstalter allen anbot.» Oberstleutnant Dangriess berichtet im Mai 1983 über «körperliche Züchtigungen» der Trainerin. «So schickte die Müller die Witt während der Schaulauftournee in Oslo wegen angeblich schlechter sportlicher Leistungen ohne Abendbrot ins Bett.»

1984 berichtet ein IM, daß die Witt nicht Trainerin wie Jutta Müller werden wolle, aber gern in der Öffentlichkeit bleiben würde. Sie wolle aufhören, wenn sie bei Olympia nicht gewinne, und scheine damit zufrieden zu sein. Jutta Müller führe das auf zu viele Discobesuche zurück.

Bei der Europameisterschaft in Dortmund üben der westdeutsche Sieger Norbert Schramm und die ostdeutsche Siegerin Katarina Witt einen Walzer für den Abschlußabend. «Die W. weilte insgesamt ca. 2 Minuten mit dem Schramm allein im Zimmer», schreibt ein IM. Der Tanz, den die beiden später auf dem Abschlußball tanzen, füllt fast eine ganze Akte.

Ein Offizier vermeldet, daß inzwischen ein «sehr starkes Selbstbewußtsein zu verzeichnen ist». Im Juni 1984 «zeigt sie bei Fragen von Journalisten nicht immer die erforderliche politische Reife», zudem mache sich «finanzielle Interessiertheit bei ihr verstärkt bemerkbar». Es gibt Angebote westlicher Kosmetikkonzerne. Die Staatssicherheit in Karl-Marx-Stadt sieht die Witt schon in einer «Dallas»-Fabelwelt. Mal ist von Zwei-Millionen-Dollar-Angeboten die Rede, mal von drei Millionen. Das ist alles unvorstellbar viel. Die Interviewanfrage eines amerikanischen Eislaufmagazins wird wie ein Militäranschlag behandelt.

Katarina Witt ist jetzt der «operative Vorgang Flop», sie soll «mit der Zielstellung der Verhinderung von Verratshandlungen sowie der ungesetzlichen Verbindungsaufnahme operativ bearbeitet werden».

Sie ist von informellen Mitarbeitern umzingelt. «Klaus Peter», «Anna-Rose», «Schütze», «Gerhard», «Torsten», «Paul Schmidt», «Benno» und «Maria» trainieren mit ihr, sind mit ihr befreundet. Sie bohren sich in ihr Leben. Einer spielt mit ihrem Bruder in der zweiten Mannschaft des SC Karl-Marx-Stadt Fußball, einer hilft ihr beim Renovieren, einer trainiert sie. Sie lesen ihre Briefe, sie berichten über Gewichtszunahme und Trainingsfleiß, sie bewerten ihre Kontakte und Freundschaften, sie beobachten sie im Ausland, sie spekulieren über Affären und bewerten ihre Streits mit Jutta Müller, die immer heftiger werden.

Als Katarina Witt 1984 bei einer Auszeichnungsreise auf Kuba vier Kilo zunimmt, dreht ihre Trainerin durch. In der Akte kann man nachlesen, wie sich Jutta Müller über die Witt bei verschiedenen Funktionären beklagt. Ihre Leistung sei «beschissen», ihre Kür sei «eine Katastrophe», die Witt habe einen «totalen Zusammenbruch» und höre nach dieser Saison wahrscheinlich sowieso auf. Jutta Müller weint und bietet ihren eigenen Rücktritt an. Es wird ein Machtkampf, der die Karriere von Katarina Witt bedroht.

Anfang 1985 wird aus der Krise eine Staatsaffäre. Der Chef des DDR-Eislaufverbands legt fest: «Man kann die Witt in dieser Verfassung der Weltöffentlichkeit nicht vorführen.» Siegfried Lorenz, SED-Chef des Bezirks Karl-Marx-Stadt, wird über ihre Trainingsfaulheit informiert.

Sportverband-Präsident Manfred Ewald «zieht in Erwägung, die Witt wegen ihrer Leistungsschwankungen nicht für die EM zu nominieren, wenn bis dahin keine sichtbaren Trainingsleistungen, die einen EM-Erfolg garantieren, zu verzeichnen sind.»

Sie muß gewinnen. Sie haben Angst, daß sie verliert, aber wenn sie dann doch gewinnt, scheint ihre Angst nur noch größer zu werden.

Sie wird jetzt rund um die Uhr bewacht. Ihre Umgebung wird verwanzt. Wohnungen von Freunden und die Eishalle. Am 31. Januar 1985 beschließt die Bezirksverwaltung, daß ihre Einraumwohnung bezugsfertig ist. «Es sind operativtechnische Maßnahmen der Abteilung 26 A und B zur umfassenden operativen Kontrolle einzusetzen.»

Katarina Witt glaubt, ihrem Elternhaus, dem wachsamen Vater, endlich entflohen zu sein. In Wahrheit hat sie nun gar keinen Platz mehr, an den sie sich zurückziehen kann. Sie bekommt eine Urlaubsreise nach Bulgarien geschenkt, weil sie Weltmeisterin in Tokio wurde. Es wird dafür gesorgt, daß ein IM mitreist.

Der Druck hört nie auf, in den Berichten wird nie Erleichterung über einen Sieg spürbar. Einmal berichtet ein IM, wie die Witt, nachdem sie die Müller und auch andere Funktionäre wochenlang wegen ihres Übergewichts demütigten, zu einem ehemaligen Paarläufer sagt: «Ich beneide dich, du hast es hinter dir.»

Als sie bei der WM in Tokio auf dem Siegerpodest weint, diskutieren die Stasi-Offiziere darüber, was die Tränen zu bedeuten haben.

«Mehrere Meinungen standen im Raum.»

Die Müller beschwert sich, die Witt würde sich zunehmend wie ein «Star» benehmen. Aber genau das ist sie. Die Müller verliert an Einfluß. Katarina Witt wird zu berühmt, um sie abzuschalten. Sie müssen sich etwas einfallen lassen.

1986 treten sie offen in ihr Leben. Nach einem versuchten, wahrscheinlich vorgetäuschten Einbruch in ihre Wohnung meldet sich nicht die Polizei, sondern «Bernd». Er ist ein Abteilungsleiter der MfS-Bezirksverwaltung Karl-Marx-Stadt, der seine Berichte mit Major Walther unterschreibt. Er verspricht zu helfen, bei der Wohnungssuche und auch sonst. Ihm wird sie künftig ihre Probleme schildern. Sie treffen sich mit ihr in regelmäßigen Abständen in einer konspirativen Wohnung, dem «Objekt Kiefer». Sie wollen herausfinden, was sie will. Was sie braucht, damit sie nicht wegrennt. Sie will ein Auto und eine Wohnung, aber manche Sachen muß man ihr auch von den Lippen ablesen. Wie sieht sie denn aus, die große weite Welt, durch die Katarina Witt so reist? Was muß man ihr bieten? Da ist auch Major Walther unsicher.

Auf Seite 000179 im Band 12 der Akte 2559/89, die von der Behörde als Begünstigtenseite eingestuft wird, steht der Satz: «Bezüglich Speisen äußerte sie den Wunsch, evtl. einmal Ragoût fin zu essen.»

Ragoût fin war eines der Gerichte, die den DDR-Bürgern einredeten, daß man gar nicht so weit weg war von der Welt. Ragoût fin war in den achtziger Jahren in der DDR als Vorspeise so populär wie Soljanka, war aber schwerer auszusprechen. Es schien aus Frankreich zu stammen. Sie wollten alles richtig machen. Sie haben ihr Eis und Spaghetti angeboten, «was offensichtlich ihre Anerkennung fand». Im August 1986 zum Beispiel lehnt sie belegte Brötchen der Staatssicherheit ab, «weil die Gift für mich sind», im Oktober aber greift sie bei Steak mit Ei zu und ißt auch den Apfel.

Sie ist ein verzogenes Kind. Jetzt wollte sie Ragoût fin.

Wie soll man das heute bewerten?

Die Witt erinnert sich kaum noch an «Bernd».

Sie läuft mit einer rosafarbenen Sonnenbrille durch einen kleinen Park hinter dem Hotel Hershey, das auf einem Berg in Pennsylvania steht. In einiger Entfernung zuckeln alte Männer mit dünnen Beinen Golfkarren durch den Nachmittag. Die Tournee ist jetzt fast zu Ende. Die Rückenschmerzen sind weg. Es ist Frühling, und sie hat wieder einen Freund. Sie möchte nach vorn sehen. Sie schleppt sich nur mühsam zurück in die Vergangenheit. Es interessiert sie nicht, es ist langweilig. Ohne Geheimnisse. Die Akten, die sie 1992 sehen durfte, hat sie einem Ghostwriter gegeben, der die hastige Biographie «Meine Jahre zwischen Pflicht und Kür» zusammenschrieb, an die sie sich auch kaum noch erinnern kann. Sie hatte mal eine Liste mit Klarnamen aller IM, die sie bespitzelt hatten. Die meisten hat sie vergessen. Sie sagt, die hätten sowieso nur erzählt, was alle wußten. Sie erinnert sich nur noch an eine Trainerin, die sie und ihren damaligen Freund Ingo Pohlitz auseinander bringen wollte. Sie haben ihn zur Armee an die Ostsee geschickt, so weit wie möglich weg von Karl-Marx-Stadt. Das war fies. Aber sonst? «Bernd»?

«Es gab einen Jüngeren, so um die 40, und dann den Alten mit den Grandeln», sagt sie. «Der Jüngere war ›Bernd‹. Zumindest war das der Name, den sie mir sagten. Ich habe ihn meistens in so einem Einfamilienhaus getroffen. Das, was sie das Objekt Kiefer nannten. Er tat väterlich. Ich würde ihn heute nicht mehr erkennen.»

Nach der Weltmeisterschaft in Cincinnati berichtet sie «Bernd», daß sie in Amerika sehr gut durch das FBI abgesichert worden sei. Die Beamten haben sich ihr vorgestellt und sich immer im Hintergrund gehalten. Das muß man sich mal vorstellen. Sie sitzt in einer konspirativen Wohnung, sie hat gerade einen Blumenstrauß vom Leiter der Bezirksverwaltung der Staatssicherheit, Genossen Generalmajor Gehlert, zum Gewinn der Goldmedaille bekommen («Wert von 120 Mark»), und sie lobt das FBI.

Am 11. Dezember 1986 bekommt sie nachträglich zum Geburtstag und für ihren Sieg in Tokio einen Blumenstrauß (27 Mark) sowie einen Nußknacker (100 Mark) geschenkt. Einen Nußknacker zum 21. Geburtstag. Die Birthler-Behörde rechnet das unter Begünstigung ab.

Es fängt an zu nieseln. Katarina Witt läuft weg von den alten Männern, im Tal dreht sich langsam das Riesenrad eines Vergnügungsparks. «Ich hab mich bestimmt über den Nußknacker gefreut», sagt sie. «Die waren doch schwer zu bekommen. Oder?»

Am Tag, als sie den Nußknacker bekam, reden sie auch über die WM in Japan, wo sie von einem Kriminellen bedroht wurde.

«Dabei stand der ihr übergebene Brief eines Mörders, der seine Freundin zerstückelte und ›auffraß‹, im Mittelpunkt. Die Botschaft der DDR in Japan habe daraufhin Polizeischutz beantragt.» Dann heißt es noch lakonisch: «Sie nimmt vom 17.–19. Dezember an den DDR-Meisterschaften teil.» Das ist alles.

Ein japanischer Menschenfresser, eine DDR-Meisterschaft und ein Nußknacker auf einem Aktenblatt.

Ein Universum. Ihre Welt begann auseinanderzufallen.

Die Staatssicherheit macht sich Sorgen, wie sie das alles zusammenhalten soll. Sie reden ihr ein, ein Schauspielstudium zu beginnen. Aber sie hat kein Talent zur Schauspielerin. Sie ist zu kontrolliert, und ihre Stimme ist zu dünn. Eigentlich will sie nur Eislaufen, eigentlich will sie zur Revue; aber daß ein Mädchen aus der DDR für eine West-Revue läuft, das hat es bisher nicht gegeben. Ihr Vater möchte, daß sie Ärztin wird, irgend jemand schlägt vor, sie soll zum Modeinstitut gehen. Sie tanzt durch alle Welten. Sie tritt bei FDJ-Festivals auf und bei Eisshows in Las Vegas. Sie lernt Erich Honecker kennen, aber auch den Popstar Bryan Adams. Sie will in der DDR bleiben, aber Sonnenblumenbrot aus Westberlin essen. Sie will einen Paß für sich und ihren Freund. Sie wird SED-Mitglied und will einen Golf. Nichts paßt mehr zusammen.

Sie beklagt sich bei der Staatssicherheit über die Qualität sowjetischer Autos. Sie habe auch besseren Kontakt zu amerikanischen Sportlern als zu russischen. Nach einem Wettkampf in Japan würde sie doch lieber einen Mitsubishi haben. Später möchte sie einen VW-Bus, einmal taucht der Wunsch nach einem Audi Quattro auf. Sie will nach Berlin. Die SED-Bezirksleitung Karl-Marx-Stadt besorgt ihr ein Ferienhaus in Altenhof. Es ist alles, was sie ihr bieten kann. Aber sie will auch eine Wohnung. Am liebsten wäre ihr was am Platz der Akademie, da, wo auch der Opernsänger Peter Schreier und die Volksmusikanten Hauff & Henkler wohnen. Sie zeigen ihr eine Wohnung am Ostbahnhof, die ihr zu laut ist, sie sieht sich was in der Friedrichstraße an, schließlich finden sie eine Maisonettewohnung, direkt an der Mauer in Mitte.

Irgendwie scheint alles möglich. In dieser Zeit schlägt sie sogar vor, für ihre Olympiakür das Ende von «Carmen» umzuschreiben. Sie will, daß Carmen überlebt. Sie will alles. Sie will einen Golf.

Major Walther schreibt im April 1987:

«1. Im Prinzip kann sie einen PKW vom Typ Golf erhalten.
2. Aber erst nach der Olympiade.
3. Dies ist ihr jedoch nicht so zu sagen.»

1988 gewinnt sie zum zweiten Mal Gold bei den Olympischen Spielen und bekommt den Golf. Er ist knallrot. Sie siegt im Showdown mit der US-Läuferin Debi Thomas, die wie sie eine Kür zu einer Melodie aus «Carmen» läuft. Die Witt ist jetzt eine Legende. Sie kann nicht erfolgreicher werden. Sie ist 22, sie muß aufhören.

Aber was dann?

Sie hat Angst, daß sich nach der Karriere niemand mehr um sie kümmert. Sie kennt Weltmeisterinnen, die in Zweizimmerwohnungen verschwinden. Das darf ihr nicht passieren. Sie stellt das Schauspielstudium zurück, sie will Eislaufprofi werden.

«Ihr wurde versichert, daß sie sich jederzeit auf das MfS verlassen kann. Dies nahm sie mit großer Freude zur Kenntnis», schreibt Major Walther.

Ab 1988 wird Katarina Witt zur Staatsangelegenheit der DDR. In ihren Akten tauchen jetzt regelmäßig Minister auf, mal der Außenminister, mal der Bauminister, manchmal auch Erich Honecker selbst. Egon Krenz bietet ihr das Du an.

1988 schreibt der Karl-Marx-Städter Stasi-Chef General Gehlert an Armeegeneral Erich Mielke: «Durch die seit Mai 1986 regelmäßig durchgeführten konspirativen Treffs gelang es, zwischen Katarina Witt und dem Ministerium für Staatssicherheit ein echtes Vertrauensverhältnis aufzubauen und das teilweise noch gespannte Verhältnis zu ihrer Trainerin Jutta Müller zum Positiven zu beeinflussen. Katarina Witt sieht im Ministerium für Staatssicherheit einen Partner, dem sie alle Probleme und Sorgen bis hin zu ihren Beziehungen zu Männern anvertrauen kann.»

Anfang Mai faßt sich Major Walther ein Herz. Er schreibt an Mielke.

«Ich erlaube mir, Sie zu bitten, möglicherweise Ihren Einfluß geltend zu machen, damit der Genossin Witt klare Entscheidungen über ihre Perspektive mitgeteilt werden.»

Er informiert den höchsten Stasi-Chef der DDR über die Wünsche von Katarina Witt. Sie will einen Reisepaß. Sie will einen Manager. Sie will später Moderatorin beim Fernsehfunk der DDR werden. «Als diesbezügliches Vorbild nannte sie Petra Kusch-Lück», schreibt Walther.

Und zum Schluß fügt er eine Beurteilung an. So wie ganz am Anfang, als sie noch Schülerin in der Kinder- und Jugendsportschule war.

«Genossin Witt versicherte erneut, daß wir uns immer auf sie verlassen können und daß sie das entgegengebrachte Vertrauen niemals mißbrauchen wird. Ihren Dank gegenüber dem MfS begründete sie auch abschließend noch mit den Worten: ›Wenn ich sie nicht hätte – die bisherige großzügige Unterstützung –, wären meine Erfolge nicht in dem Maße möglich gewesen.‹»

So spricht kein Mensch und schon gar nicht Katarina Witt. Aber es half. Ihr wurden alle Wünsche erfüllt.

Sie bekommt einen Manager, auch wenn sie ihn noch in Anführungszeichen setzen. Den «Manager»-Genossen Heinz Czerwinski. Sie unterschreibt bei «Holiday on Ice».

Trotzdem bleibt sie unzufrieden.

Aus unerfindlichen Gründen zeigt ihr Sportverband-Präsident Manfred Ewald die Mappe, in der er alle Angebote gesammelt hat, die über die Jahre für sie eingingen. «Holiday on Ice» bietet fünf Millionen, sie hat elf Filmangebote, Werbung. Sie wäre reich. Sie läßt sich die Mappe von «Bernd» kopieren und schaut immer wieder hinein.

Ihr Leben paßt nicht mehr in die DDR. Sehr gut konnte man das bei dem Ost-Berliner Konzert mit Bryan Adams beobachten, das sie im August 1988 moderierte. Sie hatte Adams überredet, in der DDR aufzutreten, aber die Leute pfiffen sie aus. Sie spürten, daß etwas nicht stimmte mit Katarina Witt. Sie repräsentierte den Staat. Absurderweise erklärte sich die Staatssicherheit die Pfiffe damit, daß Katarina Witt kein FDJ-Hemd trug.

Wahrscheinlich kann man den Untergang der DDR auch gut am Leben von Katarina Witt beschreiben. Das Land war nicht mehr souverän genug, eine Eiskunstläuferin im Griff zu behalten. Ein freches Mädchen aus Karl-Marx-Stadt tanzte ihnen auf dem Kopf herum. Die DDR wollte immer Weltspitze sein. Jetzt besaß sie ein Spitzenprodukt und mußte feststellen, daß es das Gegenteil von all dem war, was das Land ausmachte. Denn natürlich war der arme Genosse Czerwinski kein Manager, der Anwalt, den sie gestellt bekam, war nicht loyal, und letztlich fühlte sie sich auch bei «Holiday on Ice» unterfordert. Katarina Witt wollte professionell betreut werden. Die Stasi-Leute entließen Czerwinski wieder und stellten den ehemaligen Radfahrer Thomas Huschke als ihren Manager ein. Sie ließ sich von DDR-Staranwalt Wolfgang Vogel vertreten. Sie gründeten eine Sportvermarktungsagentur, die bei Schalck-Golodkowski angegliedert werden sollte. Bevor sie Profi geworden war, hatten sie ihr ein Devisenkonto mit 750 000 Westmark eingerichtet. Dafür behielten sie nun einen Großteil ihrer Gagen ein.

Sie hörte auf bei «Holiday on Ice» und erarbeitete mit dem amerikanischen Eisläufer Brian Boitano die Konzeption für den Film «Carmen on Ice».

Sie verließ die DDR und merkte es nicht. Wenn man ihr Programm für die letzten Monate vorm Mauerfall liest, wird einem schwindlig. Im Mai 1989 war sie beim Pfingsttreffen der FDJ in Berlin, im Juni auf USA-Tournee, im Juli bei den Weltfestspielen der Jugend und Studenten in Nordkorea, im September und Oktober dreht sie in Sevilla «Carmen on Ice».

Sie kann überhaupt nicht mehr wissen, was in der DDR passiert. Alles, was sie noch hat, ist so ein diffuses Treuegefühl.

Kann sie sich noch an den VW-Kleinbus erinnern, den sie unbedingt haben wollte?

«Keine Ahnung, was ich damit wollte», sagt sie. «Wahrscheinlich war es für Ingos Schlagzeug. Man merkte immer, unter wessen Einfluß ich stand. Ich wußte nie, was ich wollte», sagt sie.

Kann sie sich an Heinz Czerwinski erinnern, ihren Manager in Anführungszeichen?

«Czerwinski?» sagt sie. «Nee. Aber der war bestimmt nett. Oder?»

Was soll sie dazu sagen? Sie kann sich nicht erinnern, wer sie damals gewesen ist. Sie läuft mit einem schneeweißen Pelzmantel durch Chicago. Der Himmel ist hellblau. Ab und zu steht jemand vor ihr und lobt ihr Aussehen oder ihren schneeweißen Mantel. Das ist das, was zählt.

Das Faszinierende an den Akten ist, daß man Katarina Witt in ihnen erkennt. Man kann ihr Porträt aus den Akten lesen. Man kann lesen, wie ein Star wächst. Wie er einem Land über den Kopf wächst. Das ist komisch und auch interessant.

Aber vielleicht ist das kein ausreichendes Kriterium, um in einem fremden Leben zu wühlen. Vielleicht haben das manchmal auch die Beamten der Birthler-Behörde gespürt. Aus irgendeinem Schutzbedürfnis heraus schwärzen sie zum Beispiel den Zensurendurchschnitt der zehnjährigen Katarina Witt. Wenn ihre Liebesbeziehungen beobachtet werden, wenn sie von Funktionären in die Enge getrieben wird, wenn Informelle Mitarbeiter ihre Charakterschwächen auflisten, darf man als Leser ungestört dabeisein.

Vielleicht ist sie keine Begünstigte, aber sie ist auch kein Opfer. Das entspricht nicht ihrem Charakter. Sie spielt mit den Männern.

Einmal fragt «Bernd» die Witt, wo sie ihren Urlaub verbringe. «Daraufhin stellte sie scherzhaft (?) die Frage, ob wir jemanden mitschicken», schreibt Major Walther.

Das Fragezeichen erzählt die ganze Geschichte. Ein Fragezeichen in Klammern. Sie haben Angst, den Witz nicht verstanden zu haben. Sie waren sich ihrer nie sicher. Manchmal scheint sie mit Ewald zu flirten. Siegfried Lorenz, der Sekretär der Bezirksleitung, lag ihr sicher zu Füßen. Anwalt Vogel hat sie sicher gemocht. Krenz auch, Honecker hat sich Eiskunstlaufen im Fernsehen angeschaut. An ihrer Wirkung auf Männer hat sich nichts geändert. Auf einem Empfang für die Waisenkinder vom 11. September in der NBC-Zentrale von Salt Lake City glühte der NBC-Chairman Bob Wright regelrecht, wenn er in ihre Nähe geriet. Ihr Anwalt Düx hat ihre Bücher zwischen seine Aktenordner gestellt, es gibt ein Foto, das sie zusammen zeigt. Der berühmte DDR-Sportreporter Heinz-Florian Oertel hat sie sein Leben lang umgurrt. Er tappt ihr noch heute hinterher wie Manfred Hönel, der sie zuerst für die *Junge Welt* und später für die *Bild*-Zeitung beschrieb. Auch die alten Männer nutzen sie, um im Spiel zu bleiben und am Leben. Es ist ein Geben und Nehmen. Es ist wie mit den vergoldeten Hirsch-Eckzähnen, die ihr Generalleutnant Gehlert mitbrachte.

Es ist ihr Spiel.

Es sieht so aus, als könnte sie mit Männern besser umgehen als mit Frauen. Die Frauen, die gegen sie gelaufen sind, sind alle an ihr zerbrochen. Katarina Witt stand an der Bande und hat zugeguckt, wie sie die Nerven verloren.

Im Dezember hat sie sich mit Marianne Birthler getroffen, der neuen Chefin der Stasi-Unterlagen-Behörde. Sie hat gedacht, daß man das mit der Herausgabe ihrer 181 Seiten regeln kann. Unter Frauen. Sie hat sich auch 1991 mit Hans-Hermann Tiedje zusammengesetzt, der sie als Chefredakteur von *Bild* regelmäßig angriff. Tiedje machte sie zur SED-Ziege. Sie haben geredet, und am Ende lächelte Tiedje «und sagte dann noch so etwas wie: ›Akzeptiert, damit kann ich leben, nun kennen wir uns, nun vertragen wir uns.‹»

So einfach war es mit Marianne Birthler nicht. Warum, ist schwer zu sagen. Der Pressesprecher der Birthler-Behörde hat alle Anfragen für diesen Artikel mit wechselnden Begründungen abgelehnt. Die letzte war: Frau Birthler will überhaupt nichts sagen, was irgendwie in den Kontext Katarina Witt gestellt werden kann. Schade. Es muß ein wunderbares Gespräch gewesen sein. Zwei Frauen mit so unterschiedlichen Biographien im Osten, der Staatsstar und die Bürgerrechtlerin. Sie haben etwa eine Stunde lang in der Behörde miteinander geredet. Es war entspannt, aber sie konnten sich nicht einigen. Am Abend trafen sie sich dann noch mal bei der Premiere von Thomas Brussigs Stück «Leben bis Männer» in den Kammerspielen. Manfred Krug und Sandra Maischberger waren auch da.

Noch Ende Oktober 1989 traf sich Katarina Witt mit der Stasi in einer konspirativen Wohnung. Draußen zerbröselte ihr Staat, sie aber ließ den Leiter der Bezirksverwaltung grüßen und sagte, daß sie gern mit ihm auf die Jagd ginge.

«Bei Gesprächen bekundete Katarina Witt, daß sie unserer Partei und unserem Staat alles, was sie ist, zu verdanken hat. Sie wird unseren Staat nie enttäuschen bzw. den Rücken kehren», schreibt Major Walther.

Der Bericht über ihr letztes Treffen mit der Stasi ist deprimierend. Auch Katarina Witt geht unter. Die erfolgreichste Eiskunstläuferin aller Zeiten, das schönste Gesicht des Sozialismus, sitzt, kurz bevor ihre Akte versiegelt wird, in einer konspirativen Wohnung und sagt zu einem mittelalten, langweiligen Mann, der ihr nichts bedeutet: «Danke. Ihr seid die einzigen, auf die man sich verlassen kann.» Am Ende gibt sie Petra Kusch-Lück als Vorbild an. Die Fernsehansagerin.

Sie hatte alle Maßstäbe verloren.

«Ach, du Scheiße», sagt sie, als sie das liest. Und nach einer Pause fügt sie hinzu: «Na ja.» Sie sitzt in einer DC-9, die für sie und ihre Eiskollegen mit breiten, weichen Ledersesseln ausgerüstet worden ist. Sie fliegt von einem Auftritt in Hershey in Pennsylvania, bei dem sie gefeiert wurde, zu einem Auftritt in Rochester, bei dem sie gefeiert wird. Nach der Show werden sie gleich weiter nach New York fliegen. Es gibt keine Sicherheitskontrollen für sie. Der Bus wird auf dem Rollfeld stehen und sie in die Upper East Side bringen. Es ist kurz nach Mitternacht. Manhattan funkelt. Das einzige Problem, das sie hier hat, ist ihr Ex-Freund. Er wird da sein, um mit ihr ein Doppelbettzimmer zu teilen, das sie schon vor einem halben Jahr gebucht hat. Er kennt ihren neuen Freund noch nicht. Dave Hoffis heißt er und ist Tourmanager bei «Stars on Ice».

Katarina Witt wird wohl noch für ein weiteres Jahr bei der Show unterschreiben. Sie ist dann 37. «Ich kann mich nicht beklagen. Ich habe die fetten Jahre im Profi-Eislaufen mitgemacht», sagt sie.

Katarina Witt ist wieder in Berlin. Sie hat die Meldung herausgegeben, daß sie sich von ihrem Freund getrennt hat. Das ist zwar schon im Dezember passiert, aber jetzt erst muß sie es sagen. Glaubt sie. In Amerika ist das nicht so wichtig. Sie ist wieder in ihrem anderen Leben. In Deutschland.

Sie ist ein deutscher Star. Einer der wenigen, die es auch in Amerika geschafft haben. Man muß mit Vergleichen vorsichtig sein, aber es gibt kaum jemanden aus Deutschland, der dort im Moment so populär ist wie sie.

Sie hat für Coca-Cola geworben. Sie springt nur noch Zweifachsprünge, aber das ist für die amerikanischen Fans nicht wichtig. Sie ist Katarina Witt. Sie ist ein Star, sie wollen sie nur sehen.

Sie hat sich in eine Welt zurückgezogen, die man künstlich nennen kann. Sie fühlt sich geschützt. Der Winter findet auf dem Eis statt, in Amerika, wo man sie liebt; im Sommer lebt sie in einem Mietshaus in Berlin-Mitte, das sie vor vier Jahren gekauft hat. Sie hat sich mit Menschen umgeben, die ihr nicht weh tun. Ihre Eltern hat sie nachgeholt. Sie hatten ja sowieso nie eine richtige Heimat in Karl-Marx-Stadt. Sie kamen als Kinder am Ende des Kriegs mit den Trecks aus dem Osten. Sie wohnen jetzt in dem hübschen Haus ihrer Tochter. Die Decken sind so hoch, daß die Möbel der Eltern aus der Chemnitzer Neubauwohnung winzig aussehen. Auch die beiden sehen klein aus, hier. Katarina Witt nennt das Haus «Villa Kunterbunt». Sie hat Uwe hier untergebracht, ihren alten Freund. Sie hätte auch gern Frau Müller nachgeholt, die Trainerin, von der sie jahrelang schikaniert wurde. Inzwischen glaubt Katarina Witt, daß sie ohne Jutta Müller nie gewonnen hätte. Katarina Witt hat auch sie letztlich besiegt. Die alte Frau wollte nicht mehr weg aus ihrer Neubauwohnung in Chemnitz. Die Eltern servieren Kaffee im Zwiebelmusterporzellan aus Kahla.

Sie fangen sofort an, sich zu verteidigen. Sie erzählen, wie lange sie in der DDR auf ein Auto warten mußten. Auch sie haben jetzt einen Mercedes. Der Schatten fällt in ihr Leben. Die Presse hat sie schon als Hausangestellte ihrer Tochter bezeichnet. Sie sollten sich eigentlich freuen, sie sollten stolz sein, so eine Tochter zu haben. Aber sie sind mißtrauisch.

Sie scheinen sehr traurig zu sein, daß Katarina ihren Vertrag mit «Stars on Ice» noch einmal verlängern will.

Sie wollen, daß sie ihren Frieden findet.

Am Abend bevor sie wieder abfährt, gerät Katarina Witt in Manhattan zufällig in eine große Demonstration gegen die PLO und für Israel. Sie kommt, gefolgt von einem Kamerateam und einem Fotografen, von ihrem Hotel in der Upper East Side. Es ist ein schöner Frühlingstag. Sie hat ihrem Ex-Freund den neuen Freund vorgestellt. Der Ex-Freund ist noch ein bißchen verkatert. Ihre US-Managerin sagt: Alles wird gut. Ihr Freund Robert De Niro hat ihr Blumen geschickt. Er konnte heute morgen leider nicht zum Brunch kommen. Katarina Witt trägt einen langen hellbraunen Ledermantel und ihre rosafarbene Sonnenbrille, sie lächelt die wütenden Leute mit den Plakaten freundlich, aber unsicher an. Dann versucht sie, schnell wegzukommen.

DIE 89. ETAGE
Einfache Helden

Sie haben gar nicht richtig auf ihn geachtet. Natürlich nicht. Sie wußten nicht, daß er ihr Retter war. Sie wußten nicht, daß sie ihn nie wieder sehen würden. Sie wußten nicht, daß das Haus zusammenfallen würde. Sie wußten nicht, daß sie nie die Gelegenheit hätten, sich zu bedanken. Er stand plötzlich vor ihnen und rief: «Ihr könnt jetzt raus. Schnell. Raus jetzt.» Er trug einen Helm und hatte eine Taschenlampe in der Hand. Eine lange, silberne Stabtaschenlampe. Jemand erinnert sich an sein gut gebügeltes Oberhemd, metallfarben mit einer dazu passenden Krawatte. Er hatte einen dunklen Teint. Nicht schwarz, aber auch nicht weiß. Er war mittelgroß, nicht dick. Er sagte ihnen, daß er von der Port Authority komme, von der Behörde, die das World Trade Center verwaltete. Es schien also der Mann zu sein, auf den sie gewartet hatten. Irgend jemand, der alarmiert worden war. Sie hatten schon vor einer halben Stunde angerufen, weil die Türen nicht aufgingen.

Endlich kam mal jemand.

Der Mann war nicht alarmiert worden. Wenn man denen glaubt, die ihn kannten, realisierte er an diesem Morgen einen Plan. Seinen Plan. Er rettete ihnen allen das Leben und wurde ein Held.

Aber das konnten sie natürlich nicht wissen.

Rafael Cava wurde aus seinem Stuhl geblasen, als vier Stockwerke über ihm American Airlines Flug Nummer 011 einschlug. Er ist ein alter Mann, der eine zu große Brille trägt und einen Hut, wenn er das Haus verläßt. Cava war noch allein an diesem Morgen im kleinen Büro der Speditionsfirma, die seinem Neffen Albert Cohen gehört. Cava blieb einen Moment liegen. Das Haus kippte, dann fing es sich, dann kippte es in die andere Richtung. Es schwang wie ein Halm im Wind.

Cava lag, kleine Gips- und Plastikstücke aus der Decke rieselten auf seinen Rücken. Als das Haus wieder stillstand, rappelte sich der alte Mann auf. Er stellte sich hin und prüfte den Boden unter seinen Füßen. Der war noch da, die Fenster aber waren aus den Rahmen gesprungen. Der Himmel war blau, der Rauch zog nach Osten, Richtung Brooklyn. Aus Cavas Fenstern sah man nach

Norden, uptown. Er hätte das Flugzeug kommen sehen, wenn er aus dem Fenster geschaut hätte. Aber er hatte sich voll auf seine elektrische Schreibmaschine konzentriert.

Cava stand im 89. Stock des Nordturmes vom World Trade Center, es war 8.45 Uhr am 11. September 2001. Cava war 80 Jahre alt und nicht mehr so leicht aus der Ruhe zu bringen. Er nahm seinen Hut und seine Aktentasche und ging auf den Flur. Dort war schwarzer Rauch. Es roch nach Benzin. Er wartete einen Moment, rief etwas.

Aus dem Dunkel tauchte Walter Pilipiak auf, der im Nachbarbüro arbeitete. Pilipiak ist ein breiter, kahler Mann, dessen Vorfahren aus Weißrußland stammen. Er spricht den rollenden, schleppenden Brooklynakzent und ist Chef der Firma Cosmos Versicherungen, die zu 100 Prozent dem japanischen Konzern Itocha gehört, der drittgrößten Handelsfirma der Welt. Pilipiak war von der Druckwelle getroffen worden, als er sein Büro betrat. Es hatte ihn mit der Tür in den Raum geschleudert. Als ehemaliger Eishockeyspieler war er vorbildlich mit der Schulter voran in eine Gipswand geknallt. Dann schwang der Turm, er schien fast zu brechen. Das Haus kreischte, stand still, kreischte wieder. Stand still. Pilipiak kauerte vor der Gipswand. Die Leute in seinem Büro sahen ihn an. Er mußte handeln, er war der Chef. Pilipiak raffte sich auf, ging in sein Chefzimmer, legte die Tasche ab. Er schaltete das Radio an, schaltete es wieder aus, brachte es in den Großraum und schaltete es wieder an. Dann ging er raus auf den Flur, dort war schwarzer Rauch, Pilipiak rüttelte an der Notausgangstür, aber sie ging nicht auf. Als er zu seinem Büro zurücklief, traf er Cava. Er nahm ihn mit in sein Büro, wo noch vier weitere Cosmos-Mitarbeiter waren. Yoshi Movi, Tirsa Moya, Akane Ito und Harold Martin. Zwei Japaner, zwei Amerikaner. Tirsa Moya, eine 40jährige puertoricanische Sekretärin aus Queens, kannte den alten Cava. Sie nahm ihn an die Hand, setzte ihn auf einen Stuhl und brachte ihm Wasser. Sie warteten. Im Radio begriffen sie noch nicht, was passiert war. Yoshi Movi, ein ehrgeiziger junger Japaner und Pilipiaks Stellvertreter, suchte im Internet nach einem Hinweis. Pilipiak stopfte Sachen unter die Tür, um den Rauch draußen zu halten. Es half. Die Luft war gut, die Fenster waren in ihren Rahmen. Jemand klopfte an der Tür.

Pilipiak machte auf. Eine blonde Frau stand da, sie war rußverschmiert und blutete im Gesicht. Das war Lynn Simpson. Sie war die Direktorin einer PR-Firma von nebenan. Lynn Simpson kannte Pilipiak nicht, und Pilipiak kannte sie nicht, obwohl sie schon lange Nachbarn waren. Kaum jemand kannte sich hier. Das war Manhattan. Die Frauen nickten sich auf der Damentoilette zu, in den Fahrstühlen schwiegen alle.

Nun starben sie womöglich zusammen. Lauter Fremde.

Lynn Simpson hatte gerade eine kurze Besprechung mit ihrem Art Director Thomas Haddad über die Kampagne für eine große Manhattan Bank beendet, die sie demnächst führen sollten. Sie verließ gerade den Raum, als das Flugzeug einschlug. Sie wurde ins Besprechungszimmer geworfen. Sie lag auf dem Bauch, ihr Gesicht blutete, aber sie lebte. Alle fünf Mitarbeiter von Strategic Communications, die an diesem Morgen im Büro waren, lebten. Das war ein Zufall, denn die Hälfte der Strategic Communications Büros gab es nicht mehr. Sie waren beim Aufprall zerstört worden, aus dem Gebäude gerissen. Lynn Simpson stand auf, rannte auf den Flur, suchte nach Hilfe. Sie fand Pilipiak und rannte zurück, um die anderen zu holen. Thomas Hadddad, Sabrina Tirao, Frances Ledesma und Evan Forsch. Vier junge Leute aus Brooklyn und New Jersey, zwei Männer, zwei Frauen. In ihrer Erinnerung hat Lynn Simpson auch Rafael Cava gerettet. Sie sagt, er stand auf dem Flur, und rief um Hilfe. Sie habe ihn an die Hand genommen und in Pilipiaks Büro geführt. Cava selbst glaubt, daß er von Pilipiak gefunden wurde, aber er will niemandem weh tun. Pilipiak wiederum schwört, daß nur drei Mitarbeiter von Strategic Communications in seinem Büro Zuflucht fanden. Zwei Frauen und ein Mann. Es waren fünf. Die Erinnerungen tanzen.

Auf der anderen Seite des Flures rannte Bob Sibirium immer wieder aus dem Großraumbüro der berühmten Versicherungsfirma Met Life. Sibirium hat hauchdünne Haare, die er kunstvoll über seinem Kopf verteilt. Man kann sagen, daß er aussieht wie ein Versicherungsvertreter. Er trägt gerne Zweireiher, und an diesem Morgen trug er zu seinem Zweireiher zum erstenmal ein paar rote Schuhe. Er hatte gerade eine Geschäftsreise zu einem Großkunden nach Spanien mit seiner 77jährigen Assistentin Camilla besprochen, als das Flugzeug einschlug. Er sah den Feuerball aus dem Gebäude schießen. Er arbeitete auf der Südwestseite, schaute aufs Meer. Vier- oder fünfmal testete er, ob sich die Notausgänge öffnen ließen, aber sie waren versperrt. Eine Tür war verschüttet, zwei andere bewegten sich nicht. Einmal traf er Walter Pilipiak vor einer der verriegelten Türen. Er hatte ihn bis zu diesem Morgen nie gesehen und traf ihn auch später nie wieder. Sibirium rannte zurück in sein Büro, wo sich zwei seiner Kollegen um seine alte Assistentin Camilla kümmerten, die das Bewußtsein wiedererlangt hatte. Im Büro auf der anderen Seite des Flures wechselte die Rezeptionistin der Rechtsanwaltskanzlei Drinker, Biddle & Reath zum zweiten male an diesem Morgen ihre Schuhe. Diane Davout schlüpfte wieder in die Turnschuhe, mit denen sie aus Flatbush, Brooklyn angereist war. Eine Flucht in Sneakers wäre bequemer als eine in hochhackigen Pumps. Aber dann flüchtete Diane Davout gar nicht. Sie wartete. Vielleicht kam ja einer der Rechtsanwälte aus ihrer Kanzlei. Sie versuchte ihren Freund anzurufen, der nicht da war. Sie erreichte ihre Freundin in Brooklyn und sagte ihr, daß sie den Fernseher einschalten solle. Dann wartete auch sie erst mal.

Schließlich kam der Retter.

«Er war einfach da. Er stand plötzlich im Raum und forderte uns auf, zu gehen», sagt Pilipiak. «Ich hab ihn an seinem Ohrring erkannt. Und an diesem Oberhemd, das man zusammen mit der Krawatte kauft. Ich bin oft mit ihm im Fahrstuhl gefahren, er stieg immer in der 88. Etage aus. Eine vor mir. Da waren die Büros der Port Authority.»

«Der Mann rief immer nur raus. Raus! Er hatte ein Hemd an, und er war jung», sagt Cava.

Jung?

«Ich bin alt, er war jung. Sie hatten Taschenlampen».

«Er hatte einen Schnurrbart», sagt Thomas Haddad, «definitiv.»

«Er war nicht groß, er war eher dünn als dick», sagt Diane Davout. «Aber ich habe kaum was gesehen. Ich bin ihm einfach gefolgt. Er wirkte entschieden.»

«An der Tür stand dann noch ein zweiter. Er hatte auch einen Helm auf und eine Stabtaschenlampe», sagt Sibirium. «Der zweite war jünger. Aber ehrlich gesagt, weiß ich gar nicht, ob es überhaupt zwei waren», sagt Akane Ito.

«Ich glaube, er war kleiner als der erste, und er war weiß», sagt Lynn Simpson.

«Es war soviel Rauch, aber da stand noch jemand. Der hat aber nicht geredet. Die Tür war offen», sagt Frances Ledesma.

Die meisten erinnern sich an einen zweiten Mann, aber keiner kann ihn beschreiben. Sie wissen auch nicht, wie die Männer die

Tür letztlich aufbekamen. Die Tür war offen. Sie liefen los, sie wußten nicht, daß sie keine Zeit hatten. Tirsa Moya machte sogar Pausen, wenn der alte Cava verschnaufen mußte. Sie wußten nicht, daß der Südturm bereits gefallen war. Niemand von ihnen schaffte es viel weiter als drei Häuserblocks, bevor ihr Turm zusammenfiel. Sie sahen sich um, da war kein Haus mehr. Sie hatten keine Live-Bilder, um sich daran zu gewöhnen. Sie begriffen erst viel später mit all den Wiederholungen, was passiert war und wie knapp sie dem Tod entkommen waren. Mit all den Analysen und Heldengeschichten. Es sind einfache Leute. Niemand von ihnen wohnt in Manhattan. Sie wohnen in Brooklyn, Staten Island, Queens und New Jersey. Sie können sich Manhattan nicht leisten.

Walter Pilipiak sagt, daß er die 89. Etage als letzter verlassen hat.

«Ich habe mich noch mal umgesehen. Die beiden Männer, die uns rausgeholt hatten, stiegen weiter nach oben.»

In der 88. Etage waren Konstruktionsbüros der Port Authority untergebracht. Architekten, Konstrukteure und Bauarbeiter hauptsächlich. Sie führten Umbauten aus, richteten neue Geschäfte ein, reparierten Schäden. Einige der Leute hier waren nach dem Attentat 1993 eingestellt worden. Dazu zählte der Architekt Frank di Martini, der das Gebäude so gut wie kein anderer hier kannte. Er betrachtete es als ein Wunderwerk. Als der Turm wieder stillstand, sagte er den anderen, das schlimmste sei überstanden. Das Gebäude habe die Energie des Einschlages absorbiert. Die Stimmung in der 88. Etage war nicht hektisch. Etwa 25 Leute versammelten sich in einem Raum, der nicht so verqualmt war. Di Martini und ein Mann namens Pablo Ortiz verließen die Gruppe, um nach einem Ausgang zu suchen.

Pablo Ortiz war ein ungelernter Bauarbeiter, der sich in seinen drei Port Authority-Jahren zum Hauptinspektor hochgearbeitet hatte. Er lebte mit seiner Frau Edna in einem kleinen Eigenheim auf Staten Island. Ortiz war 49 Jahre alt und als Marine in Vietnam gewesen. Er besprach mit seiner Bauleiterin Joanne Feinberg gerade die Endabnahme für ein Ann Taylor Loft in der Plaza des World Trade Centers, als die Maschine einschlug. Sie hielten sich aneinander fest, um nicht umzufallen. Joanne Feinberg schrie, als sie den Feuerball aus dem Haus schlagen sah. Ortiz schüttelte sie, er bat sie, ruhig zu bleiben. Dann ging er mit Di Martini und seinem Kollegen Tony Savis auf den Flur.

Nach fünf Minuten kamen die Männer zurück, sie hatten ein Treppenhaus gefunden, das unbeschädigt schien. Die 25 Leute aus der 88. Etage kletterten über einen Berg aus Schutt, und stiegen dann langsam hinunter.

Di Martini, Ortiz und Savis blieben zurück. Di Martini ging in sein Büro, um zu telefonieren. Er wirkte nicht aufgeregt. Pablo Ortiz rief seine Frau Edna in Staten Island an und sagte ihr, daß es ihm gut gehe. Zehn Minuten später sah die Bauleiterin Joanne Feinberg, wie Frank Di Martini und Pablo Ortiz in der 76. Etage versuchten eine Verbindungstür zu öffnen. Dann verlor sich die Spur der Männer im Turm. Jemand hörte, daß die beiden später in der 78. Etage ihren Kollegen Tony Savis aus einem Fahrstuhl befreiten. Ein anderer hörte, daß sie es auch schafften. Savis sei bei ihnen gewesen. Aber das waren Gerüchte.

Fest steht, daß Savis, di Martini und Ortiz nicht mehr aus dem Haus kamen. Aber Pablo Ortiz' Spur kann man noch eine Stunde weiter verfolgen. Er trug einen Ohrring, einen Schnurrbart, und seine Haut war dunkel, denn seine Eltern stammten aus Puerto Rico. Und er trug diese metallfarbenen Hemden, die man zusammen mit der Krawatte kaufen konnte. Er war der Mann, der die 23 Leute aus der 89. Etage befreite.

Pablo Ortiz auf einem Erinnerungsfoto.

Pilipiak hat vier Monate gebraucht, um seinen Namen herauszubekommen. Er hat ein Foto besorgt und es denen gezeigt, die an diesem Morgen mit ihm zusammen waren. Es ist ein unscharfes Bild, aber einige haben ihn wiedererkannt. Sie sagen, Pablo Ortiz rettete ihnen allen das Leben, bevor er starb.

Er ist ihr Held.

Pilipiak fand den kurzen Nachruf in der *New York Times*. Er begann mit den Worten: «Pablo Ortiz war ein Militär, ein Navy Seal, und er hatte militärische Disziplin.» Das paßte.

Ein richtiger Held.

Edna Ortiz sitzt in der kleinen Küche des kleinen Reihenhauses in Staten Island. Es ist warm, in dem vier Quadratmeter großen Vorgarten bellt ein Hund auf das ewige Rauschen der Interstate nach New Jersey. Überall stehen Kisten, als ziehe jemand ein oder aus. Es riecht nach Reinigungsmitteln. Sie redet leise. Sie hat eine Mappe mit den Erinnerungen an ihren Mann auf den Küchentisch gelegt. Die Mappe ist dünn.

Edna lernte Pablo Ortiz in Brooklyn kennen, in Carroll Gardens.

Am 27. März 2000 haben sie geheiratet. Sie waren 48 Jahre alt und hatten beide schon ein Leben hinter sich.

Pablo Ortiz war in den Projects der Lower East Side großgeworden, sie kam aus den Bronx Projects in der 142ten Straße. Keine guten Gegenden. Als er 18 war, trat er der Navy bei und ging nach Vietnam. Sie hat ihn ein paarmal gefragt, was er dort machte, aber er redete nicht darüber. Sie glaubt, daß es ihn geprägt hat. Am 4. Juli zum Beispiel, am amerikanischen Nationalfeiertag, wollte er nie rausgehen, weil ihn das Feuerwerk nervös machte. Er hatte Angst, sagt sie. Es brachte die Erinnerungen zurück, sagte er. Sie bedrängte ihn nicht. Er bedrängte sie nicht. Beide hatten schon Scheidungen hinter sich. Sein Wahlspruch war: Du kannst nur glücklich sein, wenn deine Frau glücklich ist. Als ihre Schwester mit zwei Kindern Zuflucht vor ihrem Mann suchte, nahm er sie auf, ohne zu murren. Pablo Ortiz versuchte den Kindern Disziplin beizubringen. Und Respekt.

«Respekt war sehr wichtig für ihn und Sauberkeit. Wahrscheinlich kam das von seiner Militärzeit», sagt Edna Ortiz.

Pablo Ortiz hatte keine schlechten Angewohnheiten, sagt sie. Nun, er rauchte anderthalb Päckchen am Tag und trank Unmengen von Cola. Es mußte Pepsi Cola sein. Warum, sagte er nicht, es war so. Er redete nicht viel, er saß gern auf dem Sofa und sah fern. Am liebsten Catchen. Stundenlang konnte er Catchen sehen. Sie sagte ihm, daß das kein echter Sport sei, aber er glaubte daran. Sie stritt nicht. Er wollte, daß sie ihre Arbeit aufgibt. Sie arbeitete zuletzt in einem Sozialwohnungsprojekt in Fort Green, Brooklyn. Ihm gefiel der Umgang nicht, den sie dort hatte. Vielleicht hat er ihn zu sehr an seine Kindheit erinnert, aber das sagt sie nicht. Am 26. April 2001 hat sie aufgehört zu arbeiten. Jetzt war sie zu Hause. Er blieb dagegen immer länger weg, vor allem zum Schluß, nachdem die Port Authority die Türme an Silverstein verpachtet hatte. Silverstein hatte ihn als einen der wenigen übernommen. Er fuhr früh los und kam abends erst gegen neun oder zehn nach Hause. Manchmal schlief er auch im Büro.

Sie wartete in Staten Island. Es ist nicht viel los hier.

Auf den Fotos, die sie von ihm hat, trägt er kurze graue Haare, mitunter einen Schnurrbart, oft eine dunkle Sonnenbrille und fast immer eine Krawatte. Seine Hemden werfen keine Falte, er lacht nie.

In dem kurzen Nachruf der *New York Times* wird Edna Ortiz mit den folgenden Worten zitiert: «Er wollte seine Sachen auf ganz bestimmte Weise gebügelt haben. Die Beine mußten immer zuerst gebügelt werden, die Bügelfalte mußte perfekt sein, die Hemden durften keine Falte haben. Ich habe es nie geschafft, seinen Ansprüchen zu genügen. Am Ende hat er selbst gebügelt. Es gibt Leute, die in dein Leben treten und dir eine Lektion erteilen. Er hat mir viele Lektionen erteilt.»

In den e-mails, die sie nach dem Unglück bekam, heißt es immer, er habe nicht viel über sein Privatleben gesprochen, sei aber ein freundlicher Kollege gewesen. Eine Frau schrieb, daß er sie immer damit aufgezogen habe, daß sie 200 Meilen zu ihrem Zahnarzt fuhr. Edna Ortiz kannte die Frau nicht, hat aber die mail mit in ihre Mappe gelegt. Sie sagt, daß er seine Welten trennte. Jeder bekam nur einen winzigen Teil von ihm zu sehen. Sie kannte weder seine Familie noch seine Arbeit, noch seine Vergangenheit. Er mochte Schweinefleisch, Bohnen und Reis, sagt sie. Er liebte die lateinamerikanische Küche, sagt sie, und die lateinamerikanische Musik. Sie glaubt, daß es der Puerto Ricaner in ihm war, der sie schließlich zusammenbrachte. Sie ist auch Puerto Ricanerin. Maureen, die Frau vor ihr, war Chinesin. Sie hatte ihn immer Paul genannt.

Sie hat noch so viele Fragen an ihn, aber niemanden, der die beantworten kann. Pablo hatte seine Welt in zuviel verschiedene Sektionen aufgeteilt. Sie traute sich nicht, die Leute anzusprechen, die ihn kannten. Manchmal hat sie das Gefühl, daß es sie nichts angeht.

«Er sprach immer von einer ‚Need-to-know-basis'. Das ist ein militärischer Begriff. Du mußt nur wissen, was für dich wichtig ist», sagt sie. Sie hat sich daran gehalten. Bis zum Schluß. Sie saß in ihrer kleinen Küche und sah fern. Sie sah die Häuser zusammenfallen, sie hörte die Nachrichten, sie wartete neben dem Telefon. Sie mischte sich nicht ein. Sie wußte, daß er sie anrufen würde, wenn er sie anrufen hätte wollen. Es hätte ihm nicht gefallen, wenn sie ihm hinterhertelefoniert hätte. Sie saß da, und die Zeit lief. Sie kann sich an die ersten vier Wochen nach dem 11. September nicht mehr erinnern.

«Natürlich habe ich gehofft, aber irgendwas in meinem Innern hat mir gesagt: Er ist tot. Ich wußte ja nicht viel über sein Leben. Ich wußte, daß er bei den Navy Seals war. Und ich wußte, er war ein ehrenwerter Mann. Das reichte. Er konnte gar nicht anders. Er wollte immer, daß sein Leben etwas bedeutet», sagt sie.

Pablos kleiner Bruder Nelson aber rannte vier Wochen lang durch Manhattan und klebte Bilder von seinem Bruder an die Vermißtenwände.

«Gott schütze Edna, aber sie weiß nicht, was Schmerz ist. Sie hat unsere Mutter nicht einmal besucht, nachdem das passiert ist. Das ist unverzeihlich. Die Mutter war 50 Jahre für Pablo da. Die Frau nur zwei. Wenn sie Fragen an Pablo hat, muß sie sie seiner Mutter stellen. Aber sie traut sich nicht. Edna weiß, daß sie Pablo nie besessen hat. Pablo war viermal verheiratet. Er war kein schlechter Kerl, aber wenn ihm etwas nicht gepaßt hat, ging er. Das war in den Firmen so, für die er gearbeitet hat. Und es war bei seinen Frauen so. Pablo erklärte nichts, er ging einfach», sagt Nelson.

Nelson Ortiz ist zwei Jahre jünger als Pablo und redet ununterbrochen. Er ist voller Meinung, die Meinung explodiert geradezu aus ihm heraus.

Nelson Ortiz arbeitet als Wachmann in einer Schule in Bensonhurst, Brooklyn. Auf der schlimmen Seite, wie er sagt. Aber er schickte seine ältesten Kinder auf die Privatschule, weil sie es besser haben sollen als er selbst. Seine Frau ist Lehrerin, sie leben auf Long Island. Er will so weit wie möglich von seiner Kindheit weg, von Projects. Sie waren vier Kinder, zwei Brüder, zwei Schwestern. Die Baruch Projects in der Lower East Side sind auch heute keine gute Gegend, aber in den 60er Jahren, in denen sie groß wurden, waren sie richtig schlecht, sagt er. Ihr Vater starb früh, er war ein Typ wie Pablo. Er trat aus der Kirche aus, als ihm der Pfarrer Ratschläge für sein Leben gab. Er sei der Boß in seinem Leben, sagte er dem Priester.

«Den Mist mit Puerto Rico und spanischer Küche können Sie auch gleich vergessen. Pablo war ein New Yorker. Er wäre nie zurück nach Puerto Rico gegangen. Er war ein Soulman, Soul war seine Musik, von lateinamerikanischer Musik hatte der gar keine Ahnung. Er hat gern gegessen, was seine Mama kochte. Und sie ist eine verdammt gute Köchin. Wenn er früh um fünf Uhr rausmußte, ist sie vor ihm aufgestanden, daß er noch was essen kann, und wenn er abends nach Hause kam, hat sie mit dem Essen gewartet. So treu war ihm keine Frau. Die ersten beiden kannte ich nicht richtig. Sie waren hübsch und nett, aber irgendwas stimmte nicht. Das ging nur kurz. Aber Maureen kannte ich gut. Die waren ja über zehn Jahre zusammen, wir haben in Brooklyn mal Tür an Tür gelebt. Maureen wollte immer raus aus der Stadt. Die Stadt ist nichts für Kinder, hat sie gesagt. Sie ist in China Town aufgewachsen, sie wußte, wovon sie spricht. Sie sind dann vor acht Jahren nach Schenectady gezogen, das ist drei Stunden nördlich von New York City. Pablo ist nur an den Wochenenden hochgefahren, in der Woche war er in der Stadt. Abends ist er ausgegangen, er fühlte sich wieder wie ein Junggeselle. Er hat Edna kennengelernt und ist dann auch an vielen Wochenenden nicht mehr nach Hause gekommen. Als er mal einen Job in Puerto Rico hatte, schickte Maureen einen Privatdetektiv hinterher. Dann ist sie mit den Fotos von Pablo und Edna zu Pablos Chef gegangen. Das sah aus, als sei Edna auf Firmenkosten mitgeflogen. Sie haben ihn entlassen. Von da an hat er natürlich kein Wort mehr mit Maureen geredet.»

Pablo zog wieder bei seiner Mutter ein. Er war ein paar Jahre arbeitslos, machte Schulden, seine älteste Schwester Carmen half ihm, borgte ihm Geld, bis er wieder was fand. Seine Mutter merkte davon nichts.

«Sie stellte keine Fragen, sie hat ihm Essen gekocht wie früher. Er liebte es, aber irgendwann zog er dann eben doch zu Edna. Er verließ Mutter. Er ging in eine andere Welt. Zur Hochzeit mit Edna war niemand eingeladen. Er erzählte es Mutter am Telefon. Was für eine Schande. Er hat nie seine Freundinnen mit nach Hause gebracht. So wußten die meistens auch nichts von ihm. Edna hat den Nachrufschreibern erzählt, Pablo sei ein Militärheld gewesen. Das ist Quatsch. Der ging mit 18 zur Navy, weil er Asthma hatte. Die Ärzte haben ihm Meeresluft empfohlen. Er war dann auf der USS ‹Columbus›, das war eines der ersten Nuklearkriegsschiffe, die wir hatten. Aber er war nie an Land. Die sind zwei Jahre vor Vietnam rumgekreuzt. Mein Onkel Paul war ein Kriegsheld, der ist verwundet worden, aber doch nicht Pablo. Als das Schiff später vor Virginia lag, hatte der jede Menge Spaß an Land. Der war nie ein Held. Auch nicht am 11. September. Ein Held wäre so schnell wie möglich aus dem Haus gerannt. Zu denen, die ihn wirklich brauchten. Er aber hat seine Familie im Stich gelassen, seine Kinder. Er hat das Lächeln der Leute bekommen, die er gerettet hat. Für die war er der Engel. Vielleicht hat ihn das erlöst zum Schluß. Ich glaube, Pablo war nie richtig glücklich.»

Sein Bruder würde kein Wort mehr mit ihm reden.

Aber sein Bruder ist tot. Nelson ist jetzt der älteste Mann der Familie.

Maureen Foo van Natten ist die Frau, die am längsten mit Pablo Ortiz zusammengelebt hat. Abgesehen von seiner Mutter. Sie ist eine schlanke dunkle Frau, in deren Gesicht sich die britischen Gesichtszüge ihrer Mutter mit den chinesischen ihres Vaters mischen. Sie sitzt dreieinhalb Autostunden vom Ground Zero entfernt in ihrer Küche. Neben ihr sitzt ihre 17jährige Tochter Justina Foo Ortiz, in deren Zügen man ein wenig von Pablo Ortiz lesen kann. Ihr zehnjähriger Sohn Ja Shing Paul Foo Ortiz ist im Ferienlager. An der Kaffeemaschine hantiert ein schwerer Mann mit kurzen Hosen und treuem Blick. Das ist Bob van Natten, ihr zweiter Mann. Er ist Elektriker mit Herzproblemen. Nachdem er Kaffee eingeschenkt hat, zieht er sich zurück, um eine Patience an seinem Computer zu legen. Bob sieht aus wie die Lehre, die Maureen aus ihrer Ehe mit Pablo gezogen hat.

Sie lernte Pablo 1980 kennen, als sie 23 war und er 28. Sie gingen ein Jahr zusammen. Dann heirateten sie. Sie wußte nicht viel von ihm, er redete kaum über früher. Sie erfuhr später, daß er schon zweimal verheiratet war und einen Sohn von der ersten Frau hatte, zu dem allerdings der Kontakt abgebrochen war. Ortiz war zunächst ein fröhlicher Tänzer, aber manchmal hatte er depressive Schübe. Es hing wohl mit Vietnam zusammen. Sechs Jahre war er bei der Navy, von 1970 bis 1976. Er war Koch auf der USS «Columbus». Mehr wußte sie nicht. Als sie ein Jahr verheiratet waren, wachte er eines Nachts auf und sagte: «Ich kann nicht mehr verheiratet sein.»

Sie fragte warum, aber er schwieg.

Am nächsten Morgen verschwand er. Ein Jahr war er weg. Sie mußte die Wohnung aufgeben, weil sie zu groß und zu teuer wurde. Sie verdiente nicht viel als Sekretärin im öffentlichen Schuldienst.

Nach einem Jahr rief Pablo sie wieder an. Sie waren ja immer noch verheiratet.

«Was war los?» fragte sie.

«Ich hatte Probleme», sagt er. «Kann ich zurückkommen?»

Sie zierte sich einen Monat, dann zogen sie wieder zusammen.

Sie hat später erfahren, daß er in psychiatrischer Behandlung war, teilweise sogar stationär im New Yorker Militärkrankenhaus «Veterans Hospital». Er hatte «flashbacks» aus dem Krieg. Was er sah, sagte er nicht. Er redete nicht darüber.

Sie zogen nach Brooklyn, sie bekamen zwei Kinder. Pablo arbeitete mal, mal arbeitete er nicht. Er war mal Hausmeister an der Schule, mal Pförtner, mal machte er Telefondienst, einmal räumte er nachts die Regale in einem Warenhaus ein. Irgendwann fing er an, sich für Baustellen zu interessieren. Aber er hielt es nirgendwo lange aus. Viel mehr können sie nicht über ihn sagen. Seine Tochter glaubt, daß er den schwarzen Karate-Gürtel hatte. Sicher ist sie aber nicht.

Maureen kannte nicht einen seiner Arbeitskollegen. Er sah gern Kung-Fu- und Zeichentrickfilme. Dann zogen sie 1994 nach Schenectady, er kam immer seltener nach Hause. Er machte Dienstreisen, die immer länger wurden. 1997 reichte sie die Scheidung ein. 1998 wurden sie geschieden. Er hat nicht versucht, sie zu halten. Er hat nicht mal mehr mit ihr geredet.

«Es klingt komisch. Wir waren ja 16 Jahre verheiratet, aber ich wußte wirklich nicht, was mit ihm los war. Ich habe immer wieder gefragt, aber er hat nie geantwortet. Manchmal dachte ich, er kann sich einfach nicht ausdrücken. Er wollte lieber handeln. Er konnte auch nicht diskutieren. Er ging einfach, wenn es Probleme gab. Er wollte durch seine Taten überzeugen. Ich glaube, das war letztlich auch der Grund, warum er am 11. September starb.»

Maureen Foo van Natten hat Tränen in den Augen. Aber nur kurz.

Er hat die Familie einfach abgeschnitten. Er hat nicht mehr für seine Kinder bezahlt, obwohl seine neue Frau Edna relativ viel Geld hatte und er, seit er im World Trade Center arbeitete, auch gut verdiente. Sie mußte das Geld immer eintreiben. Am Ende schuldete er ihr Kindergeld für 22 000 Dollar. Seine Tochter hat ihn in den letzten fünf Jahren zweimal gesehen. Der Sohn nur einmal. Als das World Trade Center zusammenstürzte, waren sie nicht mal richtig besorgt, weil sie gar nicht wußten, daß er dort arbeitete. Maureen hat erst jetzt durch ein paar e-mails erfahren, daß er im Betrieb oft von seinen Kindern erzählt hat. Und Justina glaubt, daß ihr Vater sehr stolz auf ihre guten Schulergebnisse war. Aber es ist mehr wie ein Wunsch, ein Stück von dem toten Mann festzuhalten. So wie ihre Mutter den Kindern den Namen Ortiz ließ.

Sie waren bei der Trauerfeier in Staten Island, aber weil sie sich so fremd fühlten, haben sie auch hier in Schenectady eine kleine Trauerfeier organisiert. Schließlich hat er hier auch mal gelebt, wenn auch nur kurz. Es waren ein Dutzend Leute da, niemand aus New York City, niemand von seiner Familie. Im Kondolenzbuch stehen ihre Namen, auch der von Bob van Natten, der Pablo nie sah. Sie bauten aus den wenigen Fotos, die sie von Pablo Ortiz haben, eine Wandzeitung. Für die Internetgedenkliste von «legacy. com», wo alle Opfer des 11. September verewigt sind, haben seine Kinder auch einen kleinen Text geschrieben.

«Pablo Ortiz war auch unser Vater. Wir freuen uns, daß man sich an ihn erinnert, aber wir wollen, daß die Menschen auch wissen, daß er unser Papa war. Er hat gern mit uns Trickfilme geguckt. Alles, was er von uns forderte, war, gute Leistungen in der Schule. «Gib dein Bestes», sagte er immer zu uns. Er war stolz auf uns. Er forderte keine Perfektion. Unsere Mama ist eine wunderbare Köchin, und er freute sich immer aufs Essen. Wir hätten gern mehr Zeit mit ihm verbracht, aber er traf Edna, und so zerbrach unsere Familie. Jetzt verstehen wir, warum er so wenig Zeit für uns hatte. Er mußte nicht nur arbeiten, sondern zu Hause bei Edna auch noch kochen, bügeln und Wäsche waschen.

Wir werden unsern Dad immer vermissen.»

Der Brief wurde schon nach wenigen Tagen aus dem Internet gelöscht. Die Leute von legacy.com sagten, sie wollen keinen Familienkrach auf ihrer Gedenkseite austragen. Maureen denkt, daß Edna dahintersteckt. Sie wollte ihnen auch keine Kopie der Todesurkunde schicken.

Justina stellt die Wandzeitung auf den Tisch. Auf den meisten Fotos sitzt Pablo Ortiz auf dem Sofa. Er lacht nie.

«Mein Vater war ein Held», sagt die Tochter. Sie will Psychologie studieren.

Maureen nickt abwesend.

«Er war ganz besessen von dem Vietnam-Denkmal in Washington, von der Mauer mit all den Namen der Gefallenen. Auf so eine Mauer wollte er auch unbedingt, hat er mir oft gesagt», sagt Maureen und sieht die Schnappschüsse an.

Die 23 Geretteten aus der 89. Etage verloren sich schon im Treppenhaus. Nur die beiden Männer von Met-Life, die die alte Camilla ins Freie trugen, blieben noch einen Moment zusammen. Walter Pilipiak gab sein Jackett Frances Ledesma, weil ihre Bluse zerrissen war. Tirsa Moya brachte den alten Rafael Cava aus dem Haus. Sie führte ihn über die Brooklyn-Bridge, sie wartete mit ihm in der Lobby des Marriott Hotels in Brooklyn Heigths, bis sein Neffe kam, um ihn abzuholen. Als es dunkel war, fuhr sie nach Hause. Akane Ito trug Cavas Aktentasche. Sie bemerkte es erst viel später, als ihr Turm schon zusammengefallen war. Sie brachte die Tasche am nächsten Tag zur Polizei. Sie dachte, die Angehörigen würden sie vielleicht abholen. Sie hielt Cava für tot. Die meisten haben sich nie wiedergesehen. Die Etage, auf der sie sich hätten treffen können, gab es nicht mehr. Das Leben ging weiter. Niemand hat sich bemüht, Pablo Ortiz kennenzulernen. Nur Walter Pilipiak wollte wissen, wer ihn gerettet hat. Er suchte ihn.

«Pablo war 49», sagt Pilipiak. «Wie ich.»

Es ist schwer, von sich wegzukommen. Die Bilder waren so groß. «Ich habe überlegt, an den Präsidenten Bush zu schreiben. Damit Pablo eine Medaille bekommt oder etwas. Er war ein Held. Ich weiß nicht, wieso nur die Feuerwehrleute und Polizisten etwas bekommen sollen. Ich glaube, die sind gar nicht bis zum Feuer gekommen. Die ersten habe ich in den 50er Etagen getroffen. Und ich war der letzte. Hinter mir war niemand mehr. Die waren schon völlig fertig. Es ist in Ordnung, daß die Geld bekommen und geehrt werden. Aber unser Held war eben Pablo Ortiz.»

Er hat dann aber doch nicht an Bush geschrieben.

Yoshi Mori, der junge Mann, der die ganze Zeit im Internet surfte, hat noch am Abend ein Interview für NKK gegeben. Das ist so was wie das japanische CNN. Seitdem gilt Yoshi Mori in Japan als ein Held. Sie glauben dort, daß er die Mitarbeiter rettete, von denen Walter Pilipiak glaubt, daß er sie gerettet hat. Lynn Simpson glaubt bis heute, daß sie Cava rettete. Bob Sibirium ist sich sicher, daß er seine Leute aus den Flammen führte, obwohl zwei andere Met-Life-Mitarbeiter seine 77jährige Assistentin Camilla 89 Stockwerke runtertrugen. Er hatte sie einfach liegenlassen. Wenn ein Haus brennt, versucht man herauszukommen. Das ist menschlich. Aber neben all den Heldengeschichten wirkt es feige.

«Wir sind auch Opfer», sagt Evan Forsch, der bei Strategic Communications arbeitete. Er geht seit über einem Jahr zum Psychotherapeuten. Er findet keinen Platz mehr, an dem er sich sicher fühlt. Ein Haus bietet keinen Schutz mehr.

«Es ist auch eine Heldentat, jeden Tag wieder hierher zu kommen. Nach Manhattan. Wir halten die Stadt am Leben, niemand fragt uns, wie wir uns fühlen. Ich bin kein Feuerwehrmann und ich wollte auch nie einer sein», sagt Thomas Haddad.

«Sind wir Ziele?» fragt Lynn Simpson.

Sie arbeiten jetzt in einem Gebäude in der Park Avenue South. Wenn sie sich auf dem Flur begegnen, grüßen sie sich, aber sie haben nicht mehr Kontakt als früher. Sie wissen nicht, wie es den anderen ergangen ist. Sie wissen nicht, das Forsch zum Therapeuten geht. Sie glaubten sicher, daß Rafael Cava es nicht geschafft haben kann. Er war so alt. Sie haben nie gefragt, was aus ihm wurde, dem Mann, mit dem sie die schlimmste halbe Stunde ihres Lebens teilten. Sie machen weiter.

Manchmal wachen sie nachts auf und können nicht mehr einschlafen.

Walter Pilipiak ist mit seiner Firma im April nach Downtown zurückgezogen, weil es dafür Vergünstigungen gab. Cosmos' Büro ist jetzt nur zwei Blocks vom Ground Zero entfernt. Aber Pilipiak hat ein Gebäude ausgesucht, das niedriger ist als die Gebäude drum herum. Er hat ein Büro im 4. Stock genommen, eines, dessen Fenster nicht auf die Stellezeigen, wo die Türme standen. Die neue Hausnummer ist 65 Broadway. Pilipiak sagt, wenn man fünf und sechs zusammenzieht kommt man auf elf wie 11. September. Ist das nicht verrückt? Er sagt auch, daß sie mehr Bürofläche für weniger Geld haben. Er macht weiter und doch nicht. Pilipiak hat ein halbes Jahr gebraucht, um wieder in ein Flugzeug zu steigen. Er fliegt nur noch mit kleinen privaten Unternehmen wie Jet Blue. Es beruhigt ihn, daß die Piloten dort Lederjacken tragen, weil sie so irgendwie widerstandsfähiger aussehen. Nach Chicago fliegt er gar nicht mehr, weil dort das höchste Gebäude des Landes steht. Ein Ziel. Für die japanische Betriebszeitung des Itocha-Konzerns hat er einen Artikel geschrieben. «Man darf nicht in der Vergangenheit leben. Wir müssen jetzt nach vorn schauen», steht da. Aber sein Büro ist ein einziger Blick zurück. Er hat das grüne Eishockey-Shirt an die Wand gepinnt, das er sich am 11. September um den Kopf gebunden hatte. Daneben hängt ein Foto der brennenden Türme. Das Foto hat er von einem Händler auf der 5th Avenue für 35 Dollar gekauft, weil man darauf die kleine unversehrte Insel auf der Nordseite des World Trade Center 1 erkennen kann. Alles brennt, nur das Büro von Cosmos brennt nicht. In der Brieftasche trägt er seine elektronische Einlaßkarte aus dem World Trade Center, die Schuhe, die er damals trug, stehen zu Hause. Ungeputzt. Auf dem Aktenschrank liegt eine Staubmaske und eine Taschenlampe, silbern und zwölf Inches lang.

Die Lampe eines Helden.

Ein Jahr ist vergangen.

Edna Ortiz hat ein bißchen Geld vom Roten Kreuz bekommen und von ihrer Kirche St. Claire, sagt sie. Einmal in der Woche geht sie zu einer Therapeutin. Ihren Anwalt sieht sie öfter. Sie überlegt, ob sie gegen die Airlines klagt oder ihren Anteil aus dem Staatlichen Opferfonds beantragt. Das ohnehin unscharfe Bild ihres Mannes wabert hinter dieser Entscheidung. Maureen van Natten hat sich bei verschiedenen Fonds beworben. Sie hat 10 000 Dollar von Safe Horizon bekommen und 5 000 vom New Yorker Opfer-Fonds. Sie hat auch einen Antrag auf ein College-Stipendium für Justina abgeschickt, das Kinder von WTC-Opfern bekommen können. Sie hat einen Anwalt beauftragt, Edna zu überwachen. Edna Ortiz muß das Geld mit den Kindern von Pablo teilen. Auch Edna hat einen Anwalt. Alle belauern sich gegenseitig. Es geht um viel Geld.

Eine große New Yorker Anwaltskanzlei kümmert sich um den zweiten Mann. Der Mann, dessen Gesicht niemand erkannte.

Es ist ein Jahr vergangen.

An einem heißen Tag sitzen im dreißigsten Stock eines glänzenden Bürogebäudes in Midtown Manhattan zwei hübsche, junge Anwältinnen und reden von Helden. Die Anwältinnen haben perlend weiße Zähne. Sie sprechen von Helden, die keine Uniform trugen, von zivilen Helden. Manchmal lachen sie, manchmal schauen sie verzweifelt. Vor ihnen liegen Schreibblöcke.

Die Anwältinnen haben ihren Auftrag von Frank di Martinis Angehörigen bekommen. Di Martini ist der Architekt aus der 88. Etage, der das World Trade Center so gut kannte wie kein anderer. Er liebte es, sagen sie. Er blieb im Haus wie ein Kapitän eines untergehenden Schiffes. Das letzte, was er seiner Frau sagte, war: «Ich muß noch ein paar Menschen helfen». Er kam aus der 88. Etage wie Pablo. Es war dunkel, sie trugen Helme. Die Erinnerungen der Überlebenden schwanken, sie wollten alle nur schnell raus. Vielleicht war auch Frank di Martini der Mann, der plötzlich im Raum stand. Vielleicht war er der Retter. Vielleicht wollen sie das beweisen.

Pablo Ortiz kennen die beiden Anwältinnen gar nicht. Sie notieren seinen Namen mit ihren teuer aussehenden Kugelschreibern. Beide schreiben gleichzeitig.

Für sie ist Pablo Ortiz noch kein Held. Er ist ein Zeuge. Jemand, mit dem sie vielleicht beweisen können, daß ihr Mandant ein Held war.

Im Rücken der beiden Anwältinnen leuchtet wieder einer dieser wunderbaren hellblauen hohen New Yorker Himmel.

Hier oben scheint diese Heldengeschichte zu enden.

Aber ein paar Wochen später ist noch mal Pablo Ortiz große Schwester Carmen am Telefon. Sie kannte ihn am besten, sagen alle.

«Worüber wollen Sie reden?», fragt sie.

Über ihren Bruder. Was er für ein Mensch war.

«Das ist eine Sache zwischen ihm und mir. Und jetzt ist er tot. Ich kann ihn nicht mehr fragen, ob ich über ihn reden darf. Und wenn er noch reden könnte, hätten Sie vermutlich gar kein Interesse an ihm. Und schon gar keins an mir. Ich bin eine einfache Frau.»

Dann legt sie den Hörer auf. Die Ruhe ist nicht unangenehm.

QUELLENNACHWEIS

Neunundachtzig: entstanden für dieses Buch im Juli 2002 *Achtzehn Wagen*: entstanden für dieses Buch im Juli 2002 *Zelmanowitz' Tat*: entstanden für dieses Buch im August 2002 *Nennstiels Haus*: Erstveröffentlichung (EV) in der *Berliner Zeitung* vom 23.10.1999 *Das Baby lebt*: EV im *Spiegel* vom 24.9.2001 innerhalb der Reportage *Yeah, Baby! Wer läuft, schwitzt*: EV im *Spiegel* vom 15.11.1999 *Die 100-Milliarden-Dollar-Show:* EV in *Spiegel-Reporter* vom 1.8.2000 *Die Zeugin*: EV in *Spiegel-Reporter* vom 1.11.1999 *Der Preis eines Wunders:* EV im *Spiegel* vom 17.1.2000 *Die bewegte Frau:* EV in *Spiegel-Reporter* vom 1.3.2000 unter dem Titel *Das eiserne Mädchen;* ausgezeichnet mit dem Egon-Erwin-Kisch-Preis 2001 *Die Suche nach der Angst*: EV im *Spiegel* vom 3.6.2002 unter dem Titel *Allein dort oben Hitlers Unterschrift:* EV im *Spiegel* vom 21.5.2001 *Der ewige Sieger:* EV in *Spiegel-Reporter* vom 1.11.2000 in gekürzter Fassung *Kampf um Rom:* EV im *Spiegel* vom 15.10.2001 unter dem Titel *Einer für Rom und die Ewigkeit Die letzte Guerrillera:* EV im *Spiegel* vom 11.3.2002 in gekürzter Fassung *Mehr Franz als Boris:* EV im *Spiegel* vom 6.1.2001 unter dem Titel *Wie ein US-Anwalt Boris demontierte Der Kuß des Kosmonauten:* EV in *Spiegel-Reporter* vom 1.1.2001 *Der lange Abschied:* EV in *Spiegel-Reporter* vom 1.6.2000 *Der kurze Abschied:* EV im *Spiegel* vom 29.10.2001 *Eiszeit:* EV im Spiegel vom 29.4.2002 unter dem Titel *Die Akten aus der Eiszeit Die 89. Etage:* entstanden für dieses Buch im August 2002